[德] 斯蒂芬·西蒙斯　著
Stephan Thiemonds
郭涵 叶荷丽　译

环游地球359°

一位德国工程师的工业之旅

你不是一个人在奋斗！

知识产权出版社
全国百佳图书出版单位

图书在版编目（CIP）数据

环游地球 359°：一位德国工程师的工业之旅/（德）西蒙斯（Thiemonds，S.）著；郭涵，叶荷丽译. —北京：知识产权出版社，2016.6

书名原文：359° – The Workaday Life Of An Industrial Gypsy

ISBN 978 – 7 – 5130 – 4141 – 6

Ⅰ.①环… Ⅱ.①西… ②郭… ③叶… Ⅲ.①游记—作品集—德国—现代 Ⅳ.①I516.65

中国版本图书馆 CIP 数据核字（2016）第 068007 号

内容提要

本书作者是一位技术精湛的德国工程师，酷爱旅行，因工作关系走遍五大洲，远达南极，对工作旅行中的国家和地区以及所接触的人们都抱有极大的好奇，并享受着这种经历。本书收录了作者在 13 个国家和地区的精彩游记，故事中透露出作者的环保理念、技术理念，并用幽默风趣的笔触抒发了对异域文化的好奇与独到解读。

责任编辑：刘琳琳　　　**责任出版**：刘译文

环游地球 359°

一位德国工程师的工业之旅

［德］斯蒂芬·西蒙斯　著　　郭　涵　叶荷丽　译

出版发行：	知识产权出版社有限责任公司	**网　址**：	http：//www.ipph.cn
社　址：	北京市海淀区西外太平庄 55 号	**邮　编**：	100081
责编电话：	010 – 82000860 转 8390	**责编邮箱**：	sunsan – lin886@163.com
发行电话：	010 – 82000860 转 8101/8102	**发行传真**：	010 – 82000893/82005070/82000270
印　刷：	北京科信印刷有限公司	**经　销**：	各大网上书店、新华书店及相关专业书店
开　本：	880mm × 1230mm　1/32	**印　张**：	11.625
版　次：	2016 年 6 月第 1 版	**印　次**：	2016 年 6 月第 1 次印刷
字　数：	275 千字	**定　价**：	39.00 元

ISBN 978-7-5130-4141-6

京权图字：01 - 2016 - 2996

谨以此书

献给为我打开新世界的人；

献给世界各地的同事；

献给以各种方式，积极地面对问题

共同克服困难的同仁们。

工作时，首要的职责是建立信任。

——罗伯特·A. 艾克特（Robert A. Eckert）

美泰公司总裁

目录

Content

最危险的世界观是从没有机会看遍世界。

——亚历山大·冯·洪堡（Alexander von Humboldt）

（1769—1859）德国自然科学家、探测者

封面故事

“359°”

如果你看到书的标题，你也许会问：为什么是359°？为什么少了1°？359°有两层含义，当然是与圆周360°有关。

就旅行方面而言，360°指的是“周游世界”，而359°却能提醒我们，没有人能看尽万物，不管你多么努力，多么快速地旅行，总有那么1°错过。

就日常生活而言，它提醒我们，没有人能完美地完成一项任务，不管你多么用心，多么努力，总有那么1°的不足。

说起来，萌发359°这个概念缘起于2011年我出差到上海的经历。一个周日，我在逛街时看到“361°”，我惊奇地问自己：怎么可能，圆周角度大于360°？基于这个疑问，我开始查询相关资料。原来这个361°是一个运动品牌，他们公司官方的口号是“领先1°”。从技术角度出发，以及我环游世界的旅行经验来看，我觉得大于360°的圆周根本不可能，于是我的359°这个概念诞生了。

“你不是一个人在奋斗”

“你不是一个人在奋斗”这句话的灵感源于2008年去英国利

物浦出差。

我在为一篇新短篇故事收集资料时，读到一篇利物浦 FC 论坛上的文章。利物浦 FC 是利物浦最出名的一家足球俱乐部。这篇论坛文章讲述的是一首早期的百老汇音乐剧的插曲，由奥斯卡·哈姆斯特恩作词，理查德·罗杰斯作曲，利物浦球迷将这首歌当成球场赞歌，每次都会在球员们走出球员通道奔向球场上的时候准时响起。

这首名为《你永远不会独行（You'll Never Walk Alone）》的歌曲讲述的是一位孕妇遭受丈夫突然离世，鼓励她坚强面对未来。

受这则煽情的生活故事影响，我的思绪飘向客户方的同事——他们在这次机械维修中给了我强有力的、专业的支持。我这次来利物浦就是为了这套设备，来的时候带着深深的怀疑，整个人被负面情绪笼罩着，因为我担心可能无法完成这么艰巨的任务。

但是最终我与他们一起成功完成了任务。

这个事件结合这首歌，遂激发我将歌词中的“walk（行走）”改成了“work（奋斗）”。我们独特的工作模式由此诞生，“你不是一个人在奋斗”这句话便出现在这本书的封面上。

多数情况下，我都是独自去往世界各地的客户那儿，有时会有种孤独的感觉，在这沉重的时刻，“你不是一个人在奋斗”能提醒我，即便当前我是独自一个人，但始终不是一个人在奋斗！

序 一

在本书中文译者的建议下，我认真通读了书稿。

首先，我要对斯蒂芬·西蒙斯先生作为一名德国工程师为中国的环境保护事业做出的贡献表示感谢！正是他和他所在的公司以及其他国外公司与中国的科技工作者一同把中国的污泥干化处理技术带入了国际先进水平之列。

仔细看看封面图片，我们会发现工业化正在全球蔓延，作者通过此图，把他的公司巧妙地描绘成拥有世界先进工业技术水平的团体向我们进行推介，从另一个侧面提升了此书的商业价值。

细读此书，你会发现，作者作为一名资深工程师，在写作中也延续了“观察纪实、描述精准”的作风，把他因工作而环游地球 13 个国家和地区过程中观察到的风土人情、所见所闻和亲身经历描写得出神入化、栩栩如生，其中穿插的个人感想与评价也透露出作者对自然世界的热爱和对人类和平友爱的期盼。

我们只有一个地球。然而，自然生态环境正在被严重破坏，人类和平友爱的愿景正遭遇着严峻挑战。一名德国工程师的工业之旅正在唤起人们保护自然环境和改善人文环境的觉悟和信念。作为一名中国环保工作者，我愿意与拥有这种理念和胸怀的优秀工程师共同融入保护自然生态环境、改善人类生活环境的世界潮流之中。

引用一位智者的话——“我们的未来在生态里”作为推荐此书的荐言吧。

张传向
教授级高级工程师、北京大学 MBA
曾长期在中国化学工程集团公司工作
曾任同方环境股份有限公司总经理
现任北京巴安水务有限公司总经理
2016 年 3 月

序　二

与斯蒂芬·西蒙斯先生相识于天津一个联合执行的项目现场，因皆为爱书之人，相谈甚为投机，又恰逢其著作《环游地球359°》中文版即将出版发行，便应约遂成此序。

从中国政治、经济发展进程来看，尤其是着眼于中国近现代历史，工业的发展成了我国经济进步的基础和动力，这也支撑了整个国家政治文化的进步与发展。当然，中国也意识到工业发展的重要性，中国政府也十分注重利用政策引导、资金扶持、法规制度等各种方式，推动中国工业化的进程。中国工业在飞速发展的同时，力求取得西方发达国家工业发展历程中的经验与教训，重视前车之鉴，但是从目前来看，中国仍有多数工业生产还是不可持续的，常常以破坏环境为代价，这就催生了中国环境治理产业的发展与壮大，这也是我已从事了七年之久的领域，也是与作者相识、相知的渊源所在。

恰如喜欢吟诗作曲的勇猛武将般不和谐，作为德国人，作为现场服务工程师，斯蒂芬确有些与众不同。通常用在德方现场服务工程师或机械工程师身上的膀大腰圆、身强体壮、魁梧彪悍这些词语，在他身上得不到半点儿体现——调试现场设备间的攀爬导致的不再整洁也不再好看的工作服，包裹着的是稍显纤弱的身躯，但依然遮不住透出的温文尔雅、才气与睿智，而这些特质也恰如其分地展现在其著作之中。

第一次拿到作者的书，是其英文译本，翻译到位，语言精妙，精髓悉在。在与作者分别后，在赶赴另外两个项目现场的旅途中，我便开始了阅读，随即被作者独特的视角、精辟的见解所吸引。

作为工程师，该书作者并不聚焦于对技术的见解，反而更关注人文：从一个作为世界工业“领头羊”的发达国家走出来的，娴熟于所从事行业的技术专家的角度，观察所走过的每一个地方，洞悉事物背后深藏的意义，阐述自己的见解、感悟。

本书按不同国家和地区分为十多个部分，每一部分都是作者在当时当地的所见所闻、所感所想。其中涉及中国（包括台湾地区）的比重最大，中文译本出来后，对于中国读者来说或许会更有裨益。与德国人通常严谨甚至稍显刻板的风格不同，作者是宽容仁爱和风趣的。他直面异域文化给他带来的强烈冲击，好的坏的、优的劣的，悉收眼底，宽容对待，并给予坦诚剖析，挖掘深意，最终娓娓道出。

与作者相识并得此书后，便与姜立新先生探讨作者的思想并共成此序，也愿读者能够共享作者的经历，体味书中的美妙，一同踏上一位德国工程师的工业之旅。

姜立新　刘松林

北京艺科天和环境工程技术有限公司

北京艺高人和工程设备有限公司

要有问题

请求您原谅我一开始就拿“问题”来烦您，无奈工作就是如此。我确信您知道我在说什么，振作起来，下定决心，开始行动吧！

“问题的存在是为了解决。”这是看似充满问题的时代，对毅力提出的最具代表性的要求。我经常开车或乘坐飞机去拜访客户。不论拜访什么样的客户，不论和哪个同事交谈，千篇一律，每个人都向我倾诉遇到的问题。反思一下，如果没有遇到任何问题，那就糟了，果真如此，十有八九我就要失业了。庆幸的是，我不会失业。我现在面临的问题，就是如何向您讲述我遇到的形形色色的问题及其背后的故事。如您所见，问题无处不在。

说实话，即使解决问题的方法很简单，我也不会承认这一点。深入思考，我越发确信如今谈论遇到的问题是保住工作的方法之一。似乎每个人都坚持这个原则——没有问题的人，就是没有全身心投入工作的人。的确，您听说过有人请别人去解决根本不存在的问题吗？

经济危机时期尤其如此。似乎越来越多的同事开始明白这个道理，即便平时少言寡语的同事，突然间也开始谈论自己的问题，谁也不想在下一次绩效评估的时候被归为多余的人。过去他们可能也遇到过问题，但大家都缄口不言；如今，每个人都在滔滔不绝地谈论“问题”。

过去，大家是“过一天，乐一天”的工作模式。这种模式让人理解为与同事相比，你根本没有遇到任何问题；现在，即使没有问题，也要制造出问题，而不是像过去享受沉默是金的快乐。大家都有融入讨论的欲望，细想一下，这是很聪明的举动。进化论在这方面教会了我们很多事情——适者生存。各个部门的人都在喋喋不休地说着自己的问题。这一点不足为奇。

有个非常有意思的现象。后开口的同事提出的问题，总是比先开口的同事提出的问题稍微重要一点。我敢说这种超越他人的问题的行为，也是保住工作的方法。于是乎，我们就掉进了问题的大旋涡。

对于我这样对老板保持着99.85%（另外的0.15%我需要保留自己的立场）的开放度和诚实度的员工来说，问题的关键是我能搞砸多少分配到我手里的工作，仍然不失诚信地告诉老板“这是一个很重要的问题”？换句话说，一个问题持续多久，大家仍然视若无睹呢？

您可能已经猜到，要全面回答这个问题，就会产生新的不那么容易解决的问题。而且，俗话说，“在做具有挑战性的项目时，危机是常有的事儿”。我明白这个道理，但是什么样的项目才能被认为具有挑战性呢？从哪个时间节点或者难易程度开始算才合理呢？

关注一两个别人亟须解决的问题可能会对我们大有裨益。尤其是关注别人如何评价自己的处境，可能会更接近问题的真相。顺便说一句，如果我们给别人留下乐于助人的印象，可能会对我们保住工作有所裨益。因为“不愿意帮助别人解决问题的人，本身就是问题的一部分”。

我们再来说说看电视，有这样一则商业广告，这是一家电话公司的商业广告。画面上是两个建筑工人脏兮兮、充满疑惑的脸。一个工人全程看起来都傻乎乎的，不停地在挠头盔；另一个工人正在给老板打电话汇报工作的最新进展。在他们背后，可以看见一条峡谷，峡谷上横跨着就要完工的壮观的铁路大桥的拱形支撑结构。两边的铁轨理应在桥中央的交叉点汇合，和普通的桥面相比应该是窄了几米，但是现在却是看起来高度差了几米。他们愚蠢地把水平误差当成了高度误差。建筑工人是这么说的："老板，我们遇到麻烦了。"您注意到没？这位仁兄说的是"我们遇到麻烦了"，但不说大麻烦还是小麻烦，只说麻烦。为什么他绝口不提麻烦的程度呢？这毕竟不是一个上午能解决的小问题。他是无意识这么说的吗？或者这么说是他接近坏脾气老板的巧妙策略？或者这仅仅是一个中等麻烦，依照内部惯例，之前的项目不论大小也都搞砸了？

这则商业广告没有提供问题的答案。我们继续看看下一个问题吧。请留意准确的措辞。这一次，不是打电话，信息是通过无线电线路传递，信号不好，时断时续。1970 年 4 月 12 日，阿波罗 13 号的宇航员杰克·斯威格特向休斯敦飞控中心报告称："休斯敦，我们出现问题了。"

又来了！同铁路桥的建筑工人一样，宇航员也没有报告是大问题还是小问题，他保持中立态度，只提到有"问题"。

当时斯威格特和两位同事乘坐很小的太空飞船，在海拔 30 万公里的高度上环绕地球，不久前因技术失误损失了一个重要的氧气罐。说实在的，想到这个我觉得有点羞愧——上周我给老板打电话汇报因一个锁紧螺栓造成的重大问题，这个螺栓并不是在无垠的宇宙空间内翱翔的飞船上面，而是位于距车间地面大约一米高的位置上，不会威胁到我和客户的生命，但粘住了一根生锈的钢梁。

“如果出现了问题，不必烦恼，先好好琢磨琢磨。”我的老板平静地说道，我猜那名铁路桥工人的老板以及 NASA 的领导也都是这么说的。首先，阿波罗 13 号飞船的全体成员最终成功返回地球（感谢汤姆·汉克斯主演的同名电影给大家“扫盲”）；其次，我没听过德国联邦铁路有哪段轨道区段要求火车从一条铁路跳到另一条铁路上去；最后，我在螺栓上注入一点 WD40（万能润滑防锈剂），几分钟后，防滑螺栓就能拧动了。

不要因为上面一点点胜利就妄下定论，某些人可能会大言不惭地说“没有问题，只有解决方案”，然而，解决方案并不总是准确的，就像下面要谈到的著名几何问题。人类从远古开始就绞尽脑汁，试图用直尺和圆规作一个正方形，使它的面积与已知圆的面积恰好相等。这就是那道世界名题——“化圆为方”。直到 1882 年，德国数学家林德曼才证明“化圆为方”无解。化圆为方的问题是不能由直尺和圆规作图法来完成的，这才最终将这一问题解决。

我敢说，以完全客观的标准判断问题的严重程度几乎是不可能的。显然人人心中都有杆秤，这是事实。此外，即便是标尺，随着时间变化，也难免会产生偏差，需要重新标定。比如，通过比较自己与其他同事对同一个问题的评估情况，我们就有可能发现问题的严重程度。想想我正尝试着写一篇讨论“问题”的说明文，您可能会想：“你到底有事儿没事儿？”

克里斯是我们一位比利时客户的技术经理。实际上他才是整个事件的始作俑者。当时就如何维修他的设备的问题，我们在一起讨论了好几天，最后大家完美地解决了所有问题——请原谅我又小小地炫耀了一下。您是知道的，我也要保住自己的工作啊。“炫耀”总是屡试不爽，我才乐此不疲。问题解决之后，我和克里斯喝咖啡的时候，他对我说：“斯蒂芬，你知道吗？我们部门所面临的问题越来越严重，看起来都没法解决了。”这时一位平素沉默寡言的同事开口了，他就简单地问我们是否真的觉得那些问题很严重吗。这种事并不经常发生，却总能在合适的时机及时把我们拉回到现实世界里。扪心自问一下，我们是真的认为问题很严重吗，仔细思考一下，我们就能调整思考方式，重新评估问题的严重性。这是位热心肠的好同志！

克里斯顿了一下，往咖啡里倒了点牛奶，他拿起碟子里的勺儿，一面搅拌着金黄色的咖啡，一面用平静如水的语调继续着刚才的谈话：“我们讨论的问题是否真的那么严重？”说完这句话后，刚才那位同事转身走开了，交头接耳的同事瞬间安静了。有些人偷偷瞄一眼别人，另一些人羞愧地低头盯着地板。每个人心里都清楚：工作中遇到问题难道不是意味着你至少有一份能赚钱的工作吗？钱是养家糊口的基础，不是吗？

我们在工作中遇到的问题，或大或小总能找到解决方案。生活并不是如此简单，上面提到的那位热心肠的同事有个 6 岁的儿子，可怜的孩子远远没有这么幸运，他遇到的问题永远无法解决：最近医生诊断这个孩子患有骨癌，无药可救了……

比利时布鲁塞尔

2008 年 5 月

在云端

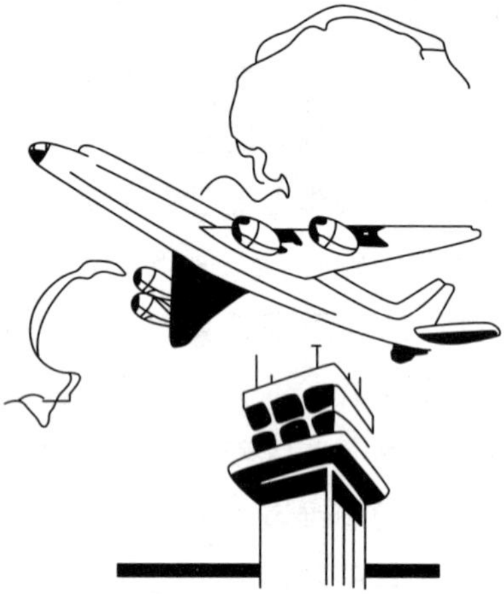

太空时代，人类只需两小时就可以环绕地球，一小时用来赶往机场，另一小时用来翱翔。

尼尔·H. Mc 艾尔罗伊（Neil H. Mc Elroy）（1904—1972）

美国国防部秘书长（1957—1959）

在云端……

“自由无限……”❶ 这是雷恩哈德·梅在20世纪70年代演唱的歌曲。这首歌讲述了歌手在云端自由无限的体验，第一句就令人欢欣鼓舞。然而不管我有多么丰富的想象力，我都不会相信，在长途飞行中挤在经济舱的歌手能有如此的感受。在歌中，第二句他唱道：

“……所有的恐惧，所有的担心，据说，都隐匿不见……”

首先，如果您能舒展双腿，这句话可能对。担忧恰恰从此处开始——我们乘坐的是经济舱！

想到这首歌的最后三分之一，我的思绪不由自主地飘到老板那儿，他应该也参与其中了。因为在云端……

“看似很重要的东西，转瞬间会变得微不足道。”

有句座右铭：我们大家要团结一致！我的老板是实干家，他并不只是口头同意上述21世纪最受欢迎的座右铭，而是很快付诸行动了。不论距离长短，不论时间长短，我和所有现场服务工程师一律需要乘坐经济舱——经济舱就在商务舱的帘子后面。用老板的话说：“……由于公司紧迫的财务状况，为了我们公司的

---

❶ 歌曲名称为《鹰击长空》，是由德国知名歌手雷恩哈德·梅演唱的脍炙人口的一首歌，自1974年专辑发行后，非常受欢迎。

经济效益……”如果您想“保住饭碗”，从这方面想，这话似乎挺有道理。是的，没问题。

可是，如果将我们应对财务困境的做法和德国汉莎航空公司的经营策略对比，就会得出不同的结论。为了赚取更多的利润，最大限度地利用舱内空间，航空公司将两排座椅之间的间隔缩到最小，让乘客们挤在一起。航空公司让客户“团结一致”，而老板的做法恰恰相反——为了客户的利益让我们这些员工团结一致。我想下次我应该找个合适的时机和老板切磋一下这事儿。

歌曲的最后一节，雷恩哈德·梅描述了某个人在机场控制台上泡了杯咖啡，还描述了水坑里漂浮的汽油，“像彩虹一样，闪着七色光芒，”结尾唱道：“……它们身上反射着阳光，我会爱上飞翔。”

毫无疑问：如果雷恩哈德·梅乘坐的是经济舱，他会很局促不安，怎么可能写出这首在云端自由无限的歌曲呢？他只能写一首歌谣，名字叫“我待在一个盒子里”或者“我要活下去”。他也许会唱道：“罐头里的沙丁鱼想方设法生存，尽管它们的处境几乎让人绝望。”

为了帮助您弄明白在云端对自由的妥协程度，我悄悄地拿出卷尺，量了一下适合长途飞行的波音 747－400 座椅前后排之间的距离。

所有计划坐经济舱的人都得知道，即使您的座椅宽度只有 47.5 厘米，要不是您与前排乘客只隔着 79.2 厘米，您的空间也不至于如此局促。如果前排座椅靠背倾斜 23°，前排的乘客离您实在是太近了。

如果您恰巧买到位于紧急出口的那几个极受欢迎的座位，您可能会觉得自己特别幸运。但此时您也得注意，其他乘客会把多出来的空间当成聚会地点，伸展一下麻木的四肢，分散在不同座位的家庭成员会聚集到这儿聊天。一般来说，我没什么意见。然而，糟糕的是舱内的电视机屏幕就安装在紧急出口处，每当电视剧情达到高潮时，五六个西西里岛的家族成员就过来了，他们挤在电视机和座位之间的空间里，手舞足蹈，谈天说地，就好像巴勒莫❶刚刚赢了意大利足球锦标赛一样欣喜若狂。后来，又来了一个穿着宽松牛仔裤和破旧羊毛衫、头发像刺猬一样的瘦高个儿，正好站在电视机屏幕前。他瘦得像个问号，眼神在座椅间游离，手插在裤兜里陷入了沉思，双手在口袋中搓着，样子实在不雅。

我们继续聊聊测量座位间距的话题吧。对于屁股宽度大于47.5厘米的乘客，当前排座椅靠背像棺材盖一样放倒下来的时候，肯定会得幽闭恐惧症；老板比较慷慨的那些乘客，订商务舱会比较明智：座椅宽度达58厘米，与前排间距达122厘米，即使前排座椅靠背往后倒45°，空间依然绰绰有余。如果感觉商务舱还不够好……您还可以选择舱位大赛的冠军——头等舱，眼前足足有228厘米的空间，足够让您伸展双腿，座椅靠背自动放平，瞬间变出一张舒服的大床，您感觉像腾云驾雾，飘着飘着就到了目的地。这感觉倍儿爽，您甚至希望飞机永远都不到站。这时，经济舱寂静无声。空姐把托盘上装着的残渣剩饭、空塑料盒和揉成一团的锡纸收拾干净。电视中的影片已经播完一会儿了，屏幕上反复显示飞行数据和航线图，单调无聊。窗外一片漆黑，我们正在飞往马尼拉的途中，位于俄罗斯某地的上空。此处位于莫斯科和乌兰巴托之间，飞行高度10000米。

---

❶ 巴勒莫足球俱乐部是一支来自意大利西西里岛巴勒莫省的职业足球队。

舱内少数座位还点着阅读灯，如孤独的寒星一般。我也打开了阅读灯，除了双腿麻木、脖子发硬，身上其他部位还很活跃。

我前排的乘客将座椅靠背调低，直抵我的膝盖，头都快碰到我的鼻子了。旁边的乘客鼾声如雷，将我俩中间共用的扶手全占去了，而我还在座位上坚守阵地。有那么一瞬间，我的脑海里出现了老板，他穿得跟魔鬼一样，握紧拳头咬紧牙关，鼓励我："坚持住，老兄！为了客户的利益，战斗吧，挣扎吧！"

我只有手和眼睛能自由活动，试图翻阅汉莎航空的机上杂志时，但发现连这点小小的愿望都很难满足。前排座椅靠背总是向后倾斜，我只能把杂志夹在鼻子和前面乘客的后背之间，杂志几乎要"亲吻"我的脸了。

杂志的第一页是汉莎航空公司董事长沃尔夫冈·美瑞哈勃（Wolfgang Mayrhuber）先生的照片，他坐在一架飞机上，一脸灿烂的笑容，向我表示欢迎。他希望——不对，他理所当然地认为——我会像傻瓜一样感到高兴，我差点儿就信以为真了（我说的是"差点儿"）。

照片上的他看起来并不让人讨厌，他轻松地背靠白墙，休闲外套敞开着，露出里边的衬衫，没有打领带。他的表情很随意，更像是一位友好的邻居，一同住在郊区，周六修剪草坪，周日陪伴家人野餐，当你需要帮助的时候，能适时将扳手借给你。看起来并不像手下拥有 90000 名员工性格强势的公司董事长。

我看着他，真不敢想象这个看起来慈祥得连苍蝇都不忍心打死的人，会让人把经济舱的座位安排得如此局促，连翻书都困难，更别提舒适了。"快点，哥们儿，再往后挪 1 厘米！"

在美瑞哈勃先生的欢迎辞中，他谈到了持续创新、安全问题和可靠性，还提到了飞机的定期保养。他说自己是一位好老板，能记住所有员工的名字，支付的薪水在平均水平之上，从不轻易解雇员工，除非管理咨询师认为有必要这么做……

实际上，他的欢迎辞并不枯燥乏味，可惜的是，自第二段之后，细小的字体离我的脸如此之近，实在看不清楚，于是我开始快速翻阅。后面全是穿着高雅的年轻人的照片，看起来光鲜亮丽，精神抖擞，拿着香水、珠宝和太阳镜摆出各种姿势。从他们的表情判断，他们肯定是刚刚开完电视剧《迈阿密风云》的剧组演员会议，直接跑过来的。

然后我翻到每位读者都会自动翻开的那个地方，书的正中间钉着图钉的位置，整页都是汉莎航空，似乎广袤天地之间空无一物。左边是一扇椭圆形的飞机窗户，一名大约 8 岁的小男孩透过窗户凝神向外观望，沉浸在云端的阳光里。右边的海蓝宝石字体是汉莎航空表达小男孩父母心声的话语：

世界每隔 6 秒就有一架飞机起飞，每天将 130000 多名乘客安全运达目的地，很高兴能成为其中一员。

一切为了此刻！没有比汉莎航空更好的选择。

很遗憾，我的“此刻”历时长达 14 个半小时。我需要从德国法兰克福飞往菲律宾。那个小男孩肯定会得到所有美丽空姐的呵护，他是如此可爱的小家伙。他要花一小时从杜塞尔多夫飞到慕尼黑，神采奕奕地来到爷爷家。前排座椅之间的空间很富余，他甚至可以摇摆着短短的小腿，他的父母根本无须担心前排座位突然放倒，压碎他稚嫩的膝盖骨。

百无聊赖，我从飞机上的座椅口袋中又找到一本叫作《太平洋》的杂志，它实际上是为美国运通卡持卡人和潜在客户设计的，现在搁在飞机上，用一些好看的图片和抢眼的标语来向我这样无聊的乘客进行推销。除了好多商品标价页以外，还有让纳税的员工一看见就要郁闷的文字，汉莎说：

“我们的商务舱尊贵舒适、物有所值……在我们汉莎航空的航班上乘坐商务舱，您将会感受到我们最贴心的服务。”

什么？“……乘坐商务舱，您将会感受到我们最贴心的服务？”那我和经济舱内另外两百多名乘客呢？我们就该被挤得像运往屠宰场的牛一样忍受这 14 个半小时吗？我看美瑞哈勃先生简直是在敲诈，商务舱的价钱是经济舱的三倍，同样的里程，只不过就是飞行时能把腿伸直，就餐前提供一块热毛巾和银色的毛巾夹子，四周被笑容满面的空姐环绕。就算你把用过的毛巾塞到她们嘴里，她们还是会对你笑意盈盈。

因此，我完全明白我们这些在便宜机舱里的乘客是在忍受，而不是集万千宠爱于一身。依我之见，这在战略上并不明智，也就是说，为了所有汉莎航空的乘客，美瑞哈勃先生放了这张广告，而这个广告对容易得血栓和装了人造膝关节的乘客来说，明显过于强调等级差别。这种行为不禁让我想起幼儿园小朋友们的炫耀：看呐，看看我多能干，我能将腿完全伸直哦——但是你不能哦……”

谢天谢地，飞行几万公里之后我得出这样一个结论：不管在地上还是在天上，有些事我们不得不视为理所当然，也就是说，这是我们生命中不可避免的因素。因此，我们最好放声歌唱，是的，还要歌唱！

事实上，我原本不想泄露我的小秘密。（管它呢！如果您坐飞机的时候恰好坐在我旁边，您也会发现这个小秘密。）

飞机将要起飞时，我的心情同汉莎航空宣传页上的小男孩一样紧张又兴奋。我靠窗而坐，飞行前的最后几秒钟我会变得很感性……

飞机引擎突然发动，轻微的震动后，像上了弦的玩具飞机，开始慢慢地滑行。飞机慢慢地加速，像获得自由的钢铁大鸟从柏油跑道飞起，引擎的反冲力促使你紧贴椅背。

我完全沉浸其中，紧贴着机窗玻璃，像小孩子一样睁大无邪的眼睛看着外面的世界。地平线逐渐消失，视野变得开阔，房子、树、街道越变越小，依稀可辨。刚刚还真实的世界一下子变得像是玩具世界，最终消失在一团团白云之中。我就像一只自由的小鸟，头晕目眩，兴奋不已。我忘记了周围的一切，开始对着飞机椭圆形的窗户大声歌唱，空中歌声回响："在云端，自由无限……"

法兰克福与马尼拉之间的某地高空飞行中

2006 年 6 月

天堂第七层

我不太肯定是不是我写的《在云端》的故事触动了老板某根敏感的神经，他突然良心大发现，对我们现场服务工程师的处境表示怜悯。

同以前每年的做法一样，他要求全体现场服务工程师为我们SMS公司的年刊提交意见或文章。我精神为之一振，心想这或许是个最佳机会。我的想法是让所有员工，包括老板在内，理解一件事，现场工程师坐经济舱飞行11个小时到远东，与坐着蒙古牧民的牛车翻越喜马拉雅山没什么区别。

去年年底，老板终于宣布，自2007年1月1日起，所有现场服务工程师出差时飞行时间超过6小时的，可以乘坐商务舱。这个消息让我高兴不已。

几周后，一名韩国的客户打来电话请求支持，我立即开始了一次长途飞行。旅途中我终于可以享受到不用离开座位就能伸展双腿的福利了。从疾病预防的角度看，确实应建议您经常离开座位活动活动，据说这样能防止血栓形成；然而，从实际来看，这个好福利是很危险的，可以说非常危险。

我们慢慢说吧。

别担心，我不会长篇累牍地讲述乘坐商务舱时受到的精心照顾，让您心生厌烦。但是有一点还要说明：对于几年来长期挤在便宜的经济舱中的人来说，突然升舱之后，很难明白为什么商务舱的空间和服务还是无法满足某些人的需求，他们宁愿支付更加高昂的费用进入头等舱。

您肯定在《古典家居》(《Schöner Wohnen im Alter》)、《医药新闻》(《Apotheken Umschau》) 或《每周电视指南》上看到过这样一则广告：一对银发夫妻因背部和膝盖疼痛，躺在起居室里舒适的扶手椅上，怡然自得。登上韩国航空波音 747-400 的飞机后，发现商务舱的椅子跟广告上的椅子一样，我就乐不可支了。

座椅两侧是软皮扶手，可以直接拿去当摩托车座椅了。左侧扶手上是综合远程控制板，有 16 个——天哪，16 个按钮，它的唯一目的就是把椅子变成沙发。雷恩哈德·梅[1]的想法终究还是对的。

我唱着他的歌，表达生活的快乐，“在云端，自由无限……”舒适的环境唤醒了我贪玩的天性，我按下了其中一个按钮。随即一个小型电机在我屁股底下震动，接着椅子变成宽敞的倾斜面，足够轻松摆放两个美丽动人的空姐。

所有的空姐都已系好安全带坐好。广播刚刚通知所有乘客将座椅调正，我想将椅子调回到原始状态，于是尝试按了几下另外一个按钮。椅背下部凸出了一块，慢慢地上下移动，按摩我的腰椎骨。在经济舱中，空间有限，后排的乘客把腿顶在你的座椅靠背时，同样也能起到按摩的效果。

我尝试着将座椅靠背调正，按了顶上的按钮。我一定是碰到了旁边的按键，瞬间，靠枕就向前移动，将我的下颌紧紧顶在胸

[1] 德国歌手，词作家。

骨上。我被压得喘不过气来，与此同时，伸出的小腿踏板向后移动。现在我至少可以尝试踢邻座一脚，让他知晓我的窘况。唉，商务舱空间太大，我根本够不着他的小腿。我像瞎子一样摸索着远程控制，希望能找到一个理想的按键，最好是重置键，这样就能把沙发调正。

指尖的麻木感蔓延到全身关节，我绝望地快速按着所有的按键，一个接一个，于是……悲剧发生了。

我敢打赌您曾经也有过这样的经历——站在游乐场地狱般的项目面前，您很勇敢地进入其中一个箱子，所有的箱子像箭一样向四面八方飞出去，同时还迅速地改变轨迹，大幅度地前后摇摆。我想这个游乐项目的名称应该叫“霹雳舞”，在淡季的时候还可以用来训练红牛特级飞行员。

我踉踉跄跄，几欲呕吐，这时一名美丽的空姐箭步向我走来，只按了一个键，就把我从座椅对我的尴尬束缚中解脱出来。就像每次汤姆猫被杰瑞鼠暴打过一样，我两眼直冒金星。我对她感恩戴德，在我眼中，她幻化成无数重影，我朝她眨了眨眼睛，听到她天籁般的声音。她柔声建议我下次使用远程控制之前，先看看说明书。

周围的一切慢慢地变清晰，这时飞机已经穿过重重云层，从法兰克福飞往首尔。在那一刻，我甚至后悔给老板发了“在云端”那则故事。

千万别误会，我当然知道感谢公司的关爱——飞机起飞前，你就能喝到一杯冰镇鲜榨橙汁，记住，是装在玻璃杯而不是纸杯中；稍后用餐时提供六道菜，你如果弄脏了洁白的桌布也不会有人抱怨，你可以把教皇新堡白葡萄酒一直喝到吐，花着客户的钱向老板敬酒。

不过实话实说，尽管有这么多看起来必不可少的便利，商务舱实在是无聊透顶。我可以说详细些，大多数人都是那种能将印刷精美的《法兰克福汇报》财经版看五分钟以上的主儿，或者他们只是在装。剩下的时间，他们不是睡觉，就是疯狂地敲击笔记本键盘。

在平流层飞行三个多小时，我大快朵颐地吃了一顿。满血复活后，我鼓起勇气按下这16个小按钮，尝试调整到舒适的姿势。

终于平躺着了，我像埃及艳后一样，从一个小盘子里拿葡萄吃，并向急匆匆的空姐示意我的葡萄酒喝完了。

我轻轻地打着饱嗝，向老板送去感恩的祝福，思绪又慢慢地飘走了，从上层机舱飘到了经济舱。在那里，乘客们不得不坚持，像机械化饲养的母鸡一样拥挤着；与邻座的乘客争抢中间共用的扶手；吃饭时一不小心手肘就能打到对方的鼻子；马桶座上还残留着溅起的黄色污点，每次上洗手间都会感到很恶心；内心诅咒他们的老板如此吝啬，没有批准他们的商务舱申请；更重要的是，他们要用塑料勺从铝箔碗中刮食物，费劲地撕开玻璃纸才能吃到水果，把石头一样硬的面包扔到热咖啡里，实在寒酸透顶。

而在商务舱就餐，就像是在高档餐馆。他们甚至给我提供两套闪亮的优质餐具，我马上用餐巾布将其中一套包好，悄悄塞进口袋。在此我想向韩国航空致以诚挚的歉意，不过想想看，一张机票要花3500欧元，我权且认为这是个小礼物。除此之外，我对刻上去的商标“韩国航空——商务舱”情有独钟。再搭乘五次航班，我就能凑齐一组餐具，下次家庭聚餐时就可以炫耀一番了。

尽管有这些便利，还有免费的餐具，却错过了经济舱里太多的娱乐活动。在经济舱就像回到读书时代，后排的同学们无所事事、说说笑笑，书呆子们则坐在前排。

你怀疑吗？没问题，我来举例。去年从北京飞往法兰克福途中，当机舱厕所的门缝中冒出一阵烟时，机舱内响起了一阵哨声。一眨眼工夫，三个空姐就抵达现场，第一个空姐迅速打开门锁，另一个像查克·诺里斯（美国动作片演员，曾与李小龙拍摄电影《猛龙过江》）一样撞向折叠门，折叠门应声打开，第三个立即从香烟的烟雾中拉出两名乘客。这俩人想偷偷地补充一下体内的尼古丁含量，FBI 式的大胆空姐们与这两名困惑的罪魁祸首当面对质，他俩则怯懦而内疚地点着头，毫不犹豫地上交了护照，接受全程严格监管。好吧，如果这都不算舱内娱乐活动，还有什么算得上？

别以为经济舱的欢乐在登机后才开始，当然不是。舱位的差别在登机时就已经泾渭分明。当商务舱的旅客像小朋友们参加圣餐一般安静地排着队时，你最好从安全地带观看经济舱的乘客们如何办理登机手续。“女士们先生们，您的飞机已经准备登机。”这句话肯定是触动了经济舱旅客们的某根神经，它就像是赛跑时的发令枪：“各就各位，预备，开始，跑！”一群十几岁的小混混站在将要打开的校车门前的情形，都没法与此相提并论。他们很兴奋地一路喧哗地冲向门口。太不可思议了，那情景就像饥肠辘辘的人们突然发现第一家外卖店开门了一样。

说到“廉价剧场的欢乐”，我很怀念两年前去台湾的旅途。一切和平常并无两样，突然，一个醉汉跌跌撞撞地来到机舱，操着一口蹩脚的俄罗斯口音的英语，只因空姐们拒绝给他提供酒，他就满怀敌意地对着空姐撒酒疯。

渐渐地，俄罗斯人的声音越来越大，空姐们也越来越严肃。

他们看起来有些失控，从对话变成了粗鲁的吵闹。惊慌失措的汉莎航空的空姐们高声说着“千万别失控”“最要紧的是其他乘客的安全”等话语。她们甚至开始讨论在莫斯科紧急降落。

我暗地里期望着汉莎航空免费让我们在“沙皇的领土”住上一晚，这时，其中一名空姐想要强行让俄罗斯人在同意声明上签字。问题是尽管他喝醉了，他也渐渐明白他将被逐下飞机。他半敞着衬衫，胸膛凸起，站起来反抗空姐们。其中一名空姐甚至询问周围的男性乘客，如果真打起来，会不会帮忙。

我时不时地瞄一瞄空姐紧绷的短裙中凸显的梨形屁股。（坐在过道一排的男人们都这么干——我逮着你了！）尽管我脑海中已经出现自己被这位拳王体格的俄罗斯人撕成碎片的画面，我仍然被空姐请求帮助的表情迷住了，我情绪高涨，握紧拳头站了起来。

尽管后来事故没有演变到紧急降落在莫斯科机场，很遗憾，也没有为了庆祝完美结局而与漂亮空姐共进晚餐的机会，有一点毋庸置疑，这样惊心动魄的场面只有在经济舱才能看到。

最没劲的就是，乘坐商务舱的旅客把一切都视作理所当然，下次您自己坐飞机的时候注意看看！我感到很遗憾没有听到欢呼和掌声，他们才不关心飞行员使用什么设备快速找到目的地——离出发地几万公里远呢。最终，他将这架大飞机精准地降落在柏油跑道上，他们也不在乎。

我依然清晰地记得乘坐经济舱时，当飞机的轮子触到地面的那一刻，舱内鼓掌声、欢呼声、跺脚声、激动得热泪盈眶的一幕幕。如今，成功着陆就是理所当然的事。

我还记得有一次中国国航的航班在法兰克福机场降落时的趣事。当飞行员将飞机着陆的那一刻，全体乘客都屏住呼吸，这时一个科隆口音的男人开口说话了，他干巴巴的声音在舱内回荡："我们是刚刚触地，还是被击中了？"

最后，我想用我最喜欢的舱内娱乐故事结尾。故事发生在印度尼西亚国内航班上，一架小飞机从雅加达起飞后，正飞往目的地巴厘岛的登巴萨，到达飞行高度后，我的邻座严肃地问我的目的地是哪儿？就像我刚刚说的，我们俩在同一架飞机上挨着坐呢。

您知道吗，我真的在考虑再给我的老板发一封邮件，告诉他既能节省50%的机票费，又能保证现场工程师享受无穷乐趣的办法。

天堂第七层，德国与韩国之间某地

2007 年 5 月

你不是一个人在奋斗！

T90
CNCEC

FMC

天津市公安局

守望

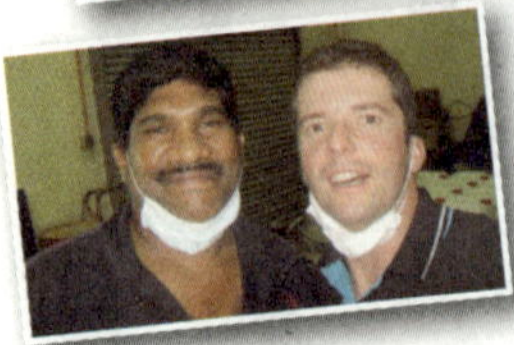

安装在船上的两台薄膜干化机

新加坡废油再生蒸馏设备

高粘性产品加工设备

铜制换热器

生物柴油厂

安装立式薄膜蒸发器

在德国布茨巴赫 SMS 公司
装配一台薄膜干化机

分段式圆盘干化机

两台卧式薄膜蒸发器

正在起吊一台薄膜干化机

带感应加热的短程蒸发器

乳化剂短程蒸馏系统

中　国

鸟巢

如果你不愿工作，你就需要赚足够多的钱，这样你才不用去工作。

——奥格登·纳什（Ogden Nash）

（1902—1971）美国作家

入乡随俗

第一次机器运行，是在德国某地。所有准备工作井然有序，万事俱备，只欠东风。准备开机！客户的员工们互相拍着背，兴奋地围着机器 KV-1800 群情激昂，SMS 公司的现场服务工程师用手势与他们确认 OK。他具有几十年丰富的经验，供职于一家拥有 90 多年历史的公司，世界公认的质量标志“德国制造”让人们对他充满信任。还有什么好担心的呢？然而，风险总是存在，总是！即便是德国制造的机器。SMS 公司的服务部门会以亲身经历向您细细描绘。

无线电的噼里啪啦声发出了“开始”的信号。客户公司的操作员指示控制中心的同事开动机器。SMS 公司代表的希望开始点燃。对他而言，没什么需要做的了，与项目相关的每个人——销售、工艺设计、机械设计、建造、质量控制和运输等人员，都出色地完成了工作。凭经验推断，这是众望所归。

紧接着项目启动！数吨重的电机开始嗡嗡嗡地旋转……

有谚云“入乡随俗”，令我吃惊的是，这句话在机械设计和建造领域同样适用。听我娓娓道来。

在世界的这边，试运行和启动期间的责任仅由 SMS 公司的技工或工程师来承担。但在很多亚洲国家，情况却大不相同。除了依赖员工的专业技术，还得依靠神祇。那是一种公开的方式，类似于音乐剧《星光快车》（英国剧院历史上演出场次仅次于《猫》的音乐剧），而并不像我们的祈祷那么安静、庄严、肃穆。打个比方，“决战”之前，即试运行之前——破旧的蒸汽引擎 Rusty 寻求来自天堂的帮助。如果您有机会看过这个音乐剧，您一定知道 Rusty 得到了帮助。

凑巧的是，远东的客户寻求的就是同样的帮助。您认为我夸大其词或者一派胡言？一点儿也没有！真人真事儿。

给您举个例子吧，2008 年在中国，SMS 公司提供的一台人造树脂机器即将在昆山的一家公司服役。人们不是按下启动按钮，而是在生产大楼前摆了一桌子的礼品——一条活鱼、一只活鸡、一个猪头和各种水果。

后知后觉的我还停在西方的惯性思维上，我当时想：“太好了，这是管理层的答谢宴吧，是想庆祝员工在这么紧的工期内圆满完工。”

我贪婪的双眼在自助餐桌上搜寻盘子和餐具，遍寻不着。这时初级经理雷蒙德（Raymond）递给我三支香，叫我将香点燃，双手环抱，将香置于胸前。

“干吗？”我暗自嘀咕着。转念一想：“客户永远是对的。”于是我照着他们的说法，和同事一起走到桌前。您瞧，我们虔诚地三鞠躬，把香放在鼻子中间，面对着鱼、鸡和猪头，感谢设备的顺利安装，并祈求神灵保佑开机顺利。直到这时，我才恍然大悟，这桌祭品是给神吃的，不是给我们吃的。

我的同事汉斯·皮特（Hans Peters）、哈特穆特·赫舍尔曼（Hartmut Hoerschelmann）和福瑞兹·施密特（Fritz Schmitt）2001 年在韩国客户那儿将 RTC－6300 交付生产时，同样目瞪口呆。到达现场的不是操作员，而是一名巫师，不知道他打哪儿冒出来的，违反了所有的事故预防规定。他突然出现，身着彩色服装，头戴帽饰，脚穿拖鞋。神汉（男巫师称为神汉，女巫师称为灵媒）的任务是让信仰者（我们的客户）与鬼魂建立联系。依照古代巫师的习俗，要举行一个所谓的“dodangut”祭祀仪式。就像我们昆山的客户那样，他们在神坛上摆满了水果、鸡、鱼和猪头。

我的那三位在场的 SMS 公司同事对这种异域魔法毫无心理准备，而且 SMS 公司的参考手册中没提供任何关于“在韩国交付生产期间的非常事件”的线索（布伦纳先生，沃格特先生，将来编写参考手册时请务必增加这些内容）。他们隔着一定距离看着招魂仪式引领生产设备踏上命运的征途，大惊失色。

我的同事们看见巫师穿梭于设备四周及生产大楼的各个楼层，口中念念有词，用招魂的手势召唤灵魂，期望为客户带来好运，祝愿他们取得大丰收（设备达到计划生产量）。此外，他们还要驱除厄运（没有损失或机械密封处的泄漏）。安装工人默默地目睹着巫师将几杯烧酒——一种用甜土豆和大麦酿制的有民族特色的烈酒，绿瓶装的那种——倒在 Reactotherm（一种具有超强混合和捏合作用且具有自清洗功能的高效处理器）上，而不是喝掉它们。我的同事们目瞪口呆地看着项目经理和负责的工程师们将香点燃后，插入肉肉的猪脖子中，我的同事福瑞兹·施密特也光荣上场了，他将一个韩国硬币放进祭坛上翘起的母猪的嘴里，预祝产品销售成功。神奇的是，祈福对 SMS 公司的业务产生了明显的正面效果。2007 年，这个工厂扩大生产，又购买了一台 RTC-10000。2011 年，第三台设备上线。

在亚洲，客户不仅仅在试运行和开机的时候寻求神的保护，而且在开始安装及将第一台机器拿进新建钢结构中时也会寻求神祇。早在 2009 年中国保定，我们的 CP－1800 也受到了同样的殊荣。滑轮上插着一面旗子，伴随着安装成功的祝愿，起重机提起了 24 吨的蒸发器，同时点燃了一米多长的鞭炮——他们认为烟雾和声音能够驱鬼降魔，这样恶魔就不会干预后面的工作了。

2010 年春，越南的一名客户安装机器时，也向上帝和鬼魂敬献了祭品。因为在 SMS 公司交付的圆筒中安装填料很危险，于是他们敬献了香和水果，以换取神祇的保护。

最近的一次客户请求神助，是今年 8 月在泰国罗永府 SMS 公司的 DVN－5500 进行冷态调试期间。佛祖保佑，从机械密封处垂挂着的花环可以看出，采用脱矿质水进行冷态调试，没有异常的运行噪音，没有振动，机械密封毫无泄漏。

总结：所有骗人之类的把戏更有意义吗？众所周知，信念能够移走高山。神的力量为什么就不能为机械设计和建设做出积极贡献呢？

追根溯源，这些工业习俗起源于农业社会，那时候劳动人民更亲密地接触大自然，太阳、雨水、风暴决定着农作物的成活，决定下一年的收成是好是坏。如今工业时代，成功的关键不再靠天，而是靠着蒸发器的程序化制造，或者依靠受热面、转子尺寸、转速、标称尺寸、材料、润滑剂……仅仅只有机修工在户外设备上工作的时候，才不得不面对恶劣的坏天气。

让我们大胆做个对比：在远东文化中，在中国、韩国、泰国、越南等国家“丰收”前要祭祀和放鞭炮；而在我们西方文化中，我们是事后庆祝，如感恩节。我们用杂粮、谷物、红酒和面粉装饰教堂里的圣坛，带着成串的玉米穿过社区的大街，唱着歌，感谢上帝赐予的丰收。东西方的哲学有什么不同呢？

“够了，别讨论哲学了，赶紧工作去。”我听到老板发话了。

当然，千真万确，最后，机器必须运转。如果出现问题，即便是超自然的力量作怪，请尽快联系我们——SMS 公司客户服务部。我尊重万能的上帝和影响力强大的鬼魂，但我怀疑谁会屈尊俯就，不惜弄脏神圣的手，去拧油腻的螺丝。

在中国、泰国、韩国和越南

2005—2010 年

史密斯先生和经验之谈

经验——多好的一个词语！这个词无所不能，又无处不在。

人们谈论生活经验和工作经验，好的经验和坏的经验，还有与异性交往的经验。

受美妙的双关语启发，从我的自行车之旅返回后，我相信我已通晓人情世故（熟悉全世界的道路），这也不全错——至少就那时我的交通工具来说。

然而，“经验”一词真正表示什么意思呢？不管怎么说，它肯定是生活中重要的、有价值的东西。每个人都不停地谈论经验，并且喜欢称道自己的经验。

回顾某个人的历史，看看他的经验，人是通过“学习”“尝试和犯错”来不断吸取经验的。对教师而言，经验很重要，有直接经验和间接经验之分。科学家们应该知道，经验划分到实验科学领域可以有观察、测量和实验等方法。毫无疑问，经验听起来很重要。美国发明家及通用电气的联合创始人托马斯·阿尔瓦·爱迪生（1847—1931）用清晰的方式概括了与经验有关的问题：“经验是错误的总和。”

这就存在一个基本问题：经验这个概念到底是什么时候产生的？人类形成的时候就产生了吗？经验的历史能追溯到人类在地球上迈出第一步的时候吗？

准确地说（或者依据“经验”），这不可能是真的。毕竟，人类迈出第一步时没有任何经验可循！当时的人类是天真的、单纯的、无知的。从人类迈出第二步起就发生变化了，我们可以假定他从先前迈出的步子中学习，得到了经验。

然而，从什么时候，哪一步，哪个瞬间开始，能说成是个人“经验”，能让人们盲目相信的经验？

20世纪初期的1907年，一位叫爱德华·约翰·史密斯（Edward J. Smith）的人被人问及作为船长的个人经验时，他给出了下面回答：

“每当有人问我该如何完美地描述我在海上航行近40年的经验时，我只想说，平安无事。当然也曾有冬季大风、风暴大雾和类似情况，但在我的全部经历中，我从来没有遇到任何值得一提的事故。在我的航海生涯中，仅看到一次船只遇难……我从来没有遭遇船只失事，也从未遭受任何形式的死亡威胁灾难。”

爱德华·约翰·史密斯是一名经验丰富的船长，他一生中大部分时间都在海上航行，他非常具有先见之明，极其谨慎地驾驶船只，远离危险。出于尊敬，有人可能很快地盲目相信这样一个人，却忘记了这样一个事实，40年的经验能充分让一个人深深地麻木。

星期一早晨，在中国南京，即将成为中石化—BASF中德合资的化工厂里有一场安全宣讲会，教室里聚集了30多名年龄不等的男士，他们都是讲英语的海外员工，有熟练的技工、专家、拥有多年工作经验的人，但这不代表任何人盲目地相信他们！

就像他们之前的那14000名日复一日为这个庞大工程工作一年半的员工一样，这30多名新员工首先要接受安全培训，只有这样，这些经验丰富的专家才能为这个所谓的“巨型”工程效力。中石化—BASF 安全部门发言人是一名年轻的亚洲女士，她对新员工表示欢迎后，随口问了在座的男士们，是否有人听说过爱德华·约翰·史密斯。他们静静地思考。

这个问题的唯一回复就是皱眉和耸肩，她似乎早就料到这种结果。

她一言不发，用投影仪播放了一篇黑色幻灯片，引用了这位船长在 1907 年所说的那段话。她等大家读完之后，一言不发地打开幻灯片的第二页。

爱德华·约翰·史密斯

白星航运高级船长

&

泰坦尼克号船长

1912 年于大西洋遇难

现场一片静默。

中国南京，中石化—BASF 工厂

2005 年 11 月

没有钢铁，世界会变成怎样

根据 DIN，即德国工业标准，更确切地说是德国标准化组织制定的工业标准，“钢铁是未经精密处理的各种球墨铸铁”，我们的老师傅 Fritz 在我实习期的第一天就反复向我和另外三名容易轻信的铜匠灌输这一理论。说实在的，我并没有完全理解这一理论，甚至不知道这是否是正确的，我只能尽量用心去学习体会。

在接下来 22 年的职业生涯里，我学会了不把任何事视为理所当然，而是经常质疑并分析事情的真实性。这就是为什么我费神翻阅厚厚的工业标准目录，在里边发现了 DIN EN 10020（也就是德国工业标准，同时作为欧盟统一标准）对钢铁所做的定义：

钢铁是一种合金，其中铁的含量高于任何一种元素，碳含量一般低于总重量的 2%。

根据欧盟钢铁注册组织的数据显示，钢铁有 2500 多种。从化学的角度来说，钢铁是铁和碳化铁，而碳化铁反过来又由另外一种铁碳化合物组成——所谓的渗碳铁。

如果您觉得这些术语的定义还不够，对铁的结构形成、碳含量、温度以及单相位的转换感兴趣，我会推荐您看一下著名的铁碳相图。如果您需要更多关于不同程度冷却阶段的钢铁暂存结构形式的信息，您可以看一下所谓的过冷奥氏体等温转变曲线，简单说就是 TTT 曲线。

根据我几次职业发展强化课程的经验，每次老师都要求我记住那些曲线，但课程一结束，我就抛到了九霄云外，我敢推断您会将自己要找的东西，不能说全部，至少大部分都忘记掉。在此我建议您：别较真儿。

我们再看看实践的一面，回到初始问题："没有钢铁，这个世界会怎样?"在全球的层面上，答案很简单：简直没法想象。

根据国际钢铁协会的统计，仅 2007 年一年，全球钢坯产量高达 13 亿吨。如果我们明天一早醒来，冷静地看着周围没有钢铁的世界，大多数人都会惊奇地发现自己躺在地板上，而不是躺在弹簧床垫上。"我的木床到底怎么了?"您可能会双手插在屁股口袋，一脸疑惑地问。请等一会儿，我马上会回答这个问题。

从地板上站起来后，我和布茨巴赫、杜伦、瑞士的同事、鲁尔区成千上万的钢铁工人，以及数以百万计的全球同行们，会来到人才市场，满心希望雇主能把我们留下当伐木工、家具工人或者木匠。职业生活中再也不与钢铁打交道，也是难以想象的。

如果您确定您想依靠一份与钢铁不沾边的职位谋生，您只要简单想想，在没有锯子、没有斧头的情况下，如何砍倒一棵树，更不用说将这棵树打造出一张木床、木床架和梳妆台了。为了故事的完整性，我再告诉您一点：所有那些首选当木工的人，问题没有那么简单，因为他们必须要知道少了钉子或紧固螺丝，如何用凸榫、楔子或燕尾导轨将横梁或厚板结构固定住。

如果您想乘坐火车前往人才市场，您的经历会很独特，有诸多不便。列车轰隆隆地沿着板材和砾石修筑的铁路驶过来，等一等，我才意识到，在没有钢铁的世界，怎么会有火车？您也许已经感觉到无法想象这样的世界吧，让我们来试试吧。

如果没有火车，当然也不会有公交车、小汽车和摩托车，甚至连自行车都没有。反过来说，这意味着不能骑马的人必须走路前往人才市场。每天早晨堵在上班路上的人，看着空荡荡的马路，会想："该死的，现在路倒是开阔了，但我没车可开了。"

到了人才市场后，我们会诧异地发现根本没有人才市场，至少没有那种常见的建造在坚固结实的大楼里的人才市场。没有人会想到，有一天，钢筋混凝土这种复合型的、抗拉和抗压能力强的耐用材料会对人类如此有用。这要归功于一名法国园丁约瑟夫·莫尼耶（Joseph Monier）。他爱好试验，他的水泥灰浆铸造的花盆每年冬天都会破。但他并没有每次都买新的，而是停下来思考，终于想出一个加固花盆的妙招儿，就是在水泥中编一些铁丝，铁丝的热膨胀系数与水泥灰浆相似。

第二年春天，即1867年，水银柱显示温度已经达到零上，莫尼耶先生高兴地发现所有改良过的花盆都在季节更迭中存活下来了。如今在您脚下的地板和头顶的天花板中随处可见的莫尼耶铁就这样问世了。

在没有钢铁的世界里，也没有游轮或货柜船在海洋里航行，豪华游轮阿依达号最多也就是一只脚踏船。甚至连脚踏船都不是，脚踏船的划桨机械装置也是钢铁制成的。船的外壳一般是用塑料制成，塑料是通过聚合物的添加冷凝合成，聚合物是在化工厂用钢铁制成的大锅和管子合成（顺便说一下，您可以从我老板那里买到物美价廉的这类产品）。非常抱歉，原定的银婚纪念日航行也因为没有钢铁而不得不取消。

不仅陆地和海面上变得空旷，天空也是如此，没有了钢铁，就不会有直升机或者飞机起飞，卫星也不会环绕着地球，也没有巡航导弹、坦克或自动步枪发动远距离战争，人们只能拿着棍棒和石斧进行肉搏战。

在没有钢铁的世界里，我只想发笑，我们会看到很多参差不齐的、黄黄的蛀牙。这是上帝的意思，牙医拿什么设备给您种牙?

除了牙钻和牙套，还有我们不熟悉的高压电线、安全销或烤箱。没有回形针和订书钉，我们的论文要乱糟糟了，我们没法把图钉放在令人讨厌的邻桌同事的办公椅上。游乐场也不会有魔鬼火车和过山车了。压根儿就没有电梯或者扶梯，我们会多多锻炼身体，在商场和机场，我们只能爬楼梯了。购物时只能支付贝壳、石头、金元宝或银元宝。那我们的存款怎么办? 锁和保险柜都是钢铁做的，为了安全起见，我们只能继续交换货物，就像许多年前那样，贸易兴起初期，一切都颇费周折。我们还得找一位贸易伙伴，他有我需要的，而我手上也正好有他需要的。等我们幸运地找到他之后，我们还得讨价还价一番，大家评估物品的方法也不尽相同，真是难上加难。

您看，在没有钢铁的世界里人们简直是毫无头绪。很简单，这取决于您怎么看待问题，取决于没有钢铁的时代何时结束。

物质最贫乏的时代，莫过于旧石器时代了。白天我们围坐成一圈儿燧石取火，晚上我们则蜷缩在湿冷的山洞里，梦想着能躺在猛犸皮上。

时空穿梭，让我们回到公元前 4000 前的埃及王国——发现铁的决定性时刻，埃及人不知道该如何处置从天上掉下来的陨石，就把陨石放在窗台上。很快，聪明的埃及人有了主意，想利用这块含铁的装饰品，把它转变成有用的物件，比如矛尖。

据推测，希泰人第一个发现铁制造方法，把铁制成首饰和工具，还有剑，他们在战争中向与之战斗的落后敌人宣告“软”铜器时代的结束，“硬”铁器时代的来临。

这些全都是故事，想象没有钢铁的世界也没有多少意义。为什么？就像水一样，铁终究是司空见惯的事物，简单、储量丰富。即使将需求得不到满足的中国和印度考虑进去，也无法逆袭上面的观点。废铁是一种非常珍贵的资源，可以回收使用。每天，锈迹斑斑的破平板车以步行的速度经过我们家门口就是佐证。衣衫破旧的司机（以及他端坐在副驾驶上的大胡子老婆）从摇下的窗户一侧不停摇着铃铛，每当发现留在马路上的小块废铁就高兴不已。然而令人惊讶的是，铁在宇宙中最常见的元素中排第十位，在地球上最常见的元素中排第四，甚至一升海水中都含有0.002毫克的铁。

平板车的车主还在思考着为什么密度为7.85kg/dm^3（千克/立方分米）的铁在密度为1kg/dm^{3}的海水中没有沉到海底，让我们怀念一下前辈的创造力。他们花了几千年的时间，终于造就了今天舒适安逸的世界。如今我们简直无法想象没有钢铁的情况。

如果您还是相信不需要钢铁也能生活，请记住，我们人类需要钢铁的主要成分——铁来维持最大的本钱——我们的健康。每个人体内都含有4～5克铁；作为红细胞的组成部分，铁负责为身体输送氧气。德国营养协会推荐，8岁以上的人每天摄取8～12毫克铁，女性甚至需要更多的铁，从月经期开始至更年期，女性每天需要15毫克铁，孕期需要30毫克，哺乳期间需要20毫克。因为螺丝钉、钉子或者金属屑的消化异常复杂，营养学家推荐人类食用含铁的食物，如猪肝、扁豆、菠菜、小米或葵花籽和燕麦片。

尽管我在工作中已经和钢铁打了20多年交道，在创作这篇文章的过程中，我才真正意识到钢铁对人类的重要性，这个想法根深蒂固。2009年4月，我站在迄今为止世界上最宏伟的建筑之一——鸟巢面前，只有钢铁才能将其呈现在人们面前。这是北京奥运场馆——2008年8月奥运会开幕式的举行场地。

我知道，钢铁建成的雄伟建筑物不是什么新鲜事。1899年建成的埃菲尔铁塔是技术进步的纪念碑；1911年横跨科隆莱茵河上的霍亨索伦桥；屹立70多年、横跨旧金山海湾的金门大桥，都是令人叹为观止的钢铁建筑。恕我直言，那个年代的工程业绩，所有的建筑部件都是笔直的；鸟巢则不同，42000吨钢梁似乎毫不费力地弯曲、扭曲、结节，看起来却非常和谐。

我像是从鸟巢里飞出来的小鸟，抬头顺着巨型结构上的线望着，我暗地里问自己，怎么能假设这个世界没有钢铁这种不可思议的问题？

好吧，这要追溯到几年前，有一次去拜访我们的分包商，在杜伦的钢铁公司——戈曼公司（Krings & Sieger），我在等联络人。当我观察地上的瓷砖和墙上的壁纸打发时间时，看到一张黑白照片似曾相识。后来我在阅读文章的时候发现，那是20世纪最著名的照片之一，其风靡程度赶得上玛丽莲·梦露那张著名的照片，即1954年梦露在拍摄电影《七年之痒》时站在纽约街头一个通风井上，背景是战后时期，她的裙子被风吹起，在男性世界引发旋风式的充满挑逗的性幻想。

墙上的这张照片在钢铁制造行业内有着相同的知名度，但我感觉怪怪的，我确信一些决定性的东西不见了。背景展示的是纽约天际的深度，实际的深度是通过10位坐在令人眩晕的高度，无忧无虑地享受茶歇的人衬托出来。

“摩天楼上的午餐”是查尔斯·C. 艾伯特（Charles C. Ebbet）为他这张著名照片所取的名字，照片拍摄于1932年9月29日洛克菲勒大楼69层，当时大楼正在施工中。

我仔细地看着一个又一个工人，看到了20条悬在空中的腿，不禁为之一震。我终于知道了——熟练的平面设计师将他们坐着的那根钢梁挪走了，这可是这张照片的灵魂呢！他问了我和所有观看这幅画的人一个概括性的问题：“要是没有钢铁，这个世界会怎样?”

我陷入沉思，假如……假如没有钢铁，这张照片就不可能拍出来？那戈曼公司（Krings & Sieger）会不会是一家伐木场，SMS公司会不会成为木工车间？我想象着自己穿着黑色灯芯绒裤、银色纽扣的平纹灯芯绒夹克，戴着宽边毡帽，一只手还拿着登山杖，作为现场工人出发了。正在这时，我的联络人客气地清了清嗓子，把我带回了钢铁的现实世界。

几周后，在挪威的客户那里：新药厂施工所需的钢构件准备就绪。戈曼公司在员工开始工作之前，要进行安全培训——关于法律法规以及规范——典型的现代做法。这一步完成之后，他们才得到在快速增高的钢结构上攀爬的许可。他们身上的装备像喜马拉雅山的登山者，有头盔、安全鞋和手套、绳子、弹簧扣，以及系紧的安全吊带。

有经验的同事告知没有经验的同事要格外小心——为了他们自己，也为了他们的老婆和女朋友们——V形的安全吊带绕过腹股沟，在两侧系紧。Youtube. com上有一个起威慑作用的例子（输入：“high voice”查找），展示的就是在违规操作的情况下，产生的后果及其影响。

几个月后在丹麦，结束了一天的工作，我坐在朱尔斯迈德的一家名叫“收藏家”（Collector）的比萨饼店里，用英语点了一份夏威夷风光比萨饼，服务的是做比萨饼的意大利血统的丹麦人，他淡定地将手往绿白红条纹的围裙上擦了擦，透过飘在空中的面粉末，我勉强能看清楚他在点头，也许是对我所点的比萨饼的认可吧。他一句话也没说，拖着脚步走到烤箱前，而我则被他散发的面粉末呛得连打了 15 分钟的喷嚏。

我用完桌上所有的餐巾纸擦拭面糊状的鼻涕后，比萨饼还没有上来，我还有 5 分钟时间观看地砖和墙纸。如此我又发现了查尔斯・C. 艾伯特的那张照片，它就像是我遇到的老熟人。我对着它仔细端详，想知道自从上次分别后它过得怎么样。

我注意到了比萨饼店里的这张照片与戈曼公司那张相比，什么也不缺，但照片中多出一根钢梁斜着伸出，离地面很高，在纽约的天际。钢梁上坐着 1、2、3……9、10、11 个勇敢的人正在享受茶歇。为什么是 11 个？在那张修过的照片上只有 10 个人啊！正当我想着第 11 个人到底发生了什么事时，我的比萨饼端上来了。后来的两年里，我将此事忘记得一干二净。

摩天楼上的午餐

当我在鸟巢这座巨大而宏伟的钢结构建筑面前站立时，我才想起了那个未解决的问题。准确地说是当我看着一群中国钢铁工人在鸟巢高得发晕的钢架上攀爬时，他们正在调整起重机吊钩上悬挂的钢梁位置，用抓爪、杠杆和大锤对准，用喷灯和角磨校正，终于，他们用手指粗的焊条将其与毗邻的钢梁焊接起来，随即出现很多电焊火花，如闪烁的烟花一样往地面飘洒。

假如……几年前就开始思考，我会用全新的眼光看待这件事：假如 11 个钢铁工人之中有一个真的掉进了深渊，事故后，从来没人想过“这种事为什么以及如何发生”？假如这些考虑没有促使雇主成立责任保险协会（这个协会负责汇集 BGV 即德国事故预防条例）、法定的事故保险公司，提供确保雇主和雇员一样在工作中强制遵守健康与安全法规，会有多少妇女和孩子徒劳地等待着深爱的丈夫和父亲，不知他们能不能活着看到摩天大楼上的茶歇结束？

记忆将我带回到 2001 年年底：纽约恐怖袭击发生后的几周，意大利艺术家赛吉奥·富尔纳里（Sergio Furnari）在零点位置（世界贸易中心遗址）的外围限制区域公开了一尊雕塑。作品长 12 米，由 3 吨钢铁制成，坚固地安装在卡车装货的区域。11 个真人大小的塑像，坐在高得令人眩晕的钢梁上享受茶歇。“这尊雕塑是为了鼓励所有忙于清理倒塌的世贸中心废墟的人们，”富尔纳里解释道，“双子塔由勇敢的钢铁工人们筑成，现在也是钢铁工人们在清理零点区域废墟。”

在这尊雕塑连续五个月成功地鼓舞了零点区域的士气后，富尔纳里继续升华，带着这尊艺术品全美巡游，以作为对建成这个国家的所有钢铁工人的赞颂（对劳动人民来说，此举很罕见，但效果很不错）。

巡游归来后，富尔纳里惊恐地发现第 11 个人不见了，也就是最右边的那个，他穿着工装裤戴着贝克男孩帽，眼神微醺，左手拿着扁形酒瓶。

“重量级英雄被偷了！”看到英国《独立报》（*Independent*）的这个标题，富尔纳里随即告诉《纽约邮报》：“我感觉他们偷走了我身体的一部分，我生活的一部分。”这位多情的艺术家！恕我直言，我怀疑第 11 个人可能不像大家想的那样落入了强盗之手。原因有二，第一，从专业角度来讲，艺术家通常缺乏将铸件（本案例中是 11 个人）牢固地焊接到双 T 板的轧制钢材上的必要经验和技能。第二，消失的那个人在上班时间喝酒，这就是为什么我那么肯定，在全美巡游的路上有数不清的坑坑洼洼，雕像与横梁间的连接肯定会慢慢地变松（我们机械工程师称之为“振动疲劳失效”）。这个喝醉的家伙在急转弯时失去平衡，掉在了马路上，而坐在卡车驾驶室中的富尔纳里却浑然不觉。

这时，一辆生锈的平板车轰隆轰隆地开过来，打铃的司机和坐在副驾驶上长满胡子的老婆还在沉思为什么密度为 $7.85kg/dm^3$ 的铁在密度为 $1kg/dm^3$ 的海水中没有沉到海底，他们发现了这块奇特的铁块，于是将车停下，将这个笨重的“伙计”抬到平板车上，带着它及车上的两台旧冰箱、三辆自行车、两个轮胎环、九个花园篱笆桩、一捆刺钢丝、一把遮阳伞台和一个旋转烤箱去了回收站。我们的世界经济不会因为钢铁供不应求，而放慢前进的脚步。

中国北京

2009 年 4 月

乡路带我回家

众所周知，亚洲人是出了名的热情周到。如果您碰巧来过这里，我敢肯定您将马上亲身体验到他们的热情好客。

不管来的是商务人士还是游客，他们都会让客人们感觉宾至如归。从见面的那一刻开始，主人就全面关注客人，哪怕是最微不足道的细节也不例外（不必说，这背后隐藏了动机，主人可能是要在别人的帮助下达到某个目的）。这简直是对客人行为的全面监控。他如何表现？他如何反应？他的偏好是什么？他喜欢什么食物，不喜欢什么食物？

说实话，我是过了一段时间才注意到受到了特殊待遇。我第一次到中国出差期间，我提供服务的化工厂的初级经理雷蒙德（Raymond）很随意地问我喜欢什么类型的音乐。那时刚好在车上，车窗外掠过的风景让我想起了前不久的自行车之旅，还有旅行期间经常唱的一首歌。所以我说："旅行的时候，我有时喜欢听约翰·丹佛（John Denver）的《乡路带我回家》。"

要是我早知道就好了！

在中国的日子很快过去了，几周后，我再一次到这个客户那儿出差。

我们的会面地点是上海浦东机场的10号出口，上次接我的司机已经恭候多时。我们将行李塞进汽车行李箱后，坐上车。他一拧开点火钥匙，CD播放器和汽车引擎同时启动，伴着清晰的吉他声，约翰·丹佛开始唱着："我的天堂，西弗吉尼亚……乡村小路，带我回家，回到属于我的地方……"

那时，我高兴得几乎哽咽。然而，从那一刻开始，不管司机从机场接到酒店，从酒店到工作现场，还是从工作现场到市中心或者回酒店，一上车就有约翰·丹佛的陪伴。想想我受关注的程度，您可能会说："这不是很好嘛，想得多么周到啊！"

当然好啊！尤其是头两三天真的陶醉其中，无法自拔。从第四天起不间断地听着约翰·丹佛，突然发现这首歌不仅仅在我的脑海中挥之不去，司机的脑中也一直在回荡着这首歌。起先他只是跟着旋律哼着，两天之后，司机就跟着唱了："家乡小楼（路），得喔回驾（带我回家）……"

又过了两天，与这位中国版的约翰·丹佛同行之路似乎永无止境，令人遗憾的是，他那蹩脚的练习一点儿也没提高他的歌唱水平，这位"艺术家"认为他知道歌词。他一边唱，一边时不时地扫我一眼。可能是想了解这位西方来的客人怎么看这首歌。他还跟着节奏摇晃着脑袋，冲我满意地笑，就像一位母亲给孩子哼唱小曲似的："啦，啦，啦，月亮上的人正在看着你……"

我不想妨碍这位中国约翰的幻想之旅，确信此次行程25分钟之内就会结束，我报之以谦和的笑容。我也许不应该这么做，事后诸葛亮啊！目光回到窗外马路，我轻柔地跟着音乐节奏以及他那恐怖的歌声摇晃着脑袋。折磨我的人将此视为对其艺术的肯定，更响亮的声音重唱一曲："家乡小楼（路），得喔回驾（带我回家）……"

我们此刻生活在CD时代，我不寄希望于卡带来结束我的苦难，但车经过一些大坑时，音乐确实戛然而止，遗憾的是，约翰·丹佛和我的司机每次都能回到调子上来。“尽管中国的道路崎岖不平，但是没有一个坑洼大得能将这该死的 CD 甩出 CD 播放器。”我暗自寻思着，继续接受我的命运吧！

后来，我试了试心灵感应。我将注意力集中在汽车发动机盖，尽全力祈祷发动机盖底下冒白烟，如果发动机散热器坏了，我们就可以不再同行。诚然我得承认，这会导致我要徒步行走近 10 公里，但能换来内心的安宁。

引擎也不想回应我的祈祷，我开始寻找更实际的方法。也许我应该利用撬棍来结束这刺耳的声音。很快，我心安理得、明明白白地让司机明白：太多的关照让我非常痛苦。但这会伤害他，而且，我会与之前提到的“我喜欢听约翰·丹佛”的偏好自相矛盾。最糟糕的是，这可能会使我的信用受到质疑。您可能会说这是小心眼儿，但是毕竟亚洲人就是这么思考问题的。

如果约翰·丹佛没有死于飞机失事，他极有可能会故意跳车，来逃避中国人翻唱其著名歌曲的折磨，一天两次，还不得不听。跳吧！显然这就是解决办法。简单地打开车门跳下去……

那么就轮到司机去跟他的老板解释他是如何在空旷的道路上将乘客弄丢的。

大概 4 分钟后全部结束，吉他的尾音消失，一切归于安静。令我懊恼至极的是，我的亚洲朋友相信他已经掌握了我最喜欢的歌曲类型，给我放了更多约翰·丹佛的歌。接着是很多其他著名的乡村民谣，如《离家五百英里》《加利福尼亚蓝》和《如果你去旧金山》。幸运的是，我们德国的海诺（Heino）❶ 在中国鲜为人知，不然的话，我可能不是乘坐大众的帕萨特去工作现场，而

---

❶ 海诺，德国流行歌手，擅长汽车音乐。

是天天坐在“黄颜色汽车上”❶，穿过“高高的冷杉树林”❷，与哼着“女登山者”❸ 的司机在一起。

中国昆山

2005 年 7 月

❶ 这是海诺的畅销单曲。

❷ 海诺的另一首畅销金曲。

❸ 海诺改编的意大利民歌。

起手无回，愿赌服输

我不得不承认，如果赌场的游客与我一样，澳门 2006 年的年营业额肯定不会首次超过上一年度位居赌城之首的拉斯维加斯，他们把这个纪录主要归功于部分好赌的中国人。只有澳门特别行政区官方才允许公开赌博，以平复人们的赌博欲望。即便是在政治体制相同的香港特别行政区，也禁止赌博。

澳门半岛位于珠三角西岸，是世界五大观光者最多的旅游目的地。2006 年，2000 万观光者涌向这座赌博天堂，而当地仅有 45 万居民。今年，进入这座魅力赌城的游客预计会达到 2600 万，我是其中之一。我迷惑在威尼斯人“圣洁的”大厅里，我指的是表面的迷惑。

为了让您更容易理解我的迷惑，请想象一下 51000 平方米的区域，或者更形象化一点，比 7 个足球场稍大一点的面积，现在在上面放 850 台赌桌和 3400 台老虎机，您也置身于这片区域。瞧，现在您应该对世界最大的赌场——澳门威尼斯人度假村酒店赌场的大小有个粗略的概念了吧。

如果哪位女士或先生没有适合的晚礼服，尽管与豪华五星级酒店的气氛不搭配，别担心，只管进来就是。与拉斯维加斯赌场、蒙特卡罗赌场或巴登巴登赌场的经营者相比，澳门赌场的经营者们并不以貌取人，他们不介意您是穿着上好面料的衣服还是斜纹牛仔或者运动服来下注，“销售量说了算，每个人的钱都一样好”，这是他们引诱各个收入阶层客户的箴言。

尽管昂贵的空调系统提供了舒适宜人的温度，您还是能很快嗅到空气中的铜臭味和纸醉金迷。您能感受到燥热的气氛，梦想不断产生，又不断破灭；这是抛弃梦想的滋生地，人们渴望更好的将来，让您的思想趋于疯狂的将来。正如霍夫曼·冯·法勒斯雷本（Hoffmann von Fallersleben）在 1842 年创作的民歌中唱道：“思想是自由的。”

“没有人会知道它们，没有猎人能用火药和子弹射中它们。思想是自由的……我想那些我想要的事物，我想那些让我高兴的事物……我的愿望和渴望，没有人可以拒绝我。所以总是这样：思想是自由的！”

在威尼斯人赌场，思想也是唯一自由的东西，不管您是顾客还是赌场雇员，其他的一切，每一个动作、每一个步伐、每一个手势都在严密的监控之下。我没见过世界上哪个地方——即使是共产主义国家的机场移民部门——有这么多的深色半圆物体悬挂于屋顶上。现在，几乎所有人都知道，那里边只是藏着旋转变焦摄像机。也许除了厕所，这间赌场没有一寸空间不在监控范围之内。

我试图无视这种给热爱自由的德国人带来怪异感觉的环境，走到丰富的“酒店款待”的自助餐桌想给自己提提神，有茶、咖啡和矿泉水。我喝了一些冷饮和热饮，这使我都可以徒步穿过撒哈拉沙漠了，然后我给自己找了个较高处，可以俯瞰这偌大的赌场。

在众多的赌桌和涌动的人群上方，我发现了一个镶金边的横幅从屋顶上垂下来。内容充满悬念：“高额博彩区”。啊哈！这正是我想找的地方，在那里，钱不是忧虑地被人们在桌布上推来推去，而是成捆地放在那里；在那里，人们的肾上腺素猛烈释放。我得近距离看看。

每张桌子的角上都贴着用黑体字写的“扑克”“二十一点”“轮盘”“巴卡拉纸牌”，和横幅一样镶着金边，它们旁边写的是最低赌注和最高赌注。在高额博彩区域外面，最高赌注限制是500港币；而在里面，您需要支付2000港币才能获得参与资格，赌一把您就可能输掉20万港币。话说回来，也许也有机会在几秒之内碰到幸运降临，值得一试。不管是在大千世界还是这间赌场，“希望”是最畅销的商品。一眨眼工夫您就可能一辈子高枕无忧了，诱惑相当大呀！

正当我做着美元的白日梦时，突然感觉穿越到了电影世界《十一罗汉》，罗伯特·拉斯提·瑞安（布拉德·皮特饰）正在这儿玩扑克，而这时丹尼·奥申和莱纳斯·考德威尔（乔治·克鲁尼和马特·戴蒙饰）正在地下室，从赌王特里·本尼迪克特（安迪·加西亚饰）的保险库中抢劫1.5亿美元。赌王特里·本尼迪克特恰巧与丹尼的前妻特斯（朱莉娅·罗伯茨饰）约会。

这是我想象中电影的情节，有点肆无忌惮。但是，这里的情况与好莱坞电影中描述的情景真的相去甚远吗？什么是幻觉？什么是现实？

小心驶得万年船！在这个世界里，想法就像过山车一样变幻莫测，谁又能分清诈骗和真实？在这儿，有各个社会阶层的代表：富得流油，钱都不知道往哪儿花的富豪；普通人也有例外，用他们存下来准备度假的钱来冒险；绝望的人想用寥寥无几的赌资扭转乾坤；还有一些像我一样的好奇人士，只是四处逛逛，不参与赌博，关键是，还可以厚着脸皮喝免费的茶、咖啡和矿泉水。我这种人又属于哪一类呢？

迷人的理想化赌徒在哪儿呢？他们满怀希望，下定决心，不惜一切代价摧毁自己，陷入痛苦。

轮盘赌桌上那位梳着后背头，身穿深色礼服，胸前口袋放着紫色手帕的男人真的兜里有大把的钱，可以这样大手大脚地花吗？他大手大脚花钱的时候很爷们儿吗？

那位身穿破洞牛仔裤和褪色 T 恤衫，鸡胸龟背的男人真的是个穷光蛋吗？是不是他想让别人低估他的战略战术？是不是离开赌桌之后，他状态很好，外形俊朗，精神正常？

尽管被众多赌客（也许有的是演员?）围绕，并且知道永远存在看走眼的风险，但我仍然冒险探索这个危险游戏。但是我不花一分钱，不像赌桌上的其他赌客。

在其中一个骰子赌桌，我注意到了一名中年亚洲男人。六名赌客围着桌子坐成半圆，井然有序地坐着，勇敢地下注，中年男人的犹豫不定引起了我的注意。他就像一只困在笼中没有足够空间的愤怒老虎，走来走去，也许是想给困惑的思绪腾出点空间。他离开桌子几步的距离，停了一下，瘦骨嶙峋的双手在颤抖，手上一直拿着 100 港币。他好像在等待灵感，突然转身回到桌旁，不顾一切的勇敢和听天由命的绝望相互交织，驱使他将揉成一团的百元港币放进其中一个方格中。随后，有人掷了骰子，他没有押中。荷官收走他的钞票时，他怒形于色，咬牙切齿。

游戏在无声无息地进行，有一种默契，一个明显的手势或一个眼神交换就足矣。每个人（包括我）都知道游戏规则。我只是表现得好像我知道似的。每个赌客都知道危险是什么：胜利或者完败。

邻桌的铃声响起，荷官一面坚定地说："起手无回，愿赌服输"，一面将手掌慢慢在绿绒布格子上掠过，手掌和桌面几乎要贴上了。这一轮下注结束，筹码不能再加了，也不能再撤回来了。

早先，当每个赌客都在思考押哪个格子，押多少钱的时候，荷官就用闪亮的铬合金十字架转动了轮盘。他紧接着在反方向熟练地轻抖手腕，往倾斜的圆环轨道的边缘发了一个象牙球。现在就等这个小球的动能逐渐减小，掉进其中一个槽内。

赌场特有的噼里啪啦的声音催化着悬念，大多数玩家都在摆弄着筹码。他们拿起面前摆放整齐的筹码，筹码一个接一个地掉下来，砸出噼里啪啦的声音。有一个玩家把为数不多的筹码放在双手手指间，大拇指从一个筹码滑到另一个筹码。

突然小球碰到金属挡板，偏离了原来的固定线路，小球弹了几次，逐渐减速滑向内圈。靠近数字的那一圈时，玩家的脑海中只怕全是下面这些问题了：小球会停在37个槽中的哪一个呢？中奖数字是红色还是黑色，还是绿色的零？但愿我选对了！要是对了，我怎么不多押一点呢？

小球从第一个数字的边缘反弹，迅速掠过其他几个槽的时候，玩家都伸长脖子，焦急地凝视着赌桌，就像馋嘴的小孩想知道妈妈这次又做什么好吃的菜。

小球最后摇晃了一下，最终定格在红色的数字“3”上，荷官声如洪钟，清晰地宣布了这一结果。然后将多数输掉的赌注收拢，支付两位赢家。说来也奇怪，他们连眼睛都没眨一下。难道这是优秀赌徒必备的职业态度吗？如果真是这样，这项没有直接竞争对手的转盘游戏对练习纸牌倒是很有用，玩纸牌时失控的情感爆发往往能决定游戏结果。

当我还在沉思人类暗示的力量时，荷官环顾四周，宣布开始下一轮：“请大家下注吧！”

别理解错了，我现在还不觉得无聊，一点儿也不。我期待着更多的悬念，期待着真正惊人的事情发生，完美呈现我的故事的精彩部分。如果有人能跳上赌桌，振臂高呼："胜利属于每个人"，我就心满意足了，但是什么也没发生。

我暗自思忖，赌场不为人知的地方发生着什么呢？比如，他们如何控制钞票的流通？是不是每个桌子都通过藏在屋顶和墙壁内的复杂管网与保险库相连呢，塑料盒子装着钱在管网内来回输送？装甲保险库内能存放多少立方米的钞票呢？此时此刻有多少钞票穿过这些桌子呢？发生紧急情况怎么办？要是丹尼·奥申和莱纳斯·考德威尔（您记得吗？乔治·克鲁尼和马特·戴蒙饰）想抢走属于赌王特里·本尼迪克特（安迪·加西亚饰）的1.5亿美元，厚重的卷门会瞬间落下来阻断所有的出入口，将赌场密封得像金字塔皇家墓室一样吗？

现在再回头想，如果有人跳上赌桌高喊："胜利属于每个人"就不够好了——一点儿都不令人震惊。

我更希望出现一个亚洲版的克林·伊斯威特（Clint Eastwood，美国演员、电影导演，早期屏幕硬汉），一言不发地从桌前起身，椅子应声倒地，机敏的克林可能会注意到对手从袖子里拿出一张A，克林将大衣往旁边一放，好似知道自己要干什么，别在腰间的双枪露出来。和往常一样，发牌的时候，克林一言不发，挑战坏人头目复仇。下一个镜头，克林吹着手枪上冒的烟时，那人向后飞出去，子弹正中前胸，砸在酒保藏身的吧台上。

受好莱坞幻想片的启发，我一本正经地走向赌场中最可能发生事故的地方。经过扑克赌桌时，我听到熟练的荷官说："欢迎加入游戏"，他同时做了一个欢迎的手势。两名亚洲人坐在赌桌旁，傻乎乎地笑着，满心期待，似乎心里在说我这种菜鸟是最完美的对手。我平静地压低帽檐，双手大拇指随意插进皮带里。就像《道奇城》（美国西部电影）里的扑克王一样，大步流星地从他们身边走过去。

随后走过的几桌人声鼎沸，我信心满满地靠过去，全身心地投入到我最喜欢的游戏——零风险地观察赌场的人们。

扑克牌赌桌的气氛剑拔弩张。该出牌的玩家一直犹豫不决，四名对手像猫一样盯着他。摸牌之前，他狠狠地抽了几口烟，烟头忽明忽暗。他的对手应该在想，这人的牌到底怎样？他目前玩牌的心态怎样？前几轮他出牌的速度如何？他用的什么策略？他到底会不会玩？也许他不过是个菜鸟，无法掩饰内心的紧张，也许他是一只狡猾的狐狸，虚张声势诱导对手？

但是，他这么做毫无意义，这是最后一轮下注了。他摸牌之后，大家就该亮牌了。所有的玩家都跟注，没人弃牌，甚至没人看牌。从桌子中间的那堆钱可以看出来，所有的玩家都相信自己摸了一手好牌。

我满腹狐疑地看着那几位等待的玩家，“看呐！您注意到了吗！”说时迟，那时快，那人从牌堆里抓了一张牌？——接着他很快将牌放在其他四张牌旁边，好像他知道这张牌是什么似的。他将旁边的一张牌抽出，丢到桌上，眼睛再也没离开手上的牌，他好像要在决战前尽情享受这罕有的时刻。等了几秒后，终于亮牌了：红桃10，红桃J，红桃Q，红桃K，红桃A。

三名对手难以置信地盯着这个同花大顺时，第四名对手——亚洲版的克林·伊斯威特，一言不发地从桌前起身，椅子随即倒地。就像一个清楚知道自己要做什么的人一样，他拨开外套，挂在脖子上的钱包露了出来。

他毫无表情地拿下包带，打开按钮，将包的里子翻出来，什么也没掉出来，没有纸币也没有硬币。他认输了，把包放在面前的桌子上，眼神扫过身边的每个人，在脸面扫地之前，消失在人群中了。

欣赏的过程中，我毫不客气地喝着“酒店款待”的茶、咖啡和矿泉水，此刻我不仅肚子咕噜叫个不停，膀胱也是“亚历山大”。我朝着大厅走去，那是连接赌场和威尼斯人酒店的地方。我来到大厅，大厅宽敞明亮，拱形屋顶上绘着精美的壁画，金碧辉煌，完全可以和维也纳歌剧院相媲美。枝形吊灯照得我头晕目眩，我急切地寻找一片净土——厕所——希望那里没有安装摄像头。匆忙之间，差点撞到一个东西，走近看才认出那是个人。他不停地用双拳敲打自己的前额，我才注意到他冷冷地笑着，笑声让人毛骨悚然，只有几近疯狂的人才能发出这种笑声。值得一提的是，我似乎是唯一一个认为他表现怪异的人，其他人都镇定自若地行走着，开心地笑着，熟视无睹。难道在这个每人只顾着玩自己的游戏的虚拟世界中，人们已经习惯了失败者捶胸顿足的样子吗？

我看着这位不停敲打自己前额的可怜人，想起了早上过关后鬼使神差地买的一本《澳门指南》上的内容。有一章提到了“澳门祖先”和这座小岛的快速转变，澳门从一个渔村变成东南亚藏污纳垢之所，先人们说：“赌博是灵魂的毒药”，永远不要进赌场。

同样，在澳门这座对生命充满诱惑的地方，您最好能知道什么时候该放弃，什么时候该离开。我抬手看看表，想起我的签证只可以逗留一天，我得在午夜前出关到珠海。我慢慢地朝关口走去，三个问题闪进脑海：赌场的虚拟世界和真实人生有什么差别？什么是虚伪，什么是真实？谁又能真正地不以貌取人？

中国澳门
2007 年 12 月

追寻马可·波罗足迹

公元1271年，年轻的威尼斯旅行商人马可·波罗离开家乡，向东方出发。他此行目的地是远在东方的忽必烈王朝。后来马可·波罗作为强大的蒙古皇帝的顾问，足迹遍布巨大的中国，他在《马可·波罗游记》中记录了此行的精彩经历和强烈感受。

后来，毋庸置疑，游记失传了。对于他的那些远在西方的乡亲们来说，他的大多数叙述听起来像是天方夜谭，太荒诞离奇了。

马可·波罗见到的繁华中国，到处都是几百万人口的富饶城市。那时，欧洲人仅从神话中听过这些。完全出乎意料。他看到了宏伟壮丽的宫殿，向西方世界传达了一种前所未知的、难以置信的、发达的东方文明，一种遥远的欧洲商人所向往的文明。世界上没有哪个地方买卖的物品比中国的更珍贵更精美了。马可·波罗描述了人们佩戴的华丽珠宝和美味可口的饮食，以及黑色可燃的石头——煤，储量如此丰富，足够每天洗一个热水澡了。

在那黑暗的欧洲中世纪，西方人难以想象会存在如此高度发达的文明，比欧洲文明还发达的文明……

大约700年后，遵照我的老板的指示，并代表老板（就像马可·波罗那时候代表他的“老板”访察一样）飞越中国上空。当然，我并没有沿着同一线路，尤其是没有像马可·波罗一样步行或乘坐马车，而是坐了飞机——一种 21 世纪初非常普遍的交通方式。我看着、观察着、目瞪口呆，我太震惊了，一句话也说不出来。

如今，在互联网和全球新闻报道的时代，人们可能会相信，马可·波罗的中国之行给他自己和欧洲人带来的“巨大震惊”和今天的中国相比已经不算什么了。人们或多或少地都知道地球另一端所发生的事情以及事物发展的规律。

这倒是真的，到处都在说着中国。新闻、日报、杂志和旅行指南，讲得最多的是发达的经济和购物大都市上海。另外不可思议的是，许多不知名的地区正在蓬勃发展，以中国的标准看，它们实在是太小了，在地图上都引不起人们的注意。仅仅在近几年，这些地区借助于国外工业力量，开始活跃起来。例如，像神话一样，一夜之间仅台湾工业企业就有 4000 多家落户在一个叫昆山的地方。昆山位于上海西北边，距离上海 1 小时车程。除台资企业外，还有中国大陆、日本和韩国企业……

举世瞩目的大都市周边，不为人知的大型城市如雨后春笋般不断涌现在中国大地上。看着快速的工业城市化，只有彻底的静默才能表达我内心的惊叹。比较一下东方和西方，西方已经取得成功，东方正在奋起直追。

从中国返回后，我将这不可思议的经历告诉每一位乡亲，就像马可·波罗那样，我再一次讲述着 700 年后，也就是现如今的中国大地正在发生的故事，尽管与 700 年前迥然不同。

11 月初，日头很低，透过清晨的薄雾照射大地，在中国南方，即使深秋季节，气温仍高达 20℃。我在惠州附近，距离香港 2 小时车程的地方，站在 40 米高的钢结构顶端，风呼呼地吹着。因为站在一个城市的最高建筑物的楼顶，大亚湾的壮观景象一览无余，眼前的一切把我的思绪带到远方。

再远一点，阳光洒在大亚湾的水面上，波光粼粼，绿树成荫的小山环绕着马蹄铁形状的大亚湾，勾勒出美丽的、地平线。实际上，看着如此美妙的远景，您也许想要穿上登山鞋，背上行囊……

一座未来大都市在这个田园水乡中悄然崛起，换作其他国家，必定会建很多奢华的酒店。在这里，摩天大楼那么高的钢结构工程在中国的肥沃土地上耸立，一个挨着一个，钢结构上有楼层、栏杆和眺台，好似肆虐生长的溃疡；曲折的楼梯直通顶部，好似巨型动物的肠子；复杂的管网连接着银色的锅炉，火箭状的塔、泵和机器上用豪放的黑体字书写着设备型号，像门牌号一样的字母和数字的结合：T－2805，E－2103，H－7042。烟囱像不祥的感叹号一样耸入云霄，持续不断的工业化向中国的天空排放云朵一样的浓烟。

一幅荒凉景象呈现在我面前，几乎没有任何色彩，好像每样东西都用银色包裹或者刷成灰色了，细小的绿点和偶尔能见的植物，看起来像是不小心飞溅的油彩。这幅景象像极了科幻小说中的城市，达斯·维达随时可能会乘坐帝王级歼星舰现身，用变速爆裂大炮消灭敌人 R2D2 和 C3PO（电影《星球大战》中的机器人）。

这些地方有着极其相似的交叉口，您处处可以看到平坦的柏油马路、排水沟，以及人行道贯穿这片错综复杂的区域。城市好似荒无一人，只能通过感觉确定人类的存在。大多数事情都是秘密地进行着，时不时地出现一声惊雷，显示着某个地方有个活着的东西。有的发出嘶嘶声，有的发出隆隆声，好像在酝酿一场风暴。某个装置上 V 形的蒸汽喷发，在天空中形成剃须刀状的蒸汽柱。突然之间，又死一般的寂静，幽灵来得快去得也快。化工城市通过无窗的水泥建筑控制并监测着，空调系统一年四季保持同样的温度，这一切都要归功于人类和机器。

三千多人，他们的房子、储料、牧场和土地都要为这座化工大都市腾地方；另外三千多人以及来自全球的专家也随之来到这里。在仅仅两年半的时间里，就像变魔法一样，在这著名的绿色草原上像变出了一个大型化工城市。接下来的几年，总面积从大约 15 平方公里扩展到 42 平方公里，处处高楼林立。换句话说，这片地方是摩纳哥的 20 多倍，甚至是梵蒂冈（总面积 0.4 平方公里）的 100 倍！

三万人耗资 40 亿欧元，大约相当于中非的国民生产总值，建设工期仅 36 个月！他们往地下冲压 14000 根支撑，挖出深长的沟，构筑牢固的地基，安装高层建筑物一样高的钢结构，铺设了六万多公里的管网，运来了数百万吨钢铁。他们这样做，是为了确保 9 个独立的化工厂在多年前设定的截止日期当天，启动一个按钮之后就能投产。

如果马可·波罗看到今天的景象，也会像当年一样目瞪口呆。他会讲述一个欧洲人仅仅在神话中才知道的飞速发展的（工业）世界。中国不仅仅是丝绸之国，也是钢铁之国。

“CSPC”是授权方的缩写，是由中海油壳牌公司和皇家荷兰壳牌公司共同出资成立的合资公司，他们试图在令人难以置信的、破纪录的时间内要求一支外来公司和供应商组成的队伍完成任务，建成巨大的化工基地。

尽管取得巨大的成功，如果欧洲项目经理仍然不满意，中国人可能会笑着回答说：“对不起，先生，罗马又不是一天建成的。”沮丧的项目经理可能会反驳道：“我们的项目只有半个意大利首都那么大呀。”

面带微笑的中国人可以继续回答道：“我们国家将会有不止一个，而是很多很多个罗马！”

中国广东省惠州

2006年2月

幽闭恐惧症

现代流行一个口号——“是我们向彼此更靠近的时候了”。对于我们德国人来说，与其说字面意义上的身体靠近，不如说是一种隐喻修辞。但是在中国，这实际上是人们日常生活的一部分。在那儿，人们不得不搬得更近一些，这样才能使十几亿人口的日常生活维持相当合理的秩序。当然，小小的冲突会时而在勇猛前行的人们之间产生，但这点小冲突真的不会造成混乱。

购物的时候，人们并不会因为你不小心踩到对方的脚趾头或者撞到他们身上而对你侧目或怒不可遏。看起来亚洲人非常不可能因为这种无意识的冒犯行为勃然大怒。毕竟，拥挤的空间是他们日常生活中的一部分。

电梯从九层开始下行，里面只有我一个人，站在轿厢中间，难以想象乘坐电梯会引发某些人的幽闭恐惧症。电梯门到正对面的玻璃墙壁之间的距离是我的脚长度的 5 倍，也就是说电梯的长宽大约为 1.5 米，电梯地面面积相当于 2.25 平方米，我大概会独占这个空间，到达电梯一层。

我环视宽敞的电梯轿厢，看到墙上有一块打磨光滑的晃眼的金属板，上面显示电梯的限乘人数为 13 人，大约每人的可用面积为 0.7 平方米。换言之，假设每个人尽可能占据最少的面积，需要双脚笔直，与旁边的人平行站立；再假设每个人都穿 8 码的鞋，那么每个人占据的面积应该为0.06平方米（为了方便计算，我假设鞋子是长方形的）。

根据电梯上的标识，理论上每个人允许使用的面积是实际所需面积的2.8倍。换句话说，简直就是浪费空间！要百分之百利用电梯面积，其实电梯一次可搭乘37个人，而不是13个人——注意啊，比标识上多出24人。为什么总是想着空间不够和幽闭恐惧症呢？不管怎么说，您应该对那些制作标识的人的慷慨表示感谢。

拥挤是中国人的日常烦恼之一，在他们眼中，这样的一块标识简直就是白费心机，他们太习惯忽略这一类标识了，总是试图最大限度地利用空间，有时甚至是过度使用。

这部电梯的设计者肯定已经意识到这个问题，也许正是因为这个原因，才会在限乘人数的标识下方贴上“安全乘梯须知”，防止被起诉的风险。第一条也是最重要的一条，是用命令的口气这样写道：“禁止超载！”往后是乘梯须知，最后一条是：10岁以下儿童乘梯时需有成人陪同。

沉浸在这种关爱和独占空间的惬意中，我看着电梯到了七层，很快就平稳地减速，最后停在六层：两声叮叮响和数字楼层显示之后，滑动门打开，我看到一大堆的人脸——天哪，这是什么情况！就像藤蔓上的葡萄，一个挨着一个，排成小队，他们全都打定主意要挤进电梯，这可与成吉思汗时代的蒙古大军人侵媲美了。唯一的区别在于成吉思汗和他的铁骑们不会静候滑动门打开，而电梯征服者们看起来都很友好。

滑动门全开时，我已没有落脚的地儿了，心头感觉万般无助，好似一股强风吹来，我做了简短的、徒劳的挣扎，还是被推到了电梯的角落里。就像百货商店开门之时唯一沽售的商品，只能任由快速逼近的人群摆布。我惊恐不定，闭上双眼。眼前漆黑一片，闭上眼睛后，一切就不再那么不可思议，身体感受主要集中在脆弱的四肢——还有我的凉鞋。准确地说，我裸露在外的脚卡在了人群中。黑暗中我最大的愿望就是拥有一双厚袜子和一双钢制的鞋子。电梯每个角落挤满了人之后——我蜷缩在最里边的角落，心里正暗自抱怨，滑动门关上了，电梯开动了。

当周围充斥着刺鼻的汗臭味和浓郁的香水味时，乘坐电梯从六层下到一层的旅程就太漫长了。我差点就要张口说："房费中包含冲凉费。"然而，我改变了主意，使出全身力气为生存而战，反正亚洲人也不会理解我，想到这一点，我释然了很多。

电梯之旅瞬间进入紧急状态（至少我这个中欧人是这么看的），我努力回想着，万一发生须知上的第一条，推荐的做法是什么，"禁止超载"已经被忽略。我相信我看过"须知"的补充说明是这么写的："如遇紧急情况，请按求助按钮，耐心等候救援。"真好，感谢这么人性化的建议！我被挤进离电梯门几"英里"内的角落，请问我究竟怎样才够得着求助按钮？

"须知"没有提到过用推搡的方法。建议的第一条很善意，但只是表示同情的方式罢了。我只能专注于建议的第二部分和第三部分："安静等候帮助。"对不起，等待帮助吗？"帮助"想怎么挤进来？不信你就试试，电梯里根本容不下他物！

幸运的是我们不需要按求助按钮，我迫切希望电梯里没有人再有这个想法。

因为过度拥挤，一名十几岁的女孩被人挤到我面前，和我紧挨着。我彻底绝望了，无奈地数着她脸上的青春痘，数到第12颗的时候，我发现了一个特别大的，有鹰嘴豆那么大的青春痘，在她的前额正中间肆意生长着，呈现出恶心的芥末黄色。嘿，我没有对不洁净的皮肤表示不满，如果您曾经与青春痘战斗过，您肯定知道那些大痘痘冒得有多快。特别是她这个大痘痘长在前额上，前额的皮肤原本就比脸颊的皮肤更紧致，弹性也小得多。

为了评估痘痘引发的严重威胁，我就一直盯着那颗痘痘。太可怕了，我发现覆盖痘痘的皮肤薄如肥皂泡，微小的变化都能导致痘痘破裂——在拥挤不堪的电梯中进行体力和精神方面的抗争，比如，当身体突然因外部环境的原因开始喘息，薄膜下的血液随之升温，体积增加，薄膜变得越来越薄，失去弹性，最终啪啦一声破裂了。

十分抱歉，女孩的前额对着我的下半部分脸，十有八九，“爆炸物”会飞溅到我的嘴巴上。单单这个想法就足以让我不寒而栗，我的嘴唇开始轻微地刺痛，这通常是得唇疱疹的首要症状。

起先发麻，接着转为发痛，最后变得难以忍受，我决定挠一下。然而，我的两条胳膊都没法抬起来，一边是紧贴着的电梯角，另一边是长满痘痘的女孩，众人的力量把她挤在我面前，紧紧地贴着我，如果我试图从女孩后背处抬起手臂，势必会吓到她。不管付出怎样的代价，都要避免一名十几岁的女孩在拥挤不堪的电梯中惊恐地尖叫。

在她身后的那个中国人，堪称中国版“绿巨人”，简直被挤扁了。他消瘦的脸上写满了愤怒，像是宣布他即将变身成绿巨人。他肌肉隆起，衬衫和裤子撕开，电梯变得更加拥挤。他的脖子上辈子可能被大猩猩的胳膊卡过，戴着一根很粗的项链，看起来很像农民在家拴牛用的链子。

因为我不想抬胳膊的时候将“绿巨人”挤扁，使他雪上加霜，明智之举就是保持冷静，用牙齿给下嘴唇挠挠痒就行了。为了分散注意力，我总结了一下处境：除了一些琐事之外，三件事让我特别难受：一是我的位置，二是他的目光，三是该死的痘痘。总之，我的处境糟糕透顶。

不管我愿不愿意，我猜我不得不接受安全乘梯须知的第二条：忍耐！也就是说我有机会锻炼出威廉大帝口中的德国人的美德：博爱和忍受苦难。

人在被别人盯着看的时候，是有第六感的。我面前的小女孩突然抬起头，脸上的痘痘改变了轨迹，就像上膛的枪口，攻击点从我的嘴角变成了我的右眼。她久久地盯着我，似乎是想问我是她踩着我的脚趾还是我踩着她的脚趾。

突然，接受拯救的时刻似乎到了。从我这个角落里，踮起脚尖只能看见一片黄皮肤黑头发，我只听到两声悦耳的叮叮声，仿佛小天使在我耳畔说："稍等片刻就到一层，电梯冒险即将结束。"

电梯确实停了，滑动门打开时，整个电梯里的人都深呼吸。奇怪的是为什么没人愿意出去，难道是电梯里的高温和身体的挤压使所有人融成一块了？我想象着下半生要与"绿巨人"、长痘痘的女孩，还有十几个喷了香水的或者没洗澡的中国人一起，吃喝拉撒都得靠管子，不禁起了一身鸡皮疙瘩。电梯门口一阵喧哗，显然是发生在门口的人与电梯外的人之间。好奇心驱使我踮起脚尖，从人们头顶望过去，我看见电梯门口站了更多的黄皮肤，还一个劲儿地想挤进来。我心里冲着这些疯子喊："阿弥陀佛！"正常思维的人都知道，一罐塞满的芦笋中连一根小幼苗都塞不进去，一根也塞不进去，该死的！

到底被挤进来的人和正在往里挤的人谁更高兴，我不知道，也许稍后我能告诉您。

喧哗声越来越大，鉴于我所处的位置，我没法干涉，也没法逃开。"苦其心志、劳其筋骨"就是我此刻的写照，撞伤的脚趾头、受伤的肋骨、打落的牙齿和痘痘里的脓飞溅到嘴唇上。

谢天谢地，今晚睡觉前我的祷告里一定增加一个人，那就是在电梯里不顾外边的喧哗，果断按上电梯门关闭按钮的那个人。信号发出，电梯门关闭。

我敢肯定，由于电梯里众人的力量，外头没有人挤进来。但是不排除有人被电梯门给挤了，夹在轿厢和电梯井之间一路拖拽而下。说真的，我一点也不关心，只要电梯下行就好。

然而，电梯下行的美妙感觉只持续了很短时间，再一次减速。正当我极力控制情绪的时候，电梯开门声响起。门打开了，又是一片喧哗声。这次声音更大，人更多。就像一群愉悦的人们在宽敞的澡堂中尽情玩乐。顷刻，一声响亮的爆破声，很像香槟酒瓶塞在拉出时突然失去摩擦力的声音结束了混乱局面。

我极不情愿地被这一电梯的人架着，拖着备受折磨的身体，最后一个到达一层大厅，我还步履蹒跚时，忽然感觉嘴角有什么液体流下，暖暖的、潮潮的。我尽可能恢复镇定，立即走到电梯正对的那面镜子面前，从裤子口袋里抽出一张纸。我从镜子里看见一张令人厌恶的脸，发现嘴角有一大滴水。我的记忆不断回放，回想着几分钟前早上淋浴过，用干毛巾擦干，梳理好——一定是电梯里混乱的那一阵，一滴积水掉在我的嘴角。

酒店大堂宽敞明亮，我听到的嘈杂声远没有那么恐怖，甚至可以说令人愉悦平静。这一次，嘈杂声不是来自涌向电梯的“暴徒”，而是一群奔向自助早餐厅的日本游客。

中国昆山

昆山中信酒店

2005 年 10 月

无法安息

在距离中国首都北京几十公里外的地方，是明朝（1368—1644）历代皇帝的陵墓。皇帝精心挑选，将陵墓安置在山谷中的宽敞腹地。此地三面环山，仅有一条狭窄的走廊与外界相通。

历代帝王驾崩后，安葬在这片安息地里，以慰其殚精竭虑的一生。他们命令臣民在庄严的园区建造豪华地宫，帝王们相信在这样的地宫里，遗体能够安息，并在来世幸福安康。

大约半个世纪前，好奇的考古学家们开始调查这片地方。他们砍倒树木、清除灌木、拔除杂草、扫掉树叶、整理杂乱无章的石块。

清扫过程中，他们发现了所有的墓穴，并一一进行了清理。然而，最终仅仅只打开、修复并最终展示给公众其中一座墓穴：著名的定陵。

不幸的明神宗朱翊钧就是这座定陵的主人，他比其他几位帝王更加不得安宁。他的霉运始于那些细心的考古学家，在清理过程中，他们偶然发现了某种界石。他们用小刮板和小刷子清除了界石上的尘土，如果我们当时在场，可能会看见中国考古界最疑惑的表情，界石上面刻的是此地与帝王墓室入口之间的距离。这张独特的“入场券”背后究竟隐藏着怎样的秘密呢？被一群 20 世纪的考古学家挖掘出来想必不是这位帝王的遗愿。

无法安息

尽管这位帝王想得到安息，考古学家却按照石碑上的指示开始挖掘。

确定的一点是，几天之后考古学家挖到地下三层楼深处，看见了所谓的“金刚墙”。他们找到了入口通道，一块块地拆除砖砌的圭门上的砖头后，发现圭门形似杉树。目瞪口呆的科学家们走进了一个地宫。

五十年后：通过一个像机场安检一样的安检处，您可以舒舒服服地沿着白色大理石楼梯下到神宗的墓室。每下一层，寒意更甚，兴奋渐增，发现的喜悦溢于言表（尽管地宫里已经没有什么可被发现的东西了）。再走几步，就到达了著名的金刚墙，半个世纪前，中国的考古学家也是穿过这道墙第一次走进了神宗皇帝的墓室。多么美妙，多么激动人心的时刻啊！

当您漫步在地下 15 米由明亮大理石铺砌的“地宫”时，您会惊叹：“地宫”真的是名副其实。

穿过厚重的大理石折合门和宽敞的走廊，您将来到 5 个大厅，它们的高度会让您想起火车站的候车厅。您睁大眼睛，抬头看到拱形屋顶，它显示了中国古代高度发达的建筑工艺。

在主厅里，您会看见三口并排放置的棺材，它们是最先腐烂的那三口棺材的模型，中间那口棺材安置着神宗皇帝，棺材的体积巨大，看起来像巨人的手提箱，用它运送一头小象都不成问题。他的皇后躺在旁边的一口小一点的棺材中，而他最宠爱的妃子则躺在另一边的棺材中。

陵园中与地宫紧挨着的是两个小博物馆，那是一排很清净素雅的小平房。神宗皇帝的生平、他统治下的王朝、他的墓穴挖掘过程都通过绘画、照片和其他形式向外界展出。打开皇帝棺盖的过程通过一段拍摄于 20 世纪 50 年代的低像素电影片段展示给世人，让那些谋求万贯家财的游客通过电影体会到，钱真是生不带来，死不带去。

考古学家小心翼翼地打开棺盖之后，镜头对准棺材内。除了一堆白骨和牙齿，神宗皇帝的遗体已经荡然无存了。他将那些价值连城的、不可缺少的陪葬品留给了后人。他甚至希望死后化为尘土后，所有的这些珠宝、酒杯和花瓶在来世还能派上用场。然而现在，这些物品都擦得干干净净，贴上标签，放在丝绒布上，置于这阴森森的博物馆中，供子孙后代观赏瞻仰。

我的目光从棺内移到墙上的油画上，画上是这位养尊处优的皇帝端坐在皇位上的样子。他嘴角下拉，面部表情看起来很不高兴，也许由此我们可以认为神宗是一个严厉的皇帝。他的臣民在其统治下，深受其苦。也许他剥削他们，他很可能还奴役穷人，使用税款建成这座不朽的墓室——理所当然会引发绝望人民的仇恨和愤怒。

画像旁边放着一块石头，两束聚光灯打在石头上，显示了其重要性。这两束锥形灯光照亮的是十来个中国字，石头是长方形，这些字是竖着刻的。众多迹象表明这就是 20 世纪 50 年代末引导考古学家找到金刚墙，并最终引领他们进入墓室的那块石头。

鉴于这块石头非比寻常的重要性，有人不禁会问：到底是谁将重要线索刻在石头上的呢？为什么呢？这肯定不是皇帝的诉求。

博物馆都不能回答这些问题，我就大胆虚构了一个。故事的主角是一名狡猾的石匠，长期遭受皇帝的压迫，皇帝命令他运用自己的智慧修建这座陵墓。

经受了长期的折磨和痛苦后，在地宫即将完成之前，石匠悄悄地拿出其中一块石头，面露微笑，用尖锐的工具刻下了这条重要线索。他对自己的行为相当满意，将这块关键石头放在一个不显眼的地方，迟早有人会发现它。为了报复他可恶的“老板”，备受奴役的石匠悄悄地留下了这枚“时间锁”，从此这把“锁”安静地沉睡数百年。

大约四百年后，中国在许多方面都开始对外开放。考古学家打开了皇帝墓室，政府打开了国门，接受大众旅游。“雪崩”程序已经设定，缓慢但无疑会永不停止。如今，每天都有几百人跟着导游，带着相机游览这座曾经神秘的地宫。

一名受压迫的石匠将不能说的愿望刻在石头里，君子报仇，百年不晚，他终于如愿以偿。尽管在当时皇帝至高无上，一言九鼎，四百年后，那名石匠才是笑到最后的，也是笑得最久的。

在一段相对短的时间内——一生的时间，这位不高兴的皇帝征服了绝望的石匠。但是大家都知道，人死后的时间比活着的时间长得多，最近成群的游客涌向打开的墓穴，而且这种情况会一直持续下去——只要这个世界还有游客。对帝王不得安宁的重复性破坏才刚刚拉开帷幕的同时，那位无名的石匠，面带微笑，在一个安静的、无人知晓的地方永久地安息了。

中国北京

2005 年 9 月

齐心协力

必须齐心协力！当下，中国正向全世界展现其惊人的、充满活力的、快速发展的经济大爆炸，让世界人民为之震惊。所有参与者必须齐心协力，否则几乎不可能有如此巨大的成就。

周六一早，一个普通的工作日。四川天华的项目经理朱先生带着一脸满意的微笑，向我们介绍了公司概况。四川天华公司位于中国中部的合江县，距离成都以南三百公里，是一座拥有上千名员工的化工公司。昔日农业城镇的工业化速度当然没有东部沿海城市那么惊人，但是改革的效果仍然很显著。

朱先生负责这家国有控股公司的一个新投资项目的实施——一座生产聚酰胺（一种固体合成材料尼龙）的大型化工厂，造价约 3000 万欧元，在公司厂区新开发的一片区域拔地而起。

我们戴着安全帽，沿着一条宽阔笔直的林荫大道向现场走去。两旁高耸的大树树冠繁茂，它们是时间的见证者；沙沙作响的树叶像在低语，讲述着这座历史悠久的公司的故事。咨询室内的对面墙壁上挂着被单大小的红旗，旗上有黄色的国徽，交叉着的锤子和镰刀，显示国家的领导权威。

与林荫大道平行的是一条管廊，一对水泥地基上立着许多大腿一般粗的钢梁，钢梁之间的间隔相等，构成几米高的长方形，每个长方形又依次由十字梁连接。各种直径的电缆和管道从这座钢结构中穿过——它们是这座化工厂的大动脉，将工厂各个不同的部分连接起来。

从办公中心区到一个有凹痕的、锈迹斑斑的波纹铁建筑要徒步跋涉一公里。门口有两名年轻的保安站岗，橄榄绿制服上有类似蛋糕的图案，戴的帽子像贝雷帽。虽然他们身材很矮小（在中国都不常见），但是他们高深莫测地、冷冰冰地盯着我们。在我们被允许进入之前，检查了我们的公司标识，然后才打开铁丝网大门放我们进去。

大门不远处的钢基上，装有两个巨大的电缆鼓，这不禁令我想起特洛伊木马的轮子。旁边，几十名戴着颜色各异安全帽的工人跑来跑去，还有一些没戴安全帽的。他们的工作服——如果那身衣服能被称为工作服的话——都是日常的旧衣服，有些衣服上还有破洞。他们穿的不是保护足底和脚踝、带鞋头铁片的防护鞋，而是普通的凉鞋或拖鞋，还有的人穿着布鞋——这种至少还包着脚趾头，有的直接穿着后跟磨掉的旧漆皮鞋。

离电缆鼓一定距离的路沿上，一些工人用亚洲人惯用的双手抱膝的方式蹲坐着，一小撮人三三两两地站着。他们喋喋不休地诉说着什么，大家几乎不可能明白对方在说什么，有些人过于激动，粗壮的脖子上青筋暴起。人群中声音最大的那个人，精力充沛地指着管廊。其他人并没有直接参与这起现场争辩，站在一旁，有的抽着自己卷的烟屁股，有的摘下安全帽，用脏兮兮的手挠着汗水打湿的头发，头发贴在头上，像是一层焦油湿膜。

电缆鼓旁坐着一名工人，他正忙着用抹刀将油脂涂在外轮和穿过电缆鼓的轴之间。电力电缆有胳膊那么粗，黑色塑料绝缘层绕在电缆鼓上。硬邦邦的电缆，看起来很像一头翘起，一头环绕着的哈瑞宝（Haribo）甘草蜗牛橡皮糖。电缆弯弯曲曲地沿着道路，从绿化带旁的地面爬上几米高的管廊。直到这时，我才注意到管桥上的许多工人，就像一串被点了穴的蚂蚁屹立着不动，他们相互间隔站立在管廊上：每个人都向前弯曲，双手抓住胳膊粗的电缆。电缆上廊处的地面上站着一名戴着红色安全帽的人，嘴边放着一个扩音器，至少看起来是这样。为了使的形象更高大一些，他单手叉腰，挺胸收腹。突然，他冲着充满杂音的扩音器说着什么，听到他的命令，所有工人一起喊着号子。随着号子声，手臂粗的电缆有节奏地往前挪动，好像一条滑行在管桥上的蛇，缓慢而平稳，一厘米一厘米地逶迤前行。如此印象深刻完美无瑕的协作，还有歌曲一样的号子，都让我想起影片《罗马帝国》——那些苦难的人们站成一排，快速而用力地拉着大船前行：拉—拉—拉—拉……

管桥下每间隔 30 米站立着一名中国工人，熟练的号子声配着口哨：拉—拉—拉—拉——拉——

敏锐的朱先生注意到了我的惊愕，他解释道：要重新铺设三公里的电缆。得到命令后，180 人需要同时进行一样的动作，喊着一样的号子。这样全都是为了中国人齐心协力创造的“经济大爆炸”。

中国四川省合江县

2005 年 9 月

要有光

和我一样，所有到过香港的人都有一个属于自己的故事。

在从中国西南部一位客户那里返回德国的途中，为了不错过次日凌晨从香港飞往法兰克福的转机航班，我必须在香港短暂停留。(这是为老板干活呢！)

这个季节的德国，收音机会年复一年地重复播放应景儿的歌曲“去年的圣诞节”。歌词是这样的：“去年的圣诞节，我把心给了你，但隔天你就将它丢弃。”此时的香港会是怎样的呢？带着强烈的好奇心，我融入了香港圣诞前的热闹气氛。离开位于九龙的酒店，我就开始思考关于这座大都市，我能给大家讲点什么呢？问题的关键是看起来好像有太多可以说的了。

1841年香港变成英属殖民地时，与现在相比完全是迥然不同的光景。殖民地的第一任总督的名字值得注意，叫亨利·砵甸乍（Henry Pottingor），不知道是不是这个名字激发了英国最畅销书作者给她世界闻名的魔法师学徒取名为哈利·波特，这就不得而知了。

身处香港这座繁华的现代中心，我观察到一个有趣的现象——即使黄昏后两小时，天色依然明亮，香港的冬天完全不是黑暗的季节，在这冬季的天堂享受着春天的温暖，游客的感官也要按新标准进行调整。夜晚不是从夜幕降临开始的，而是始于香港的高楼大厦华灯初上。

我瞪大眼睛抬头看着这些高楼变亮，就像《维京小海盗》中的小威，当他用食指摸鼻子的时候就想到一个好主意[1]，我也突然灵光闪现！让我来给大家讲讲香港最多的东西。

“30 岁以下的德国人中有 24% 的人从未见过银河，更别提什么仙女系星座或者猎户座星云了”，奥斯纳布克天文馆馆长，天文学家安德里亚斯·韩奈尔（Andreas Hänel）博士说。不是因为现在的人们在天黑后很少仰望天空，而是他们仰望的时候，不会看见令人兴奋的东西。这种情况可能有了极大改变。德国响应绿色和平和世界自然基金会等环保组织提出的世界环境日的号召，8 点整熄灯 5 分钟。这时你仰望星空，会惊奇地发现，在德国任何一个地方看见的星星比平时多十倍，甚至和在海上的水手看见的一样多，和工业化城市化之前人们在大陆上看见的一样多。

据说在香港这样的大城市中，只有在天气好眼神也好的情况下，才能看见几十颗星星。用韩奈尔的话说：这是由“光污染”造成的，没有什么阻碍人们的视线，但是城市光钟罩反射照亮了原本黑暗的天空，使闪亮的星光黯然失色。

看到这里您也许会发笑。对于我这样的人——居住在只有 400 人的小村庄，没有交通信号灯，晚上不到 24 盏路灯，冬日黑暗的夜里，每户人家最多亮着一两盏 15 瓦的昏黄小灯。香港城市中心的灯光让我目瞪口呆：这是一片数十米高的灯海，白色的、彩色的瑰丽的霓虹灯，发光的广告牌。置身其中，我就像一只扑火的飞蛾。有证据表明，人和动物被灯光吸引的时候，表现

---

[1] “维京小海盗”是风靡奥地利、德国、日本的卡通片，首次播映是在 1974 年。故事中的小主人公小威，运用智慧一次次地帮助他的海盗伙伴。每当小威产生一个好主意，他都会用食指摸摸鼻子。

非常相似。

幸运的是，根据2000年的一项德国调查，人类比动物的受害者少多了。调查显示，每晚一盏路灯下死亡的昆虫高达150只，而德国有680万盏路灯，德国每晚有10亿只昆虫死亡，如果人类有这种自杀倾向的话，会在短短6天时间内集体灭亡。

我在香港看到的《中国日报》报道，香港2007年接待了1438万来自全世界的游客。遗憾的是，我无从得知其中由于灯光导致失明、发疯、撞上发光的广告牌的人数。1998年，2000只鹤在夜间向非洲迁徙途中，被迫在海森镇（Hessian）着陆。光线照射引起鹤群的混乱，而空气中飘过的阵阵白雾更是雪上加霜，一些鹤不知所措，在惊恐之中冲撞墙壁而死。

弥敦道灯火通明，穿过这条香港最出名的商业街，我来到九龙的最南端，也就是星光大道，人们无比惊奇地看着维多利亚港对面的灯海勾勒出香港岛的难忘轮廓，看着摩天大楼外墙上霓虹灯点亮的圣诞节和新年装饰，圣诞老人挥手祝福大家圣诞快乐和新年快乐。除了节日问候，还有这个季节特有的商家问候：夏普、爱普森、东芝、LG、奥林巴斯、三星、ING-DiBa、松下、中国联通，当然还有荧光灯管制造商飞利浦，各家的问候语在各高楼楼顶交相辉映，流光溢彩。

我呆呆地站在那儿，望着斑斓的灯海陷入深思，我深深地认识到在这个广袤的人造光的世界里，一个光点本身意味着什么。

看到身边很多情侣亲密地偎依在一起时，我变得感性了，我突发奇想：如果我能将香港一立方米的光带回德国，倒进我家乡的400户居民家里，他们必定高兴万分，那样的话，不用电站供电，整个村庄在漫长黑暗的冬夜都能亮如白昼。当我还在想如何能用最好的方法撷取这束光带到遥远的德国时，我身后洲际酒店外墙上的扬声器响起：“女士们，先生们，香港旅游协会即将呈现‘幻彩咏香江’。”

五天前的这个时间，8 点整，德国所有的灯应该都是熄灭的。而摩天大楼的表演——“幻彩咏香江”却在香港拉开了帷幕，每晚 33 栋摩天大楼参与这一壮观表演。这一和谐的声光交响乐让我起了满背的鸡皮疙瘩。一开始，所有高楼的灯光都熄灭了，突然间闪光灯随着奇妙的节奏闪烁，荧光灯的光芒又及时照在令人惊叹的摩天大楼——中国银行的外墙上，视频投影机的绚丽绿光扫射，好似达斯维达和卢克天行者为银河宇宙崛起进行激烈战斗时（出自电影《星球大战》），刀光剑影所产生的光芒。

灯光和烟火持续了 15 分钟，在这段时间内你有足够的时间冲进香港的地下室看看跑得冒烟儿的电表，只怕这些电表已经跑疯了。根据 CIA“世界各国概况”，香港去年（2006）全年用电量 445 亿千瓦时，对于平均年用电量 1500 千瓦时的我来说，就算我无从想象这意味着什么，但毫无疑问这简直是个天文数字。也许有人应该提醒一下相关负责人，《旧约全书》第一页主的话：“上帝说，要有光，于是便有了光。”这意味着光中不可以增加其他，鸿蒙之始，天地之间，自然光源已经足够，无须更多的人造光源，使美丽的夜空黯然失色。这些是我回到酒店，躺在床上，关掉今天的最后一盏灯——床头柜上的台灯时所思所想。

中国香港

2007 年 12 月

纸不会脸红

“创造力和应变力是一名真正的德国工程师所具备的基本素质，”当我们尝试用两根4毫米的钻头在板子上钻出8毫米的孔，屡屡失败而趋于绝望时，我的老师傅弗里茨·基（Fritz Ky）用坚定的语气一再地对我们这些铜匠学徒强调这一金科玉律。

看到我们技术上不熟练，老人总是忍不住讲述他最喜欢的那个足智多谋的故事——当学徒的三年半时间里，这个故事我已经聆听了无数遍。他讲述的效果极佳，佐以他那典型的军国主义方式，即便25年之后的今天，如果您把我从睡梦中叫醒，我都能马上呈立正姿势，一字不落地复述这个古老的故事。

老弗里茨是“二战”西部前线的一名战士，他厉声说道：“那是‘二战’的前工业化时期，我听到美国人用崇敬的口吻说‘给德国人一个弯钉，一个生锈的锡罐和一截电线，他们就能造出一架机关枪’”。

67年后，在全球工业争霸进程中，中国拆解了德国“二战”时期造的机关枪，把每一个零部件精心研究、测试、复制，最后系列化地生产机关枪：利用钉子、易拉罐和电线。中国制造的价钱是德国制造商的三分之二。

2011年春，依旧在中国，北京南城的房山工业园区，建成了一个全新的化工厂，中国劳动力、日本许可方、国际公司的技术、耗资 5 亿美元。他们仍然还要依靠德国的质量和可靠性。

利勃海尔公司（Liebherr）生产的八轴移动式起重机正从运输箱中起吊 SMS 公司生产的薄层蒸发器，随着起重机发动机那低沉的嗡嗡声和油压泵那尖利的沙沙声，两根高光打磨的液压杆有大象腿那么粗，正慢慢地从七倍伸缩吊臂中伸出——没有颠簸、没有吱吱声、没有泄漏。如果不是德国起重机，根本就不要抱有幻想。起重机重 500 吨，轻松地将挂在其双钩上 20 米长的不锈钢蒸发器提到垂直位置。香烟形状的庞然大物，在太阳光下闪着银光，吊在蔚蓝色的天空下，像一枚发射的火箭。感谢利勃海尔，没有产生后坐力的烟雾和火焰，就能让蒸发器越升越高，一直到达 40 米高的钢梁结构的平台上。看到令人振奋的德国工程艺术、利勃海尔移动式起重机与 SMS 公司蒸发器的完美协作，弗里茨·基的形象不由得又浮现在我的脑海里。

受爱国情怀和风景如画的天气驱使，我对我们的中国代理商兼此行的陪同口译陈先生说："赶紧欣赏一下，德国制造！"说罢我还洋洋自得地高举拳头。

对我的手势，陈先生平静地作答，充满民族乐观主义，"谢谢您！谢谢利勃海尔和 SMS 公司！再有 5 年，最多 10 年，中国就能制造出同等质量的 LTM1500-8. 1 型移动式起重机和 DVN-4900 型薄层蒸发器，而且价格只有德国的三分之二。没问题！"

尽管我并不真正怀疑陈先生的洞察力。然而，我仍试图捍卫德国人的荣誉和德国工程师的丰富经验（尽管"枪械库"已空空如也）。

"得了吧，陈先生，要不是模仿德国技术，你们还生活在农耕时代呢。"

而陈先生机智地、惊人地反攻道："要不是中国的蔡伦，你们德国人还得用石头把创造发明刻在山洞内壁呢。你们现在用的浸渍纸是中世纪早期从中国借过去的成果。”

“借的!”以他过人的智慧和洞察力，陈先生微笑着强调这个词。“你们就是这样描述你们那时候的剽窃行为，你们如今用来烦扰我们的英美术语‘版权’那时还不存在呢。”

我陷入深思。

紧接着，他为和平解决中德版权冲突提出了外交建议：“我们讲和吧，平局。那时候你们复制了我们的造纸，现在我们复制了你们的技术。”

我想：“都过了两千年了，听起来对我比较公平。”我就握住了陈先生为言和伸过来的右手。持续几个世纪的中德造纸冲突好像就此戛然而止了。

第二天，很显然，我的潜意识仍在思考移动式起重机、蒸发器以及与陈先生达成的一致意见。只有这一切能解释为什么我会突然想起马克·吐温的一句名言：“我们花了 24 小时想出来的巧辩总是来得太迟。”

我得承认，我那二加二的个人思维方式反应太迟钝了，我顿时泄气了。至少在这件事上。我的神经元是以黏性岩浆的流动速度在接收和整合信息。尽管延迟了 24 小时，但毕竟最终我还是得出了逻辑性结论，理解了整件事的深层含义。至少我相信我已经理解了。具体来说，尽管我缺乏洞察力，我充当德国人的“大使”接受了陈先生的“和平提议”。受过激行为的影响，我没有考虑到决定战争胜负的细微的有决定性的细节——事实，德国人那时候从中国“借的”纸只不过就是干燥的、压制纤维形成的长方形纸，它们是空白文档，并没有用书面形式或图纸形式泄露任何技术秘密给我们。

思路逐渐清晰，我开始领会这个决定性的、联系紧密的要素，脑海里浮现了一幅生动有趣的漫画，那幅画就挂在我们德伦制图办公室的一面墙上。我不止一次地赞赏这幅上下排列的配字漫画，然而直到现在我才认识并理解这幅画的全球信息：空白纸综合征。描述很清晰、巧妙地隐含在漫画中。

上面一张画的是一名板着脸的一本正经的工程师，他坐在大桌子后面，面前除了一支铅笔和一张雪白的 A4 纸以外，什么也没有；配的文字是："糟糕。"下面一张画画着同样的一张桌子、纹丝未动的铅笔、同一名板着脸悠闲散漫的工程师。然而摆在他面前的也是一张空白的 A2 纸；配的文字是："非常糟糕。"

现在来看这幅连环画的寓意：什么也没有！因为纸不会脸红。他们微笑着耐心等待，直到我们德伦的设计工程师设计出下一个原件，他们会说"没问题"。

恐怕他们是对的。

中国北京

2011 年 5 月

（中国）台湾

高雄的捷运

一个人精神接近崩溃的典型症状，是他坚信自己的工作无比重要。

——伯特兰·罗素（Bertrand Russel）

（1872—1970）英国哲学家

高雄新体验

此行与两年前的高雄之行相比，地面建设改变不大，倒是地面以下数米变化巨大。MRT（Mass Rapid Transit，大众捷运系统）的建设大约始于2005年，换句话说，他们那时开始建设地下铁路系统。

2008年3月初，前两条线路竣工。所谓的红色线路从北到南穿过城市，经停14站。橙色线路经停24站，贯穿西东，计划8月完工。两条线在市中心的美丽岛站交会，乘客就有机会改变乘车方向。也就是说，您能“换乘”，这是国际通用地铁术语。

几天前，南北线试运行，直至4月的第一周结束之前，公众可免费乘坐地铁。简单点儿说：市内150万人口要开始学习如何乘坐地铁——此前，大约三分之一人口的主要交通工具是摩托车。

故事发生在一个周末，工作了一周的人们放假了，盼望着体验一把新地铁，给平淡的生活带来新的改变。为了粗略预计人群拥挤度，您应了解台湾人天生的好奇心，这是亚洲人的特性。能有机会从日常杂事中抽离出来，而且是免费的，人们顿时好奇心猛增，游客人数成倍地增加。为了帮助您对人群的庞大有更具体的概念，请尽情想象一下慕尼黑啤酒节上，宣布每个人都可以免费喝啤酒后的火爆场面。

为什么我如此不慎陷入这种喧嚣呢，我只能试着这么解释，与亚洲人一起工作这么多年，有一点可以肯定，我已经沾染了他们的好奇心。

我不想您认为我是在试图取笑乘坐地铁的成年人，绝对没有。这些人骑了大半辈子摩托车，突然之间可以乘坐地铁，并且很有可能是人生头一回。然而，与成千上万的人一起共度一个周六是相当愉快的冒险，说真的，我享受着旅途的每一秒。

那是一个阳光明媚的早晨，我随着拥挤的人潮踏上了窄窄的扶梯，到达了装有空调的高雄地下世界。一则广播通知向我们解释着地铁扶梯的乘梯规则：右侧站立（抓紧扶手），左侧直行，禁止跑动。这与人人都有时间闲逛的商场扶梯的乘梯规则不同。

另外，为了保护隐私，广播建议我们与前面的人保持一个台阶的距离，这点对我们来说是自然的。人群如此拥挤，不得不往前靠近，利用每一级台阶："拜托，每人就一个台阶。"这立刻让我想起电影《布莱恩的一生》提到合理分布的十字架时的场面。我前面挤满陌生人，备受压抑难以忍受。当我在那天稍晚一点的时候离开地铁站，乘坐上行扶梯时，却意识到了巨大的好处。比如说，您恰好是一名青年男子，随着一大批人到了扶梯，如果前面恰好是一位魅力四射的女士，乘梯之前，广播告诉您需要站在这位美女身后的台阶上。来吧，别害羞，您又没有侵扰她，毕竟您是被要求前行并与她站得如此之近。

您瞧，迈出一小步之后，扶梯开始运行。换句话说，您前面一级的台阶——比您矮一个半脑袋的美女所站的台阶——缓慢上升。很快，美女也变高了，正好在您鼻子下方，光滑乌黑的披肩头发……

由于扶梯运行产生的气流，您闻到了她刚刚洗过的头发香味和甜甜的香水味，香味从她古铜色的修长脖子上慢慢飘散，好似一股春天的微风。您着迷地闭上双眼，感觉像是电影《闻香识女人》中的菲利普·西摩尔·霍夫曼（Philip Seymour Hoffman），幻想与这位美女在满地鲜花的草坪上嬉笑。

接下来您感到一下撞击，您已经到电梯顶部了，却还做着白日梦，忘记及时抬起脚（尽管广播通知已经及时提醒过您）。

小小提示一下：当心别站在八英尺高的篮球运动员身后那排台阶上，您肯定不想在电梯运行后他的屁股以及屁股中渗出的臭味正对着您的脸吧。

让所有初次乘坐地铁的人感到安慰的是，不仅旅客需要学习很多东西，经验不足的地铁员工同样需要学习。我们到达地下时，我渐渐意识到这一点。管理员用力地吹着口哨，试图引导我们按秩序排队。他们身上的浅蓝色制服、黄色袖标及脖子上挂的标识卡显示着他们的职业。然而，他们的努力是徒劳的，我们以雪崩之势将管理人员淹没了。不用买票，人群一窝蜂地涌向了站台。“紧张无序”是这一天的秩序。一个红色圆点的收录器播报着这一消息：下班列车 10 秒内就会到达。

就像管理员一样，很明显我们忽略了地面上的黄色标记。这个标记应该是提醒我们在当前紧闭的滑动门及分隔站台与铁轨的玻璃门打开之前整齐地排队。像一群等在校车前的小学生，地铁到达时，我们在玻璃门准时关闭前时推后拥，我的可怜鼻子甚至被挤在门玻璃上。我费了九牛二虎之力，挤到车内后，看见玻璃上还有好多的鼻子贴在上面，那是车外乘客的鼻子。多么令人毛骨悚然的场景啊。

拜托，千万别问我是怎么挤进去的，我只能非常确定地说，尽管广播要求先下后上，我们没有放一个人下车。地铁中途停留

45 秒，先下后上几乎不可能。管他呢，反正我们最后都进去了。当气动门哗哗地关闭时，广播通知提醒我们不要将手指夹在门之间。一声短而高的信号响起，地铁提速……

请原谅我在此处普及一点物理知识，自然定律和广播通知一样都属于乘坐地铁的条例。让我们来想想“自然法则”。例如，一辆停止的地铁开始加速，根据加速度的大小，会极大地影响我们的平衡感。(不幸的是，广播并没有告诉我们，刚刚响起的那一声信号声应该使我们注意这一决定性时刻。) 理论上，为了防止跌倒，我们不得不尽力抵消惯性。

现在重新回到现场直播：信号声响起，地铁开始提速，车厢内不知是谁发出一声惊呼“啊……”除了我，没人知道需要在准确时刻调整重心，以抵消惯性。如果台湾人以前骑摩托车的时候不扶车把手，他们就知道该怎么做了。我们像保龄球瓶一样东倒西歪，没有被保龄球击中的人（比如我）一样被其他的保龄球瓶（其他乘客）击倒，我们的头部相互碰撞，胳膊腿相互缠绕，有的倒在地上，有的倒向座位，兴高采烈地笑着。

全家人都高兴，小孩欢呼，女孩们像观看她们最喜欢的男生乐队的演出一样发出尖叫，老爷爷和蔼地微笑着，紧紧抓住老奶奶的手。

目光犀利的读者您应该已经注意到地铁没有一开始感觉的那么拥挤。这是因为广播告诉我们往车厢中部走，给后面的乘客腾出一点空间。然而，在您称呼我们为一群鲁莽的自私自利的人之前，请容我解释一下：地铁从上一站到下一站仅仅需要 60 秒，到站后，中途停留 45 秒用于上下车，这对于免费乘坐的新运行地铁线是基本不可能实现的。即使有人在到站前成功换到车门前三四排的位置，准备下车的乘客也基本不可能在气动门关闭前挤出去，如果您的手指卡在门中间，很有可能把您的手指切断。总之，不管地铁里是水泄不通还是刚刚坐满——在布拉迪斯拉发（斯洛伐克共和国首都）这种喧嚣会是扒手的天堂。但在台湾这儿不是，菩萨和孔子警惕的眼睛会侦查所有坏人并惩罚他们，在此生或来世，在所难逃。

尽管一切都很安全，但是对于有触感恐惧症或因5个人同时踩了脚趾发出尖叫，抑或因人群中的体臭而立马窒息的羞怯的人们来说，我的地铁冒险不值一提。

经验教会我们，即使处境艰难，也应该想一些积极的事情——比如唱歌。出于对同行乘客的考虑，我决定选择前者。充分利用身边的空隙（工作范围仅有几厘米），我抬眼看了看周围，发现微微有弧度的车窗上方贴着一张贴纸。上面说：在车厢内饮食或抽烟将罚款相当于40欧元。然而，离谱的是，这个价格还不包含食物、饮料和香烟的价钱。您还得携带着它们。如果您蠢到无故按下紧急停车按钮而被抓，罚款就是一大笔了——相当于1200欧元啊！

最兴奋的事情莫过于观察其他乘客。当我们都恢复平衡，重新调整身体角度后，大多数乘客都拼命抓紧扶手或是紧贴旁边乘客的腿，有些乘客还闭上双眼，好像他们是电影《生死时速》中的临时演员，电影中由桑德拉·布洛克（Sandra Bullock）和基努·里维斯（Keanu Reeves）指挥的一辆地铁失控，驶出了轨道，冲出地面而停了下来。充满信任、毫无芥蒂地使用别人为他们购买的东西显然不是台湾人的强项。

在所有胆小的人中，我发现了一对年长的夫妻，似乎骑在雷龙的背上游览“侏罗纪公园”——满脸惊讶、全神贯注地吸取着新的经验。当地铁驶过漆黑的地铁隧道时，男士好像不相信自己的眼睛，不停地指着窗户，他敬畏地推了推盯着窗外看的妻子：“亲爱的，快看呐，漆黑一片呐！”

只有一名乘客装作对整件事都不感兴趣，他正在读报纸，至少他假装在读。他站在一个别人都不愿意站的位置，也就是车厢中间位置，这样不仅可以吸引很多人的注意，还有希望得到其他乘客无声的崇拜。像一团修剪平滑、面临风暴的竹丛，他用一种不易觉察的方式改变重心，熟练地对抗着地铁频繁的加减速。他时不时地从报纸后往外偷看一眼，那面部表情好像在说：“嘿，你们这些乡巴佬儿，学学我吧，我教教你们怎么坐地铁。”这个爱炫耀的家伙很可能是在台北坐过地铁。

信号声再次响起，对我来说，又到了集中注意力观察同行乘客反应的时候了，有些人稍稍舒缓了一下紧张的身躯，最终他们似乎是对隧道建造者有了一些信心。尽管听到信号声，没人准备好将两腿分开站立、抓紧拉手吊环或者马上意识到需要转变身体重心……

突然之间，地铁急刹车了——又是不约而同的一声惊呼“啊……”回荡在车厢内，很显然没有人（除了我和那位看报纸的人）专心上过物理课，我们又一次像保龄球瓶一样堆叠，又一次相互撞头了，我们颤抖的手臂和蹒跚的双腿又缠一起了。我们被座椅绊倒，跌倒在地板上，开心地笑着，我们每个人都玩得很开心，除了那个拿着报纸爱炫耀的家伙，他只是不可思议地摇摇头，傻笑着。

这是地铁停靠的第八站，滑动门打开，我莫名其妙地滑出车厢，被人群一路推挤出站台，一路到达扶梯……

除了受了几处瘀伤外，我几乎从来没有在一个国外城市与一群陌生人一起度过比这次更愉快的周六上午了。扶梯上我碰巧站在一位年轻女士身后的那级台阶。我闭上双眼，正要开始梦到遍地鲜花的草地时，广播建议乘客在扶梯尾端抬起脚，我遵从了广播的建议。

到了楼上，我眨了眨眼睛，看着显示屏上写着："高雄，中央公园站。"这里的人群比其他站还要庞大。原因是这里有几个信息咨询台，新乘客也可以在这里取得乘坐地铁的信息。

一个很大的线路图显示了红色和橙色地铁线路，一个个大圆点显示着每个站点。他们饶有兴趣地随着地铁线路来回比画，遇到没有站的地方也随着跳过。他们背诵着站名，还相互考察对方。自动售票机旁，一群四五岁的小朋友向他们的父母讲解如何买票。太匪夷所思了吧！

宣传板上显示如何应对紧急情况——前提是如果您还有能力这么做，并且推荐沿着隧道墙壁上的荧光条会到达紧急出口。即使隧道坍塌您也不用担心：国际救援犬队正在赶来。两名身强体壮的年轻人身着橙色工作服，上面有各种拉链，脚登肥大的登山靴，头戴有颚带的头盔，腰带上别着对讲机、底坑灯、绳子和强力挂钩，他们期望传播一种乘坐地铁的安全感。

他们的密友——国际救援犬，正全副武装，躺在遮阳伞底下。乌黑的双眼环顾四周，紧急情况发生时，可以用灵敏的嗅觉感知被埋和被困的人们。顺便说一下，这一点要特别说明，我们谈论的可是一只真正的德国牧羊犬。真是他乡遇故知啊，它也是因为工作原因背井离乡来到台湾的。除了外貌不同，它的工作和我的工作最大的差别就是在执行下一次任务之前（希望永远别出现），它可以一直在阴凉处喘息，而我要日复一日地在台湾的阳光下干着苦力活儿。

我就这样愉快地度过了我的周六上午。

下午我乘坐地铁到了城北郊区，购买第二天出发的高铁票，这条高铁线路于 2007 年年初开通。

周日一早，高铁带着我从高雄风驰电掣般开往位于台湾北部的台北，只用了大约一个半小时，晚上又带我返回高雄。

周一中午：因为两天前充当了好几次保龄球瓶，我在午餐时间稍事休息，让疲惫的身体得到喘息的机会。我在阴凉处休息，像我的德国牧羊犬老乡一样喘息，读了早晨从酒店门缝里塞进来的英文版日报。

我很高兴地看到了一篇文章，是关于高雄捷运的最新统计，标题下方写着“上周末的精彩”。据统计，地铁开通后的前三周乘坐免费地铁的人数高达 500 万。KRTC 总监黄先生对公众的热情致以诚挚的感谢，希望地铁开始收费之后，这份热情仍“高烧不减”。他总结性地宣布单日人流量在上周六创纪录了：有 38.8 万人乘坐地铁。尽管没有提到伤亡人数。我自豪地标黄了“38.8 万人”，并用钢笔在旁边打了个星号，写了这样一个标注“我是其中之一”。之后我将文章剪了下来夹在小记事本中，并告诉自己要放在家里某个地方——也许放了之后我再也找不到。这正是我工作之余坐在树荫下写下的这篇故事。实际上，一个人经历的越多，忘记的也就越多。

台湾高雄

2008 年 3 月

健康运动

“人类的一小步，健康的一大步”，坦白地说这不是尼尔·阿姆斯特朗（Neil Armstrong）的原话，他在1969年7月21日作为人类第一人登上月球表面，我对他的话“这是个人的一小步，却是人类的一大步”稍微改动一下，刚好能表达这篇故事的观点——每一步都弥足珍贵！它在很多方面促进了我们的事业，同时有助于保持我们最有价值的商品——健康。总之：每一步都是美好的事！

如果您有所怀疑，那么静静地问自己一句：如果没有前进那一小步，人类会进步多少呢？

如果不探究细节，恐怕我们只会停滞不前，无法取得今天的成就。

将我的所在之处告诉您之前，我想请您退后几步，退到本文前几行的字眼：月球。

阿姆斯特朗从月球返回后，过了几年，也就是20世纪70年代开始，人们非常热衷于健身。这一股狂热刚要退去，新一股“去森林跑步”的潮流又席卷而来。而今，又有了“慢跑”“越野行走”等新的形式。

不管用什么名字，背后的含义都一样：“给我起床！给我从沙发上起来！给我从椅子上起来！至少动一下屁股！”说白了就是“你太懒！”

我们都知道，运动有益身心健康。业余运动和专业运动伴随我们一生。有一点可以肯定，除了睡觉、站立和必要的休息，待着不动意味着倒退。

就拿我们老板来说吧，同所有老板一样，他需要确定他的员工有足够的工作要做，如果他成功了，他肯定会看看我们是否都行动起来了，尽可能快地干活。他可能挑战我们，以利于取得进步。然而，他不会对我们要求过多，否则我们会累死……

在电脑普及的今天，如何在工作和运动中取得平衡，变得更加艰难。在这个世界，轻点鼠标，就会拥有闪电速度，可人们仍难以跟上时代的脚步，就像人们常说的“喂，等等我！”

为了防止员工累死，好心的老板会在员工的工作、生活和健康中寻求一种平衡，只有健康的员工才能按照要求的标准干活。

尽管全球技术进步日新月异，我的工具螺丝刀在这上百年间却没有太大变化。

“根据我的时间安排，您周五应该能完成任务，现在您在中国，完成工作之后直接‘前往’高雄 BASF 公司吧。工作愉快，天天向上。”当时我正在位于新疆的独山子工作，读到老板这封简短清晰的邮件，我顿时烦恼不已❶。

您应该能看出来我们老板注意到我还在活动，这点我由衷地感激。直到那时，我认为听他的吩咐是一件愉快的事，独山子位于中国的西部边陲，而高雄则位于台湾南部，两地至少相差 4500 公里。这就是我为什么不能按照字面意思履行老板的书面

---

❶ 老板在信件中用了 gehen 这个词，在德语中，gehen 有“前往”和“步行”双重含意。

指示“走着”去高雄，而是乘坐飞机。

当我从高空俯瞰地面时，泰国那绿色的西南海岸线，在蓝色的太平洋上若隐若现。我感到一种熟悉而舒适的幸福感在缓缓升起。

回到高雄，我由衷地感到高兴。这是一座宜人的城市，一年四季气候晴朗舒适。高雄拥有150万人口，人们都很友好。高雄的夜市如万花筒一般绚丽多彩，琳琅满目的亚洲美食物美价廉。在这儿美餐一顿的钱，只够在德国停半小时车。

我很高兴来到这个城市，我多次到这里工作。曾经，我盲目地相信一张糟糕的地图，沿着指南针的方向在这个城市瞎逛，我方向感极差，在这个城市迷失了，客户方进行了大规模的搜寻，终于在三天三夜后，历经坎坷，从台北把颠沛流离的我接回去。

我以生命的名义向客户发誓，以后在夜间探险时，只乘坐公共循环交通。我乘坐了摇晃的3号巴士夜巡高雄，有幸获得和另外150万乘客一起检测新建的还未正式开通的地铁线路的优待，真是精彩纷呈。

我期待着与客户见面，也期待着继续在这座城市的探险之旅，时间有限，看看我来访的原因就知道：设备出现了严重的传动故障。

我每次到高雄的BASF公司，总是感觉宾至如归。从刚进大门，我就感觉到关怀备至。门上用玩世不恭的工业语言写着“命运之门”。在许多公司，这里是保安站岗的地方，充满警戒之心。他们偶尔会开心地和你打招呼，而大多数时候都表现得与廉价乡村迪斯科的保镖一样，怒睁双目，好像在说：“要想从此过，先过我这关。”

高雄BASF的大门口却不是这样。

当你在访客本上登记信息的时候，他们会亲切地问候你："嘿，你今天过得好吗?"同时发一张访客识别卡给你。你就马上可以进去了，真是太方便不过了。

1965 年，世界上最大的化工公司 BASF 在德国路德维希港成立。我现在所处的高雄这家公司是 BASF 的分公司，尽管是一家分公司，仍能令人深深感受到布置紧凑而整洁，在这里即便像我这么没有方向感的人，仍然感觉像家一般温暖舒适。

与其他化工厂相比，这里的工厂、办公室和仓库看起来像是小木屋，只有两三条街通向工厂、办公室和仓库，四周围着蓝色的篱笆，篱笆旁立着不计其数的棕榈树，树上盛开的花朵随风摇曳，似乎在向行人问好。树下长满了嫩密的绿草，若让高山奶牛发现，它们也会高兴地迁徙到远东，定居下来。

四周静谧，没有一根烟囱打扰天空的宁静，没有一只轰鸣的电泵或者嗞嗞作响的废气管线威胁这片工业文化遗产的避风港，您在工作的时候还能听到鸟儿叽叽喳喳的叫声。慵懒的太阳让遮阳伞毫无用武之地。他们将使在这里的工作像在超大的德国能源公司 RWE 一样舒适（RWE 公司是"Ruhe，Warme，and Erholung"的缩写，译成中文就是安静、温暖、轻松之义）。

尽管没有庭院家具，高雄的化工公司仍不失为化工行业的"桃花源"，小巧精致，处处充满诗意。它的经济效益也很好，工人工作时都要穿上长袖工作服，戴上护目镜和安全帽。他们用行动永远拥护公司的三句箴言："安全第一！质量如一！进取不懈！"

为了使员工谨记于心，其中一家工厂把这个听起来简单而不可思议的成功秘诀写在超大号的横幅上挂在工作区。箴言背后显示着努力工作，纪律严明，始终如一，专业知识和远大志向。红色字体下面贴着1989年的集体照，照片上的人们仿佛在说："这是我们的箴言。"

在88位微笑的亚洲人中，其中有一位露着牙齿微笑的欧洲人非常引人注目，他叫鲁兹，是从德国派到台湾来的项目经理。

在我第一次到访的时候，他适时地告诉我："我在这里担任项目经理已经18个月了，驻外的项目经理任期最多2年。"在交谈中，他很快用"你"来称呼我，一下子拉近了我们的距离。我们都喜欢旅游、听从野性的呼唤、对新事物充满好奇之心，志趣相投的我们很快从供应商——客户关系发展为志同道合的朋友关系。

简单问候我之后，鲁兹说："我们到这儿快8年了。"从他的语调中，我听出了他在这座太平洋的小岛上，对时光匆匆流逝的感慨，言语之间不断流露出他对工作及家庭生活的热爱。他的妻子也来到了高雄，共同沐浴在高雄四季的明媚阳光里。孩子们还留在德国，正处于青春期，这对他们夫妻二人来说并非易事。

"我们的女儿是得力的帮手，儿子塞巴斯蒂安（Sebastian）正在读社会科学。"鲁兹微笑地向我解释道，他也是从学生时代走过来的，非常清楚这个年纪的子女最需要的是什么。"我们之前的担忧其实没必要，距离使他变得独立，他只不过时不时地需要我们汇点钱过去。"舐犊之情，溢于言表。鲁兹狡黠一笑，飞快地看了一下手表。

他带着歉意说道："我们晚餐再继续聊好吗？对不起，我得继续工作了，去参加EHS（Environment，Health，Safety，即环境、健康、安全）会议。"这么忙碌的一个人，尽管每天日理万机，却永远把员工放在第一位，急员工之所急。

鲁兹曾经告诉我，他认为在工作中对细节的关注与对大局的把握一样重要。由于他对生活的积极态度，我们从他的工作中可以看出是他源源不断的创新能力和对同事的责任感，确保公司一直向前快速发展，同时激励着公司的员工不断奋力向前。

就这样我结识了鲁兹。他不仅是位讨人喜欢的客户，也是我志同道合的朋友。他天赋异禀，心态开放，平易近人，轻轻松松就能激励别人，促使大家齐心协力，缔造良好的团队精神。

鲁兹看起来没什么变化。

为了实现公司的第二句箴言“质量如一”，使设备尽快运转起来，我得开始干活了，与维护部门优秀的员工一起努力。

我们一步一步地取得了比想象中更大的进步，准确地说，卡在转轴中重达数吨的传动装置一毫米一毫米地进步。

尽管工作看起来进展顺利，一股郁闷的情愫还是涌上心头，感觉 BASF 不再是它该有的样子了。就同平时一样的后知后觉，我过了很久才逐渐明白那是什么。

我注意到一位同事的皮带上挂着一个很小的黑色设备，数码显示屏显示的是多位数号码，我觉得可能是时间……或者是某种编码……或者是内部电话号码。隔着一定的距离，我不是太确定，阳光在屏幕表面反射，也看不清楚。要想看清楚，我觉得应该在这名同事面前弯腰到拉链的位置，考虑到周围环境，这样做并不合适。

我灵机一动，计上心来，假装手上的扳手掉到地上，正好落在这名同事脚边。我吃惊地叫道：“呀！”同时慢慢弯下腰，目光投向他的腰带。然后……您猜怎么着！——一名消瘦的亚洲人捡起了扳手，冲我会心一笑。

我看着他心里想，“真是个笨蛋！”脸上却给了他假惺惺的微笑。我很想再次“不小心”将扳手掉地上，但我还是放弃了这个念头，我不想被人误认为是从德国派来的笨拙临时工。

我别无选择了，只能隔着一定距离不动声色地推测着这个设备。

它看起来像是传呼机，又像消防员用于报警的手持式设备，也就是说，没什么特别之处。看来是我想多了。我的这位同事显然是 BASF 志愿消防队的一员。

我的好奇心得到满足了，但好景不长，实际上，当我看到更多的同事，准确来说是差不多每个同事腰间都别着这个设备的时候，我又眉头紧蹙，“难道他们全是消防队员?”

在食堂吃午饭的时候，当我瞪大眼睛盯着秘书们的裙子时，我的怀疑愈演愈烈。同样的设备出现在每个人的腰带上，我困惑到了极点。

最简单的办法就是直接找个人问问这个设备到底干什么用，但是我的嘴巴总是比大脑慢半拍。此时大脑已经进入幻想，担心发生最糟的情况：这是一个完全控制员工的系统！

这项技术肯定是一名梳着油光大背头的德国管理咨询师的狡诈发明，他的前世是一名奴隶主或者罗马战舰上的苦役犯，至少在我狭隘的思想中是这样的。由于他有 2000 年的经验，以及 21 世纪的技术可能性，他发明了一种比较隐蔽的设备，能实现百分之百地控制所有员工。“您坐在舒适的办公椅上就能掌握所有！”《经理人杂志》（2011 年 6 月刊）上刊登着令人无法抗拒的标语。

我开始想象着 BASF（高雄）的项目经理鲁兹，在这一角色中：梳着顺滑整齐头发的他，在一个临时组织的员工大会上，如何让所有 88 名员工都戴上这种设备，如果不从，就有立即被解雇的危险，笑容逐渐从员工们的脸上消失。

我去鲁兹办公室拜访他，我们曾经常在午餐时间坐在一起喝着咖啡，畅谈各自旅行的时光，记忆中他办公室那吸引人的大都市魅力风格的办公桌已不复存在，取而代之的是一架航母控制板，他的桌子变成了航母仪表盘，上面布满了按钮和按键，连他妻子和孩子的照片都找不到地方搁了。

对面的墙上，曾经挂着一幅台湾地图和一幅世界地图，如今也被平板液晶屏取代。一排排的小窗口，每个小窗口显示着一个摄像头拍摄的画面，将所有角落都一览无余——工厂、仓库、办公室，以及借助于放大功能，每一个休息室的画面。每隔十秒或者鲁兹按一下按钮，画面就更新一次。坐在他那舒适的老板椅上，就能观察并控制每一个使用定位功能设备的员工。他只需要向传呼机发一个编码信号就能实现，通过一声蜂鸣声和一串数字代码，员工就知道他需要去哪儿，即将要干什么。

大屏幕显示的是厂区数字地图，上面有 88 个小红点在跳动，就像 20 世纪 80 年代风靡一时的电子游戏《吃豆人》中受惊的发光幽灵，小红点总是害怕静止不动，在游戏中，静止不动意味着正在被活活吃掉。

“BASF 并没有那么糟糕，”鲁兹在员工大会上保证，“如果你按传呼机上说的做，也就受一次电击罢了。”他对他的那些恐惧的听众皮笑肉不笑地解释着。

“抱歉，斯蒂芬，这是我们公司政策的一部分，也适用于其他公司的员工。”鲁兹边说边带着遗憾，一边给我也戴上了这个设备。

就在这时，我的老板也出现在我的幻想中，他用手指指着我的合同中的手印，对我发出警告：“顾客就是上帝！必须毫无异议地满足他的愿望！”

我咽了一下口水，紧闭双唇，将这个该死的 TECS 设备别在腰带上。紧接着“扑通”一声，我的老板就消失了……

一方面，我不能也不想相信我认识的鲁兹会使用这种伎俩，尽管许多“单纯”的项目经理在爬上事业阶梯，当上老板后会露出本来面目；另一方面，您肯定鲁兹本人不是那位狡诈的管理咨询师的受害者？

只有一个机会找出这个神秘设备的真实用途。我必须立即找我老板的客户鲁兹谈谈！

我放下手里的一切活儿……来不及擦拭满手油污，大步走过他秘书身边，她正坐在电脑前紧张忙碌地工作。径直走进他的办公室，我有点惊奇，他也吓了一跳。

真奇怪，办公室还和原来一样啊，没有哪样东西看起来像航母控制板，他的家庭照片依然摆在桌面上。

当我敞开心扉，坦言告诉他我阴暗的怀疑，并以罢工相要挟逼他给个说法时，鲁兹数次被逗得大笑。

我暗暗对自己发誓，这次我绝对不会被他的说服力所动摇，这次我将坚定不移、坚如磐石，直到我知道全部真相为止，我只要真相！

我干脆把我的胸卡扔到他的桌上。

“鲁兹，听着，您的传动装置至少有半米都卡在转轴中，单靠您的员工是无法完成任务的。还有，我下周的返程机票只需要一个电话就能取消。”

我双手抱在胸前给他下了最后通牒。

“您有五秒钟的时间考虑。”

说完，我就开始倒数。

“5、4……”鲁兹又开始笑起来，只不过这次的笑声中带着一点嘲弄，他举起一只手试图将其掩盖。这是阶段性胜利吗？

“3、2……”鲁兹并没有准备遵从我的迹象呀，他的眼角仍有依稀可见的独特笑纹。

“一又四分之三…”我从包里拿出手机，假装要拨一长串号码，小声念着，但足够他听清楚。

“0、0、4、9……”当我继续（假装）拨号，我嘴里继续大声清楚地倒数。

“一又二分之一，一又四分之一，一……”

“得得得，够了！”鲁兹一面说一面自卫式地举起双手。我在最后关头停止了倒数，敏锐地看着他，满心期待。

他很聪明，知道该他上场了，说道：“在过去的两个月中，我们又有了第四句箴言：健康运动。”

他毫不费力地从椅子上站起来，从腰带上取下一个设备，举到我的眼前。

他像一位广告经理那样极具说服力地说：“我们正在实施这句箴言，就用这个：计步器。”

“啊哈，”从我半张着的嘴里只能蹦出这个词，我暗暗点头。我暗中按下了手机的关锁键，并将手机放回包里，而鲁兹还在来回摇晃着计步器解释着，眼睛炯炯有神。我饶有兴趣地听着。

“这个火柴盒大小的设备中有一个水银泡，您每动一下，它就前后弹跳，这样就计数了。看见没？”

我试图跟上他，于是点点头。

“但它不会倒数，它正数，看见没？每动一小步。”

“我看见了。”我回答道，然而，我并不太确定我是否真看清楚了。

“计数会保存在微芯片中，并定期下载到中央处理器。”鲁兹边说边指着塑料壳体侧面的 USB 接口。

“我知道了！”我这么想着，思绪飘回到之前的幻想中，“这是聪明包装后的百分之百员工控制。”

我假装不解地问道：“它的意义在哪儿？”

“它使我们前进！BASF及其员工在各方面的前进。我不知道是否跟您提到过，但是我还负责EHS。”

“环境、健康和安全。”我打断他的话头说道，显示我明白缩写的含义。

“缺乏锻炼是疾病的主要原因之一，疾病不能通过治疗来避免，而是通过预防来避免。”鲁兹继续说道，他的声音听起来很生动。

“运动是我们的天性，死人才会静止不动，这句话是法国哲学家布莱士·帕斯卡在17世纪所写的。这句话不幸被世界卫生组织（WHO）的统计数据证实。根据WHO的数据，仅在欧洲每年就有六十万人因为缺乏运动而死亡。就是因为这个，我们开始了健康运动的实施，名副其实的健康运动”。

“那计步器起什么作用了？没有它我一样运动啊。”

“当然，但是不管您信不信，计步器增强了员工们运动的意识，并且激励他们每天走动一万步，这是推荐的运动量。”

当鲁兹向我说明WHO惊人的数据时，我终于开始内疚了，我已经完全知道了这些数据。我不禁想起我为期六周的南极之旅，那期间我每天最多走200米，差不多400步。我自我安慰道：欧洲每年有六十万人因为缺乏运动而死亡，也没有说包括南极海域的渔船上啊。

不顾我的自我否定，我带着怀疑问鲁兹，“那么你确定并没有想要通过运动攻势创造卑顺的劳动力？”

“参与是完全自愿的行为，”鲁兹实话实说，“想要计步器的员工都会给他/她发一个。如此一来，他们同意保存年龄、体重、运动步数等数据。登记截止日期为 7 月底，试验在 11 月 30 日结束。这样电脑就能告诉我们在这 4 个月当中哪位员工运动得最多，在新年晚会上他/她将得到 250 欧元的奖励，以及公开认可他/她的成绩；同时为激励他/她保持好成绩，将送给这位员工一本约瑟夫 · 马丁 · 鲍尔（Josef Martin Bauer）的畅销小说《极地重生》的英文译本。我确定您知道这篇讲述德国国防军战士极地重生的不可思议的故事。"

"我看过他行军的电影，您知道吗？那是一个真实的故事。"

"他的故事太惊人了！"不等鲁兹回答，我继续说着，"一开始他逃出了东西伯利亚的战俘营，这在最初想想都觉得不可能。然后他到达了伊朗西北部城市大不里士，几千公里呢，基本上靠步行，独自一人，全凭对妻儿的爱所支撑着。他花了三年，一路上困难重重，忍受着极度严寒、饥饿、死亡的威胁。再想想我们中的一些人，从家门口走到停车的地方，被雨淋湿一点点就怨天怨地。"

很长一段时间，我们都陷入沉思，盯着空气发呆。

为了将谈话拉回到原来的话题，我说："鲁兹，我真的很震撼！"我说的是真心话。"你已经策动了一场真正的员工运动，你身先士卒，带领大家实施健康运动。"

鲁兹自豪地回答道："从这点来说是取得了显著成功，就像你自己看到的，基本上大部分员工都决定使用计步器，只有很少人没有使用，而大部分没使用计步器的人已经开始后悔了。健康运动已经带来了一股真正的团队活力，一个有着共同兴趣的团体。员工们相互讨论、交流经验和其他的运动方法，同时相互激励。他们会想'如果我同事能做到，那么我也能，或许做得更好'。"

“鲁兹，真是明智之举！”我想，在他若有所思的停顿间隙，我回想着运动发起的深层意义。“你为公司文化添加了很浓重的一笔。员工们相互之间亲密无间，就像 BASF 的公司标识，那是两个完全整合的方形，绝妙之处在于它的简单，员工们通过他们的行为认识自我，这样他们就变成公司 BASF 企业形象的一部分，最完美的企业形象。”

“你应该听听员工们休息时的讨论，”鲁兹边说边摇头，好像他自己都不相信他所发起的运动有如此的影响力，“大多数人都在讨论他们走了多远，现在我知道我的办公桌距离我的秘书有 18 步，打印机离她 14 步，当她发现打印机缺纸，她就会很高兴，因为打印纸放在 12 步开外的橱柜中，一来一回就有 24 步了。更划算的是从她的工位去厕所，31 步呢；而到咖啡机只需要 6 步。她的一位做档案管理的同事草率地跟她说喝咖啡是如此的没有吸引力，她就反驳道：那得看您喝多少杯了。最终咖啡饮料起作用了，膀胱每隔一段时间就满了，得来回走 62 步才能解决。”

“这样想确实很有逻辑。”趁他喘口气的时候，我边说边扬着眉毛。

“我告诉你，斯蒂芬，为了保持运动，他们都疯了。自从他们发现水银记录着每一步运动，人力部门的女士在复印机前还上下跳动，电梯门都结蜘蛛网了，而法务部的同事们以前坐在舒适的座椅上一动不动，现在却站在显示器前扭着屁股，有时还做蹲起运动。”

我怀疑地摇了摇头。

“运动发起前我也有一些怀疑，”鲁兹说着，微微卷起嘴唇，搓着双手，仿佛他要借助稀薄的空气组织语言，“幸运的是他们意识到了前进一步后退两步对健康运动有好处，尽管这不是一个好的企业发展战略。”

鲁兹转到了一个更私人的话题，可能是因为他看出我后知后觉的缘故。

“对私人生活的好处，”鲁兹接着说，看着我同意地点着头，知道我又跟上他的节奏了，“也可见一斑。上周，我们仓库组长的老婆给我打电话，我认为她有点夸大其词了，说从 8 月初开始，他们的家庭状况就变好了。用她的话说‘自从我那位被惯坏的老公开始戴计步器后，他就从沙发上起身，去地下酒窖拿啤酒，每次要走 126 步，您想想喝个 5 瓶酒得走多少路啊！’她这样说着，听起来很高兴。”

当鲁兹向我陈述这些时，我激情澎湃，热血沸腾。我甚至不知道这股激情何时何地才能休止。

“你需要和路德维希港的 BASF 董事会谈谈，向 Bock 先生及其他成员说明你在这里大获成功。这项运动在整个 BASF 公司具有巨大的潜力。我们下一步的目标就是举办一场国际性比赛，BASF 公司的 394 个分支机构都需要参加。这场比赛将由监事会主席艾格特·福舍劳（Eggert Vorscherau）发起。怎么样，鲁兹?”我咧着嘴大笑着说道。

“这是个好主意，不过这不算新鲜。路德维希港的总公司和 BASF 香港公司都曾发起过类似的运动。”鲁兹轻声说。我非常急切地想表达自己的观点，却忽略了很重要的一点——我只注意到了鲁兹那热烈的面部表情，我认为我们俩碰撞出了热情的小火花，顿时感觉备受鼓舞。

尽管我能感觉到脸上火辣辣的不适，双颊也有红色斑点出现的迹象，我仍继续欢欣地阐述着我的观点，它肯定能唤醒鲁兹的热情之火。

“你觉得这句口号怎么样，‘健康运动——通过运动进步，无往不利！’我可以为你写一篇相关的文章。”我幻想着，感觉已置身其中了。“这个标题怎么样，‘人类的一小步，健康的一大步！’我们可以将 BASF 的首字母缩写理解为‘Bewegung Anstelle Sinnloser Faulheit’（德语：用运动代替无意义的懒惰）。因为我们在亚洲，我们再借用德国能源公司的箴言：VORWEG GEHEN（德语：进步）。”

同我的热情似火相比，鲁兹面不改色，完全看不出内在情绪，他的面颊被台湾的日光晒得微黑，抹着高雄 BASF 独家生产的天来施 S 防晒系列以防止 UVA 和 UVB 的伤害。尽管我的主意很棒，鲁兹依然平静如水。他的性格很像亚洲人的风格：兼具阴性和阳性。

对于我滔滔不绝的建议，鲁兹并没有回报同样的热情。就像一个聪明的老板所做的那样，他分析道，不要一时冲动，我们需要对事情进行客观的分析判断。

“健康运动还能帮助唤醒创造力，”他说，“我从维护部门的小年轻们身上已经看到了这点。你在服务部门工作，总会面临着不可预见的问题，创造冲动也许一直伴随着你，比如，我们卡住的传动装置，如果要使设备尽快运转起来，并且费用最少，那么这时，创造力可以说是一项不可或缺的杰出才能。”

听了他的话，我似乎感觉飘离了地面。

“相比之下，在找到正确的解决健康运动问题的方法之前，这些年轻人并未明白其中的真谛。他们用钩子把计步器挂在电子工作台的上滑板，电子工作台的最大速度为 B2，这意味着他们可以让计步器一分钟记录 180 步！这自然而然违反了游戏规则、违反了公平精神、违反了运动的初衷。就连每天在复印机前运动的人事经理都赢不了他们。”

我为我狡黠的同事想到的办法感到骄傲，我就说：“行了，鲁兹，无论是口头还是行动，我们维护部门的人都身体力行，将‘技能’贯彻到‘实践’中。”我随之又问：“那么，健康运动为你带来了什么？作为老板，你应该树立一个好榜样啊！”

“想想身边的人对运动的狂热，要树立榜样真的不那么容易。”他快速回答道，显然他已经预料到我会问这个问题了。“白天我尽量与他们同步，我已经不让秘书给我倒咖啡了；每周至少有三个晚上打网球，这也挺有帮助的；每天爬上中央公园公寓第 10 层，”鲁兹随意说道，“然后再走下来，一天至少 2～3 趟，有时候一天甚至爬 4 趟。除此之外，我这部慢吞吞的电脑促使我想到了一个不寻常但行之有效的方法，每次下载超过 1MB 的文件时，我就在桌边做 10 个俯卧撑！”

听到这里，我不禁微笑，说道：“作为一名积极的由 SMS 公司赞助的客户支持，我将把正在修理的反应器的图片按照原始尺寸发给你，你得做 1500 个俯卧撑了。为了 BASF 及其员工着想，在这阵运动狂热中，你得小心别让员工忘记了他们的本职工作。”

“斯蒂芬，你说得太对了。因此，运动之后，我们必须尽快践行公司的第二句箴言‘质量如一’。”鲁兹拐弯抹角地说道，口气完全不像那些经常面临产量严重下降的客户那么焦虑。接着，他给我下了最后通牒：

“你将有五秒钟时间考虑，”他边说边窃笑，拿出手机，“我已经将你的老板设置为快捷拨号了。”

墨西哥冈萨雷斯[1]也不可能比我更快到达反应器现场。

鲁兹的办公室距离反应器有649步，再走9351步我就可以完成每日目标。今日事，今日毕，我非常想当天完成这项目标，这样就可以高枕无忧了。想到这些，我意识到鲁兹正用他那独特的方式感召我，“让我们行动起来吧”的方式对我有多大的激励，很快我将发现，受到巨大激励的不单单是我一个人。自从我知道了设备的用途，我再看这些员工就感觉不一样了。那些没戴计步器的人，形单影只地拖着双腿，垂着头弓着背，有的还在现场打瞌睡，有的反应迟钝；而那些戴着计步器的人呢，面色红润，对于日常工作非常娴熟，充满活力。他已经发动了一场没有终点的快乐奔跑！

“真该死！”我听到和我一起围在传动机构旁的六名同事中的一个人抱怨道，“午休后，我忘记从工厂带一瓶新的润滑剂过来。”

“没事儿，”一名比他年长很多的同事答道，随即脚步轻快地拿去了。

这时，我听到这名学徒自言自语地说：“真是的！自从健康运动开始后，这群老家伙就不让我跟在他们屁股后头了。”

我们可不想给自己留下遗憾，但是我们发现传动机构的最后350毫米是个巨大的挑战。尽管我们添加了很多润滑剂，但由于它猛烈地来回运动过，它还卡在反应器的传动轴上，一毫米都动不了，我们都快疯了。要想圆满完成这个工作，就只能埋头苦干了。准确地说，就是给扳手装一个扩充套件。这是项四肢发达、

[1] 飞飞鼠冈萨雷斯，Speedy Gonzales，是华纳经典动画乐一通系列中的动画角色，被称为全墨西哥跑得最快的老鼠。

头脑简单的活儿，可以边干活儿边聊着天。一名同事极好地验证了这一点。当他用夹克袖子擦着额头的汗水时，挑起了话头。

“我跟你们说啊，今天早上在厂里，我看见实验室的那个美女了，这么久以来我还是第一次见到她。”

“你是说那个长得如诗如画、头发乌黑、长发飘飘的美女吗?”另一个同事回应道，他正在拧紧顶丝，神情恍惚。他调整好扳手，用力拉了拉，用尽最后一丝力气咬着牙说，“可惜屁股瘦了一圈的那个人?”

“是啊，就是她!”他放开套筒扳手，因为有六角螺丝，套筒扳手还紧紧固定在上面。他的眼里饱含激情，说道：“你该看看她现在的样子！健康运动使她那巴洛克式的屁股像多汁的梨一样水润饱满。”为了佐证他的观点，他还在空中画着水果的形状，而我们都深陷其中，想象姑娘那迷人的曲线。

“如今生产部门的小年轻们不再因为该谁下楼去反应器那儿而相互争执了，相反他们都争着抢着要下楼取样，送去实验室，分析产品样品，顺便会会这位新同事。”

与此同时，我注意到了一些变化，生产大厅门前的小鸟叽叽喳喳已经被有节奏的流行音乐所代替，努力工作的同事们正在一毫米一毫米地进步，这是我刚好见到的一幕（84 步）。

如果不是亲眼见到，我永远也不会认为在 BASF 公司有这个可能性。我目睹了健康运动的主动性达到了顶峰。

我数着 2、4、6、8、10、12 个员工：3 女 9 男，像是在跳康茄舞[1]，一个紧挨着一个。

我抬手看了看表：2：55。

---

[1] 一种古巴舞蹈。

这个“队列”从工程部出发前往主办公室，去参加鲁兹主持的日常生产会议。

这12个人双臂置于臀部高度，让人不禁想起用一根连接杆连接的火车轮子。伴随着整齐的步伐，他们的手臂做着前后往复式的线性运动，像极了火车的曲柄推动。他们边走边唱着歌，唱的是凯莉·米洛（Kylie Minogue）1988年的单曲《火车头舞》。

“现在，你可以跟着做，我们来围成一个圈圈。
来吧！宝贝儿，来跳火车头舞。
恰—恰—像火车一样的动作。
来吧！宝贝儿，和我一起跳火车头舞，来吧！宝贝儿。”

看到这团队协作的一幕，我为之一振，我也在空中弯曲一条手臂，开始做拉的动作，同时模仿火车的汽笛声——呜……听到这个声音，12双手同时举起，整齐地向我招手，并齐声唱道：

“来吧！宝贝儿，和我一起跳火车头舞。”

我再一次拉下想象中的手柄，但这一次是连续两声汽笛声——呜呜！——他们继续唱着歌，挥着手，越走越远，消失在我的视线里。

这个场景很奇怪，真像在火车站忧郁的告别，我不禁泪光闪闪。

健康运动，就像《极地重生》一样，将不可能变为可能。天性内向的亚洲人，在一场与欧洲人的文化交流比赛中，向全世界展现了他们的感受。

深受感动，我回到同事身边（同样用了84步），他们正在等我呢。尽管疲惫不堪，大家都很自豪，一个个把手插在屁股兜里。旁边，卡住传动机构的反应器转轴正牢牢地绑在起重机上。

四天即 40000 步之后：传动机构修好了，正常运转。反应器再次履行着“质量第一”的使命。

“那么，斯蒂芬，”鲁兹在我们最后一次谈话中说道，“健康运动是否也唤醒你体内的某种东西？”

我略微思考了一下。

虽然跳《火车头舞》的场面还在我的脑海中回荡，我并没有提及。礼貌起见，我拣重点说。

“说真的，是的。”我羞愧地低着头说道，“工作之余，我没有在户外或者酒店健身房中运动，在酒店 68 楼的舒适房间内，高雄的夜景一览无余，我坐在桌前写了一篇故事《人类的一小步，健康的一大步》，就在那时，几乎在我收笔之前，我就意识到在这场 BASF 运动中最懒的那个人是谁了。”

办公室中安静得连根针掉在地上都听得到。

“斯蒂芬，就像你自己看到的和听到的那样，健康运动带来了各种各样的好处，每一样都是积极的！”鲁兹用客观的口吻说道，在亚洲的这些年，他练就了交流中的最高境界，永远都安然自若！

我满腹狐疑地看着他。鲁兹继续说道：“或许在你的故事结尾处，可以加上这样的话，不仅仅局限于健康运动，清晰的自我意识是所有事物通往正确方向的第一步。”

台湾高雄

2011 年 11 月

泰　国

普吉岛

请求上帝保佑你的工作，但是不要让上帝做你的工作。

——**卡尔·海因里希·瓦格纳**（Karl Heinrich Waggerl）

（1897—1973）**奥地利作家**

重叠的画面

2001 年——飞机爆炸

2002 年——SARS

2003 年——禽流感

2004 年——海啸

这些白纸黑字，就像一张张死亡证明，印在白色的 T 恤衫上，它描述了过去四年，围绕着泰国度假胜地普吉岛上空灾难的里程碑事件。字的颜色黑白分明，像是乞求怜悯。够了！或者……下一个灾难又是什么？天哪！

阿查拉别墅坐落在芭东海滩，是为数不多的在灾难中幸免于难的酒店之一。它距离海滩有一定的距离，海啸到来时，它前面的建筑物起到了防护堤的作用，才有幸躲过一劫。

17 年前，汉斯·荣格（Hans Jung）从德国布茨巴赫移居普吉岛。这位退休的工程师与妻子阿查拉（Atchara）一起建起了一座以妻子的名字命名的酒店。此后，他们一直经营着这家酒店。这位头发花白的老人回忆：2004 年 12 月 26 日的早上，8 点左右，他正坐在酒店楼下的一个房间里，突然之间，大地震颤。震动持续了一小会儿，虽然震感不强，但是仍能明显感觉到，汉斯当即认为地震了。

两小时过去了，一切正常。

据说附近的大酒店，诸如诺富特酒店和假日酒店，都警告过客人可能有不可预知的危险，并建议他们当天要远离海滩。没有人知道更多的细节，只是隐隐感觉有什么不对劲。

突然，以防万一的警告变成了残酷的现实。汉斯那天正好外出，正在岛的内陆，没有目睹事件的发生。他的家人、邻居和其他目击者事后告诉他：一眨眼，海水退了几百米，海滩一下子变得很宽阔，留下鱼儿在湿润的沙滩上挣扎。凭直觉，很多人立即撤离了海滩。也有很多人奔向海滩欣赏这罕见的自然奇观。

据说很快大家就看到大海竖起几米高，移动速度达几百公里每小时，以迅雷不及掩耳之势靠近海滩。这是一场残酷无情的毁灭性的灾难。

接下来，人们通过新闻报道和路人拍摄的视频，了解到后来发生的恐怖景象。

不到 24 小时，一大批媒体代表涌向普吉岛，《亮点周刊》(《Stern》) 和《焦点周刊》(《Focus》)[1] 的记者们住在汉斯和阿查拉居住的安全酒店。

汉斯告诉我："哪里伤亡最多，哪里损失最重，哪里有可能发生最好的故事，新闻工作者们就蜂拥而至。"耸人听闻的报道会带来期望的收视率。

灾难发生后两天，人们在倒塌的房屋和酒店建筑群中疯狂地搜寻幸存者，识别浮肿的尸体；同时，在普吉岛这风光如画又如噩梦般的海滩上，第一批享受日光浴的游客回来了，懒洋洋地躺在铺着垫子的折叠椅上。滴在明亮沙滩上的鲜血，不到 48 个小时就已经悄然褪去。这是多么矛盾而不可思议的场景，头条新闻

[1] 两家德国周刊。

引发家庭讨论。然而，高速路上发生重大事故后，清理残骸、用水将现场冲洗干净、恢复交通需要多久？沥青和沙的区别在哪儿？

可怕的灾难已经过去两个月。芭东海滩的清晨，大约九点半，水银温度计显示26℃，挂在深蓝色天空的太阳轻抚细沙，高高椰林上的叶子撒得满地都是，随风飘荡，映在沙上像是长了翅膀的影子在跳舞。

大海平静如画，只有那渐渐停止的温柔的海浪声彰显着大海的运动。延绵的青山怀抱着马蹄铁形状的海湾，几百米开外，白色的帆船和机动游艇如昏昏欲睡的天鹅，随着海浪漂浮。

普吉岛的夜晚很长，在这片度假天堂，直到很晚，人们才会意兴阑珊地散去。海滩边，强壮的男孩举起堆叠得高过人头的折叠椅，夜晚，这些椅子锁在一起。在细腻的沙滩上，孩子们光脚踩在沙中，沙粒没过脚踝，孩子们一个接一个地拉着椅子。在选好的区域，将椅子成对地摆放好，将柔软的橡胶垫铺在椅子上，供付费的游客躺在上面，舒服得很。

与此同时，有一些人正在清理海水涨落留下的碎石，海水在头一天晚上涨起，后来退去。小贩们往他们的冷却器中放入饮料和碎冰。一位年长的泰国妇女盘腿坐在遮阳伞下的晒席上，面前的沙中插着一块牌子："传统泰式按摩、修指甲。"

这时，第一批日光浴爱好者到了，大部分都是退休的夫妻和带小孩的年轻家庭。小家伙们正在兴致勃勃地挖沙、堆沙堡；老年人打开毛巾，把自己当成蛋糕模子，全身上下涂满防晒油，防止晒伤。还有一些人站在折叠椅旁边，手插在屁股口袋里，戴着帽子和墨镜，欣赏着平静的大海。那些已经舒舒服服躺在椅子上的人们，有些在津津有味地看书，有些昏昏欲睡。

宁静而凉爽的清晨，处处都是精力充沛的沙滩游客，有的在湿润浓密的细沙中跑步，有的穿上泳衣在退潮的大海中冲浪，空气中飘散着他们身上所擦的芦荟和椰子味的防晒油的味道。浅水区，小朋友们嬉戏玩耍；再远一点，游泳者的脑袋从远处看过去像是四散在浅海的浮标；海边，两个小伙子在扔飞盘。水上运动项目的小伙子们非常忙，正把备受欢迎的摩托艇用拖车拉入水中，另外三只船像是搁浅的海豚，躺在沙滩上。两名泰国人正在帮五名亚洲妇女穿上救生衣，深色肌肤的美女们纵情欢笑，期待着香蕉船之旅。一艘快艇的强劲发动机微微浮出水面，发动机的螺旋桨一阵轰鸣。明黄色香蕉船的绳子系在快艇后面，咯咯笑的女士们小心翼翼地登上摇摇晃晃的湿滑的船上。

正对着海岸的商店百叶窗已经高高卷起来，两旁的棕榈树有房子那么高。小贩们将商品摆了出来，将一大堆明信片和皮带拖到路边，将 T 恤衫挂在格栅上。他们将钱包和鞋子分类摆放好，擦拭好手表和墨镜上的灰尘，又将各种尺寸的佛像分组摆放好。咖啡馆空无一人，服务人员正在做清洁，拖地、倒掉满满的烟灰缸、摆正座椅、擦亮桌子、在桌上的花瓶中插入新鲜的花束。

亚洲最常见的交通工具是摩托车，有两轮的，也有三轮的，人们骑着摩托车穿过大街。路边停了一排大红色的像卡丁车一样的嘟嘟车。嘟嘟车很受游客欢迎。有的司机躺在嘟嘟车后座上打盹，嘟嘟车有车顶，两侧开口，所以司机可以将脚搭在两侧的铬色扶手上。有的司机则在擦拭着他们的短途出租车。

一辆垃圾车停下来，两名工人从车后踏板上跳下来，抓起两个垃圾桶，将垃圾全部倒入开口的卡车中。一辆皮卡车停在一家酒吧门口，有两个人正将一桶桶的啤酒卸下车，将空啤酒瓶装上车。一辆炊烟缭绕的早餐车在十字路口开始营业了，伴随着木炭的味道，飘来阵阵炒饭、青菜、鸡肉和沙爹肉串的香味。

致命的海浪袭击时的那种天塌地陷的恐怖仅存在于想象之中。

日常生活似乎没有受到影响，仅在灾难后数周就呈现出一片繁花似锦的景象，日常生活恢复得太迅速了。也不得不恢复，这是旅游旺季的需求。顾客就是上帝，他们并不喜欢真实的麻烦事儿。您能看见在美好的时光和灾难发生的时光里，人们为了保持旅行手册所宣传的田园牧歌景象所付出的努力。努力会一直继续，直至死亡将我们分开。

如果您不知道前不久发生的大灾难，您可能会认为配备酒店、咖啡屋、酒吧和商店的芭东海滩不过是又一个度假胜地而已，与其他度假地唯一的差别是最近这里有很多施工场所和修缮工作，这一点在旅游手册上当然会保密。

海滩上的一家咖啡屋的音响中响起葛罗莉亚·盖罗（Gloria Gaynor）的歌声："我会活着。"想起最近发生的事情，合唱声听起来既像对挫折的一种宣泄，又像是许多泰国人的无奈心声。

有些建筑完好无损，有些建筑遭到轻微破坏，上面的黑洞像裂开的坟墓一样惊恐地盯着外面的世界。在有些地方，为了防止人们因好奇而瞥见像战后废墟一样损坏和倒塌的房屋及酒店，建起了高高的绿色波纹铁栅栏。整齐排列的盆栽植物是为了美化环境，分散人们对恐惧的记忆，而沿着栅栏悬挂的花环则是为了纪念逝去的死者。

到处都在进行灾后重建工作，尽可能地都在暗中进行。人们拆除了损毁的楼房，清理了废墟，筑成了新墙体。液压打桩、钢结构焊接、木质装板，从装板上突出来的芯铁看起来像骷髅头。工人们穿着满是灰尘和汗渍的衣服，紧张而努力地干活。为了防止毒辣的太阳和无处不在的灰尘，人们用围巾围住头，裹着嘴巴和鼻子。混凝土搅拌机转着胀鼓鼓的肚子，火花四溅的磨床声音刺激着耳膜，咯咯作响的电钻控制着工作的节奏。

尽管做了这些辛劳的工作，按照当地居民的意思，该暂时自觉地停止工作，再过四周，旅游高峰期就结束了。急什么？毕竟，一切都将比灾难更美好。

灾难发生的当天恰逢节礼日，不幸的节礼日过去不到一百天，“亲戚或余悲，他人亦已歌”，我又一次看着海浪轻轻拍打着海岸，看着海滩上和大街上的人们继续平常日子的模样，灾难的影子早已悄然无痕，唯有电视中播放的芭东海滩的血腥画面还在我的脑海里回荡：海水巨大的破坏力、汹涌澎湃的海浪、混乱失控的场面，还有被海浪卷走的绝望的人们、尸横遍野的海滩。

这些可怕的事情曾经在这里发生过吗？——真的是在这片美不胜收的海滩上吗？

如世界末日般的电视画面与沙滩上无忧无虑的日常生活，如两张描绘着截然不同的画面的透明胶片，在我脑海中混淆了、重叠了，海浪那温柔的潺潺声与洪水的咆哮声并存。尽管海面平静如镜，我却在这表面的平静下看到了那剧烈起伏的海浪……不可思议！

昔日灾难发生的惨痛画面依然萦绕在我的脑海里。在这里，我遇到了亲历灾难的人们；在灾难中幸存的人们；失去了另一半、失去了孩子、失去了一切的人们。我审视着这些泰国人，唯有惊叹，他们外表平静，投入紧张的重建工作，步履中甚至带着快乐与热情，似乎灾难从未来临过。

泰国普吉岛

2005 年 3 月

韩　国

韩国料理

工作不分好坏。

工作的好坏取决于你自己。

——爱德华·泰勒（1908—2003）

出生于匈牙利的美国理论物理学家

一瞬间

终于！期盼已久的“一瞬间”来临了，时光如白驹过隙，“一瞬间”又悄然逝去，让人难以置信！

惠特尼·休斯顿的《一瞬间》：1988 年，韩国汉城奥运会上（汉城现已改名为“首尔”），作为美国队歌，她用悦耳的颤音唱火了这首歌，将这首歌从汉城唱遍全世界。

足球球迷的“一瞬间”：2002 年，在韩国和日本对决的世界杯上，韩国球迷为进球欢呼雀跃 155 次。

潘基文的“一瞬间”：2006 年，潘基文当选联合国秘书长，接替前秘书长科菲·安南。

赵承辉的“一瞬间”：2007 年 4 月，韩国学生赵承辉在美国弗吉尼亚布莱克斯堡的一所大学里乱冲乱杀，杀死 32 人之后自杀。

许多韩国人和朝鲜人的“一瞬间”：2007 年 5 月 18 日，一列载有 150 名乘客的火车，57 年来，首次从韩国出发，跨过三八线，穿过重兵把守的边境进入朝鲜。

我的“一瞬间”：2007 年 5 月 21 日，老板派我到韩国出差几天。对于这个国家我一无所知，只记得它在地图上的形状像人的阑尾（格罗珀尔先生的所有学生都知道这点，并且能在世界地图上准确指出较小的那块朝鲜半岛。如果您知道亚洲的大概位置，在最右边就是朝鲜半岛了）。

还有，我知道您可以把在市场上出售的一半的相关旅游指南随身带到韩国，还不用担心行李超重。通过一个网络书城，我了解到介绍德国的旅游手册共计 614 种，介绍美国的共计 426 种，介绍泰国的 110 种，介绍朝鲜和韩国的仅仅 16 种，其中介绍韩国的有 11 种。有趣的是，出售的书中居然还有 29 种介绍南极的，34 种介绍东弗里斯兰的，104 种介绍科隆的。如果把旅行指南图书的数量当成一个国家吸引力的指数，那么对于我们德国人来说，只有洪都拉斯（6 种）和赤道几内亚（仅 2 种）看起来比朝鲜半岛更没有吸引力。

我在手提行李箱里塞满了韩国的旅行手册，踏上了 20 小时的旅程，来到地球上我基本一无所知的地方。就像学校的学生第一次去布吕尔梦幻乐园游玩一样兴奋，我有点儿坐立不安，迫不及待地想到达那儿。这源于我刚刚读到的一个讲宗教的章节，里边说到萨满教是朝鲜半岛上的原生性宗教。我的脑海里立刻勾勒出一群衣衫褴褛、长头发、戴着吓人面具的强壮男人，围着熊熊的篝火尽情舞蹈；一名巫师浸泡在鲜血之中，恍恍惚惚，在阴阳两界穿梭；一位驱魔人则忙着将恶魔从可怜的人身上赶走。看到这些，我在飞机舱内不禁大喊道："好极了，我来也！"我真的想来到这里，这才是旅行梦想的真谛所在。我兴奋地冒泡儿，不禁哼唱起了 1984 年德国流行音乐二人组创作的红极一时的《摩登语录合唱团》，韩国政府曾经选择这首歌来代表他们的首都："你是我的心，你是我的灵魂……"几小时之后，飞机就要在首尔着陆了。

与常见的旅行指南一样，韩国的旅行指南同样介绍了国家和人民、历史和艺术、GDP 和气候图，不同之处是书中有一个关于

“文化冲突”的补充章节。不久前我已经骑行穿过孟买、曼谷、西贡、加德满都和加尔各答，于是我就跳过了这几页，我自负地认为我对这种旅行病已经有了免疫力。按照书中建议，如果您长期在韩国旅行或作为到这里工作的外派人员，“学韩语”是一种普遍的补救措施；而对于像我这样的短期旅客而言，这本书建议我们直接翻到最后一章：文化小游戏——情景 1-10。允许我先说一句，我从来没有这么快乐、愉悦地阅读一本旅游手册，真是受益匪浅。

这个文化小游戏简直就是驾照理论试题，只不过目的不同而已。它不是为您提供上路驾驶的理论基础，而是告诉您遇到愚蠢的韩国人该怎么处理，帮助旅行者了解东西方人之间可能产生的文化冲突，通过行为模式的解释，避免旅行者在韩国瓷器店里表现得像头公牛一样鲁莽。

每一个情景测试都由三部分组成：情景描述、素描插画，以及三个备选的答案。这些问题都是为了测试您的亚洲文化知识，最后通过总结性评价，告诉您一名经验丰富的旅行者应该如何规避社交失仪的潜在危险。请看下面的示例：

情景 7：画上是一名开着车的旅行者，另外一名伸着手臂、满脸怒容的执法人员站在发动机前，请设想以下情景：

在一个宁静的午后，您驾着小车行驶在城市中，突然听到警笛声，其他车都靠边停了，有人示意您也靠边停车。问题：您该怎么办？

A：完全忽略示意您的人，将车子直接开到你们国家的大使馆，能开多快就开多快。

B：靠边停车，躺在车内的地板上。

C：靠边停车，低调地走到最近的茶馆。

您会选哪个答案？选 A、B、还是 C？我得承认，看到正确答案竟然是 B，我才知道老板把我派到了一个每月都有防御训练和演习警报的国家。这可不是开玩笑，即使在当前，因为韩国偏执的安全规定，所有居民必须离开路面 20 分钟，找到掩护体或者躺在车内的地板上，在想象中的朝鲜空袭中努力保护自己。

另外还有两个情景我比较喜欢，说的是尽管冬天室外很冰冷，但是女服务员未经请示主动跑进您的酒店房间，将窗户全部打开（答案选 B：因为韩国人喜欢新鲜空气）；与一位韩国人共进晚餐后，如果他把手轻轻地放在您的膝盖上，别仓皇逃走，也别表现粗鲁（B：别慌！您坐着呢。还选 B 吗？开个玩笑，正确答案应该是 A：在韩国，男人之间表示友好的情感时都会摸对方）。

飞行了大约 11 个小时，大型喷气式飞机降落在首尔的人造飞机岛上时，我感觉我已经做好准备了，至少理论上如此。

到达酒店后，我在床上躺了半小时，尽情舒展了身体。我想利用宝贵的时间，通过媒体和娱乐产业来探寻这个国家的新鲜事物。

您一定要相信我这点：对于酒店房间的电视，我绝对是经验丰富。我能做的就是给您一条好建议：一定要注意换台——酒店安装电视机的唯一的目的就是对我们这些无辜的旅行者“趁火打劫”。

我学会一条有效的应对措施，保持警醒，蓄势待发，大不了就直接拔电源，如果在地方台和 CNN 之间跳出了付费频道，经常发生这种情况，那么注意了！只要按错一个键，瞬间，您的房费单上就会出现昂贵的收费清单（成人频道——今晚夜间，女服务员两次进入我的房间，第二部分“限制级”），当您拿着这份票据到公司财务报销时，审票的财务人员会提很多尴尬的问题。

我告诉您这些是为了让您明白，当我换电视频道时，画面还没出来，音响里就响起了清晰的尖叫声，我是何等的错愕。

说实在的，我为这类淫秽之事做好了准备，但并不是按开关按钮，更不是调节音量按钮。(它们通常都会被设成默认！咳，谁会干这个呢?)

我从床上跳起来关了窗户，半途我发现电视电缆不幸地插在放小冰箱的柜子后面，因此我使劲儿按降低音量的按键，用力过猛，食指顿时毫无血色。只要声音没有了，我就懒得理它。长出一口气，我坐在床边，做了个深呼吸。

我正要换到 CNN 台，突然想起一句俗语："说什么不重要，看你怎么说！"这句话对于生活环境也同样有效。没有声音，我并不能确定屏幕上到底是在干什么。画面上一对非常年轻但是不怎么吸引人的亚洲男女纠缠在一起，面部扭曲，张大嘴巴，似乎在做电击疗法。时而在床上，时而在桌子上或者汽车引擎盖上，似乎所有漂亮得体的韩国女孩都去航空公司当空姐去了。

为了能更好地了解韩国文化，我慢慢地将音量调大了一点点，但是，每调一格音量，我都会仔细听一下，以防止隔壁邻居听到。调好音量后，我开始切换镜头。花了好一会儿我才慢慢习惯晃动的画面，可能是人手不够，摄像人员不是刚刚出现在镜头里的那位，就是马上要上场表演的那位，他缺乏经验，紧张不安。想象着穿罗缎内裤的人体模特，哆哆嗦嗦地拿着摄像机的样子，我就忍俊不禁。

我并不习惯电视节目对我造成的骚扰。近镜头拍摄时，我甚至能看清楚他们脸上因疲劳而冒出来的痘痘。

屏幕左上角写着"S（ch)"——管它什么意思呢。右上角是一个电话号码060－600－7777。我想这是为所有自由职业的艺术家、学生、热恋情侣和单身汉能申请业余演员职位的电话号码。观众也可以拨打这个热线电话，对演员的表演发表一番评论（此处省略一万字。海外致电者：请在本地电话号码前加拨韩国国家代码0082，并去掉本地号码前的零）。

说真的，我看的这些视频都很糟糕，不过还好，这是免费的（我的房费单上不会产生这笔费用）。

除了超人那部分（后面还会详细论述），这些演员有时像被钉了钉子一样躺着不动；有时像断了线的木偶不自然地躲闪，发出奇怪的叫声，他们像是困在紧身衣中的可怜人，只有双手捆在身后时才能出场。

常人很难体会，宾馆的电视节目既不色情也不放荡，充其量只是搞笑。这么低劣的表演，我想演员们拿的酬劳大概只够买面包皮。

我们再回到超人那段。他很惹火，细细的腿塞在蓝色长筒袜中，他突然蹦出一个鲁莽大胆的想法，径直爬上了床头柜。上去之后，他戏剧化地轻轻拍了肩头的红披风，伸出好斗的拳头，高高举在空中。我原以为他会马上去营救被绑着的女孩，谁知他拉下脸开始淫荡地喘息。然后他从床头柜上下来，羞愧地低着头，碎步从屏幕上走开了。

看到这儿，所有道德标准的拥护者也许会摇着头，不相信地说："我呸！"但我敢心安理得地向您保证，真的什么也没有看见。画面既没遭受审查也没有模糊化处理，高超的摄影技术总能确保用一只手、一条手臂、一条腿、演员的脸和长头发，以及超人的红披风阻挡那应被限制的视角。

作为一个三十六岁的成年人，我不难猜出演员们使用的身体部位，以及与其他部位接触后产生的反应。这唤起了我的回忆，我兴奋地发现了一种久违的孩子般的天性："我用自己的小眼睛侦查到那些……"

几分钟后，我感觉索然无趣，换了一个台，这次真的是CNN，正在播天气预报。当可爱的詹妮·哈里森（Jenny Harrison）播报36个城市的天气并解释为什么雷云会在晚间聚集首尔时，我暗自怀疑每台电视机都是由前台安排节目，为每位顾客量身定制。毕竟，我无法想象有两个小孩的一家人与一名独自在外旅行的工程师会喜欢同样的电视节目。

韩国金泉市百乐酒店

2007年5月

伊　朗

摇晃塔

如果你的工具只有一柄铁锤，你就可能认为所有的问题都是铁钉。

——亚伯拉罕·马斯洛（Abraham Maslow）

（1908—1970）美国心理学家

一千零一夜

“我们喜欢引进现代化的工业和武器，然而，我们不想引进西方信仰。”这是穆萨维·霍梅尼（Ayatollah Khomeini）三十年前所说的话，这位伊朗伊斯兰共和国的宗教领袖和革命奠基人为我此次出差伊朗埋下了伏笔。

一提到西方技术，提到电子娱乐业的产品、喷气式战斗机、海水淡化装置、BMW、炼油厂、SMS公司的两台丁烷蒸发器时，即使宗教激进主义者都会变得超现代，但仅此而已。按照他们的观点，技术进步并不能带来内心的宁静，人们只能在伊斯兰教和清真寺中找回宁静的心灵，所以我这个天主教的技术工程师在这里找寻不到内心的宁静。不过我至少可以在这里工作。在这里我不能自由地思考，既不能“左”倾也不能右倾，更不用说发表带有个人倾向的观点。但我结束一天的工作之后，总喜欢天马行空地思考。这是我此行碰到的最大挑战。

当我置身于这个国家，我不能带有任何偏见，这是我碰到的第二大挑战。到了那儿，我喜欢四处看看，听听别人怎么说，再形成自己的观点。但作为一名西方媒体的客户，我无法做到这点。

我的大脑装的是西方代码编程系统。只要一听到“伊朗”这个词，脑海的警报就会响起。我的思想不自觉地全速行进，穿梭于号称“邪恶轴心”的神权国度。在这里，人们要不可避免地遭遇残暴的前哨部队；在这里，激进的宗教主义者和人肉炸弹们接受伊斯兰学校的指示；在这里，真主党高举拳头，呼喊着仇恨的口号进行游行，抗议“撒旦美国”，焚烧美国国旗；在这里，伊斯兰的第六个支柱——基地组织号召圣战；在这里，以色列“犹太复国主义”必须从地图上消失，世界上的异教徒都要皈依伊斯兰教；在这里，国家首脑——极端保守主义者内贾德通过提炼铀，试图研制原子弹。他还同最高法院联合，通过法案禁止婚外性行为，禁止人民吸毒，禁止体验摇滚音乐，甚至禁酒，迫使人民安分守己。

简单来说，我这个西方天主教徒此行凶多吉少。而且，旅途将会无聊至极。许多事情对于我们这些持不同政见者来说很有趣，但却严格禁止，不得越雷池半步。

我有两条充分的理由去伊朗出差，一是我是一名 SMS 公司的技术服务工程师，二是霍梅尼的技术统治论。我的老板卖给伊朗两台甲烷蒸发器。

合同上的墨渍尚未干掉，我就已经能想象自己出现在电影里，因为我就是那位要去安装运行蒸发器的工程师。准确地说，我能想象到自己出现在一条视频新闻中，《每日新闻》的金牌主持人扬·霍夫（Jan Hofer）将播报：“德国现场服务工程师在伊朗北部惨遭绑架。”

尽管画面质量很差，但通过我所穿的蓝色工作服胸前口袋处绣着 SMS 公司的标识，我还是一眼认出了自己。我看见自己驼着背，盘腿坐在山洞外裸露的水泥地上，蒙着眼睛，胡子拉碴，满脸憔悴，双手铐在背后。证据确凿，放在我大腿上的《德黑兰最新日报》（《Jumhori - yi Islami》）即可证明上面的话。

我旁边坐着一个戴面具的人，只露着两只眼睛，他的眼睛让人不禁想起坚不可摧的城堡上细小的射击孔，靠着墙放置着一架自动武器。

宗教激进主义者似乎正在准备祭祀用的羊羔祭品，他将手掌举向天空，高声说着圣词："万能的主啊！"

然后，他开始要赎金了：七位数的美钞，以及立即释放6名伊斯兰圣战者。此外，他要求包括甲烷蒸发器的详图在内的整套技术文件，在有技能的工人匮乏的年代，一名德国技术服务工程师的价值那是相当高啊。视频新闻中断了。现在万事俱备，只欠东风了……

西方媒体在我大脑中灌输的对伊朗的看法，此刻变得根深蒂固。要不是霍梅尼心中对技术的狂热，就不会有这两条理由摆在我的面前了。

幸运的是上天赐予了我纯真的天赋，我能在严峻的形势下说服自己，让自己高兴起来。这次这个天赋又帮了我。我犹如怀揣了一张去泰国的机票，兴高采烈地收拾行李，充满好奇地来到杜塞尔多夫机场，在土耳其航空公司的一架飞机上找到我的座位。

按照老板和客户所签的合同，我此行的目的地是伊朗首都德黑兰，那一年是2011年。尽管我当时从来没去过那儿，可是在我的脑海里，我是在穿越回去！我不是从飞机的经停点伊斯坦布尔出发，而是从君士坦丁堡直接飞到古时候的伊朗，飞到波斯王国，飞到世界上最古老、最庞大的王国。

公元前221年，当秦始皇认为需要一统中国时，普鲁士二世建立的高度发达的波斯王朝已经存在长达300年之久。考虑到故事的完整性，在此补充一下，中国建立他们的王朝之后，又过了2092年，普鲁士国王威廉一世宣告我们德意志帝国成立，47年后普鲁士王国即走向没落。

让我们回到君士坦丁堡机场。

此时此刻，我与另外两百多名乘客坐上了伊朗航空的魔毯——abracadabra（咒语）[1]。我坐在预订好的商务舱座位上，听见驾驶舱内传来熟悉的歌声。

“我给你一个全新的世界，闪光、耀眼、绚烂！”

两个劳斯莱斯波斯魔毯引擎产生的巨大推力将我紧贴在我的座位上——当童话般的东方世界出现在我的脑海中时。我感觉自己像是一个喜欢生活在梦想世界的懵懂小孩，我正在前往神话故事的王国，寻找生命的秘密魔咒：我在前往《一千零一夜》故事发生地的路上，这是一个丰富多彩的神秘故事，其深度无可企及，同时也是“阿拉丁神灯”故事的发生地。

大家都知道这种感觉，你好容易说服了自己要兴高采烈，却好景不长，就像你做着美梦，终了却是噩梦一样。当你不知为何不停地坠落、坠落，刚要触及地面时，猛然惊醒，嘴角还流着口水。

震惊之中，我敲打着手臂和大腿，我意识到我在一架飞机的机舱里。这是一个我非常熟悉同时又备感安全的地方，至少到目前为止我是这样认为的。

我面前的屏幕显示 5 分钟之后，飞机开始降落，飞行状态地图上用一颗小星星标识目的地，旁边写着“德黑兰”。突然之间，我的大脑中拉起警报。

“伊朗的首都！”我低声说。

---

[1] abracadabra，这是在西方拼音语言中特有的一个有重复的元音，通常是用在一段咒语的最后面，相当于中国的“急急如律令”。

我考虑的下一个问题显而易见：

“乘坐这架伊朗航空飞机的都是些什么人?”

我有点害怕了。我有种预感，某个想在天堂占一席之地的圣战战士已经钻进我的大脑，他马上就要以真主的名义点燃腰间的炸药带。

为了搞清楚我所处的惊险状况，我仔细地向座椅后方看了看。就像一名狙击手，我一排一排地扫视——天哪！我真不愿意相信自己的眼睛。

当我的眼睛落在商务舱和经济舱之间的铁幕帘时，有一种从身后防火墙跳下去的冲动，好奇心及时拉住了我。我冲到经济舱，一个接一个地扫视着乘客，走到机舱后部的最后一排，像执行任务的 FBI 特工一样机敏。

在返回座位的路上，我认清了自己的处境：“该死，要是我骑行之后不刮胡子就好了。”

我是飞机上唯一一个既没有戴头巾又没有大胡子的人，这里连空姐可能都留着小胡子，浓密的眉毛斜斜地指向鼻梁。

四周全部都是面部阴沉的人，您平时只能在炸弹袭击后的报纸头版头条的新闻上才能看见这种人，每个人都长着鹰钩鼻。就算是阳光明媚的大白天您都不想遇见这种人，更不用说与他们搭同一班飞机了。

我不禁怀疑我们可爱的豪施泰因小姐（Miss Hausenstein）给我订票时又找的是最便宜的机票。而且，她还没注意附属细则：“伊朗探亲，放心，您不会睡过头。”

我心神不宁，干脆闭上眼睛。我说服自己相信这是一个西方人过时的想法，说不定是在捉弄我呢。

“往好的地方想!”我反复劝导自己，“试着想想人们的优点，一切都会好的！”这不是一件容易的事。

我犹豫地睁开眼睛，先睁开一只眼睛，又睁开另一只眼睛。我转头看看左边，只看见空着的靠窗座位和椭圆形窗户，除了窗户密封严实之外，我看不出有什么可取之处。我又转头看看右边，飞机的中间座位坐着两个大胡子，神情严峻，戴着头巾，我的脑海中又开始不自觉地拉响警报。两个游击队员，忠实的宗教战士，袍子里面绑着炸药带。

该死！“往好的地方想！”我一面责骂自己，一面让眼睛扫过头巾，看向对侧靠窗的座位。只有靠过道的座位有人，令我惊奇的是，坐在那儿的是个女人，而且是那种在阳光明媚或者夜幕降临时您在大街上想要遇到的那种类型。

为了看得更清楚一些，我往前挪了挪，转头向右看。这个举动带来的结果是，将中间排大胡子的目光全部吸引过来了。

我没有正面还击他们险恶的目光，而是微微将头向左转了一下，向他们表明我对他们不感兴趣，我只对我旁边椭圆形的窗户感兴趣。

然而，并不真是这样，我使劲儿将眼珠子往右挪，挪到最右边，直到把她尽收眼底。从大胡子们的视角是不会注意到的。

她没有和大家一样戴着头巾，头发松散地披在肩上。

她正在看书，栗色的卷发从一侧滑落到脸上，一缕头发阻隔了我的视线。

因为长久的凝视，眼角疼得要命。“如果现在塔钟要敲响了，你该怎么办啊？”我听到奶奶用关怀的语气告诫我。“亲爱的奶奶，我的眼球将会留在眼角，这样会扩大我的视野。”

然后她（这个女人，不是我奶奶）翻着书，机械性地将滑到脸上的头发向后捋，别在耳朵后面。长头发女性每天无数次习惯性地做这个动作。

现在她拿开了面纱，我可以看到她的脸了，感谢阿拉，她没有胡子，也没有典型的波斯人的鹰钩鼻。她的肤色是浅棕色，像黑檀木的颜色。她笑了，显然是书里的文章把她逗乐了，读了几句话后，她的笑容绽放得更灿烂，露出两排洁白的牙齿，她看起来真实可爱又赏心悦目。

恭喜这本书的作者，他一定是妙语连珠，松弛有度，最终博得这位美女读者一笑。

她的笑容慢慢收敛，又变成了浅浅的微笑。她把打开的书放在腿上，抬起头环视机舱，思考着刚刚看完的那一段文章。

这时，我们的目光交错了，她的眼睛形似杏仁，好像会说话一样，单纯而又深不可测，黑色的眼珠像两颗弹珠，摄人心魄，睫毛长而浓密，即使不涂睫毛膏，也是电眼美女。

我称她为“茉莉花”——abracadabra（咒语）——我周围的世界又发生了变化。

“我给你一个全新的世界……”

我又能听见阿拉丁在驾驶舱唱歌。

“……闪光、耀眼、绚烂！”

阿拉丁不仅是演员，也是个男人，所以我肯定他的歌不是唱给我听的，是唱给“茉莉花”听的。像在童话故事中一样，当美丽的公主悄悄地混进人群中，沉浸在热闹的集市中，她遇到了阿拉丁，以及出售新颖的巴比伦容器的旅行推销员。当你打开容器时，会发出放屁的声音。

我想象这个穿灯笼裤的卡通人物会从我眼皮底下抢走“茉莉花”，内心感到一阵嫉妒。

我从我座位的角度注视她，她正把一个书签夹在书中。

“机不可失!”我告诉自己，开始唱起来，比阿拉丁的声音还大。

“我可以打开你的眼界，
带你看尽一幕幕奇景。”

……徒劳无功。

她专心致志，沉浸在自己的世界里，过了一会儿，她把书放进旁边座椅上的包里，拉上拉链，解开安全带，身体往前挪，抬头挺胸，双手向后梳着头发。我没有放弃!

“没有人拒绝我们，告诉我们何去何从，
或说我们只是在做梦。”

她站了起来，我对自己的声音很失望。

她的衣服很紧，非常贴身。她穿着黄色的紧身裤和一件白色的露脐衬衫，与她深颜色的肌肤形成鲜明对比。茉莉花那细细的腿，好看的屁股，D 罩杯的胸，美不胜收。

如果我乘坐的是杜塞尔多夫飞往帕尔马的航班，她的样子不会让我多想，我只会认为她的衣服很酷或者很性感。如果她是去 Ballermann[1]，我会觉得这身服装是“合适的旅行衣着”。如果是那样的话，哪怕她穿比基尼或者不穿上衣我都不会奇怪。但在这飞往伊朗的航班上——这种女性娇柔地展现和充满信心与独立的魅力——似乎不可能出现的景象，难以置信!幻觉!

她背对着我，站在对面窗户那一排的过道上，正举着纤细的手臂拿行李舱中的手提行李，我由衷地感谢真神阿拉，“茉莉

[1] 摩纳哥马洛卡岛上的一家海滩酒吧。

花”身高才1.60米，行李舱对她来说有点儿高。

她踮起脚尖才能够到行李舱的盖子，为了安全地拿下手提包，她不得不再伸长手臂，两手拖着手提包，这样她的露脐衬衫更加往上——一寸一寸——使整个机舱的人都屏住了呼吸，连空调都变得安静起来。

我目瞪口呆地凝视了一阵子，发现自己的脸红了。我的心一阵剧跳，伴随着阵阵惊恐，我突然想到“茉莉花”的哥哥们。我想她肯定有三个哥哥，甚至四个或五个。总之，他们长得像伊朗重量级摔跤手一样粗犷，他们或许正坐在她周围，充当护花使者，在机舱内也一样，谁也不会放心让这样一个妹妹独自旅行。

我已经想到了最坏的情节，他们抓到我瞪着眼睛看他们的妹妹，现在正在争论如何才能恢复被一个西方人玷污的家族荣誉，而这时我所想到的只有一个词：仇杀——血债血偿！

我的视线从“茉莉花”身上移开，以避免这种尴尬的冲突发生。正好，我抓住机会看看这些戴着头巾的人的真实表情。我想看看她的吸引力会不会在大胡子覆盖的脸部产生反应。

答案毋庸置疑：真诚而不可动摇。您想期待一些不同的结果，却逃不出男人的天性。当衬衫越是一点点往上，露出D罩杯内衣的边了，腰间也露出一大截，他们那冷峻的双眼也越睁越大。他们的眉毛，一直指向鼻梁，此刻开始往上成拱形。

突然之间我看到的全是堆着笑的脸，很多人脸上带着深深的感激：神啊——阿拉保佑美女！

有些人的表情正在下意识地请求“茉莉花”的条纹衬衫，“是的，很好，再提高一点儿——再高点儿，”而一小部分已经开始有更不纯洁的想法了。透过他们的大胡子，我能听到他们正哼唱着胡椒盐合唱团的一首歌，“宝贝，让我们来谈谈性吧，谈谈你和我吧……” 而 “茉莉花” 还是继续努力，使劲儿够啊够……

如果有哪个看不过去的绅士冲过去帮她，我深信他将会被板砖拍死，就算是在机舱内，离地三万英尺，伊斯坦布尔和德黑兰之间的某个地方。

“茉莉花” 使出全身力气将手臂伸长，恨不得把自己拉长一毫米，情况达到了高潮——abracadabra（咒语）——紧身裤的裤腰处现出三角形内裤。刚刚在想她可能会穿什么样内裤的人这会儿看到答案了。

终于她的包拿下来了，行李舱的盖子也盖上了，手臂和衣服都复原了，表演到此结束，在机舱里引起集体叹息。

“冷静点，年轻人，这就是生活，” 信仰进步的我对这群忍受折磨的人说，“如今，就连穆斯林都没法抵抗西方的现代化和时尚。”

与此同时，“茉莉花” 带着刚拿下来的包进了洗手间。而我的目光徘徊在折叠门上，门从里面上锁了，我真想知道她从哪儿来的。从她的衣着和自信的行为看，她应该是一名解放的南欧人，肯定是意大利，要不就是西班牙。不然她会不会是阿塔图尔克的女儿呢？一位东安纳托利亚土耳其的摩登女郎？

有一点是肯定的，她不是伊朗人！如果她是，我敢肯定穿着这身暴露的衣服，在她抵达德黑兰的第一时间，就会被公开鞭刑，然后处以火刑。

过了好一会儿厕所门才打开，红色的 “有人” 标识终于变成了绿色的 “无人” 标识。折叠门打开了——abracadabra（咒语），我万分惊讶，思绪陷入混沌状态，脑海里萦绕着一个问题，“茉莉花” 究竟去哪儿了？

从厕所出来的这个人从头到脚裹在黑色披风里，穆斯林称之为罩袍，这个人坚定地走向了“茉莉花”的座位。

我的目光紧随罩袍，我只能依稀辨出头的形状。尽管身体隐藏了，但我相信藏在罩袍中的那个人有一种极度悲伤的感觉，就好像她背着重负。

然后罩袍人坐下来，我注意到两只柔软的黑檀木色的手露出来，就像穿罩袍的长头发女人一样，一只手在前额处整理衣服，另一只手的手指将一缕栗色头发藏进衣服里。

毫无疑问，她肯定就是“茉莉花”。然而从外部看，她完全不一样了。藏在这样的罩袍下，什么腰身都显不出来了。就连她的面部特征也变了，刚才还很开放，现在看起来也冻结了。

真不可思议，这么几平方米的黑色织物，它的形状和样子让人联想到油布，能够让人变身。

如果我不是亲眼看见变形前后的样子，想象力再怎么发达也不会明白这背后的故事——罩袍下藏着的是什么。

我觉得我的老朋友贡特尔所说的话用在穿罩袍的女人身上也很对：“眼见为实。”

我对这个严格的国家致以崇高的敬意，但从我世俗的观点来看，“茉莉花”的变形违反了自然规律，就好像命令一只蝴蝶在盛夏回到茧中一样。

我越想越皱眉，眉毛直拉着。要不是这比例完全对我不利——准确说是238∶1——我肯定会高举拳头，为“茉莉花”那不情愿的变形而抗议，为上帝在飞机上制造的自然奇迹被毁灭而抗争。

距离飞机着陆还有十分钟，我还有点儿时间玩数独游戏，或者再做一个跨文化智力游戏。

我选择了后者。

我们天主教徒经常说："眼睛若没看到，心就不必悲伤。"我不知道穆斯林是否也如此。

这时夜幕已经降临，在我眼中，穿罩袍的人区分度为零，且无性别区分，如夜一样漆黑。感谢娇小的"茉莉花"和高高的行李舱，我才知道这样一个罩袍下能隐藏什么，还有她穿什么样的内裤。

我为他们痴迷于隐藏自己身体的行为感到深深的伤悲，在一天快结束时，我才深刻地体会到这背后的魅力。在德黑兰、伊斯法罕、阿萨鲁耶的街上，我感到一种非常强烈的吸引力，在此之前根本不可能有，我的大脑飞速运转。为了探寻我的故事，我非常乐意为之。

受到"茉莉花"变身的启发，后来，我发现只要有罩袍打我身边经过（在伊朗，基本上5秒一个）——abracadabra（咒语），我就充满好奇心，想象力如脱缰的野马一样奔驰。"这个袍子里边的人会是怎样的?"我不停地想，一会儿，"那么这个呢——那个呢——或者另一个呢……"

我快要发疯了，实在是太多了，多得快把我摧垮了。这一点儿也不奇怪，因为穿袍子的人看起来没什么区别。这也正是他们迷惑大众的地方，高度相似，我根本分辨不出来，我不知道该想象成什么样的女人。

伊朗的日常生活有太多选择，就像一盒美味的巧克力。为了清楚表达我的意思，我只能借用《阿甘正传》里的一句话："你永远不知道下一颗是什么。"

好吧，现在我们来说点实话，天知地知你知我知。看一个衣着暴露的女人，比如穿比基尼的女人，几秒之内，我们会将重要部位扫视一遍，这将会带来严重而持久的伤害——结果会造成人类的想象力大大退化。除了肉身以外，想象力可是人安身立命的第二大资本。一切都昭然若揭，男人会不自觉地产生肤浅而猥亵的想法。

而看一个穿罩袍的人感觉就不一样了，您从起点开始，回到了亚当和夏娃生活的原始时代。就像剥洋葱，您按照自己的方式一层层剥开，由外而内。这不仅会让某些人流泪，同时又让您产生很多问题，让您无暇去想两性问题。放尊重点！

只有三分钟飞机就着陆了，是时候提出计划了。

我的计划就是充分利用商务舱乘客的优势——飞机到达时，商务舱的乘客优先下飞机。如果您在路上不磨叽，那么您将第一批到达机场的瓶颈——机场出入境检查区，检查护照签证的地方，而经济舱的泱泱大军将掉在后头气喘吁吁。

我想和“茉莉花”同时到达。尽管我们同时下飞机，结果却比我想象中难得多。

我天生就走得快，而“茉莉花”的步伐相当慢，太慢了，我在半道上不得不蹲下来三次等她。第一次，我解开左脚鞋带，然后系紧；第二次是右脚；第三次我检查双脚的鞋带是不是都系紧了。就像我说的，她走得非常非常慢。

差不多有 200 多个经济舱的乘客走到我们前面去了，我才远远地看见护照检查关口上方的荧光红点。我的默默祈祷终于有了回报，计划正常实施。

国际机场通常会将抵达乘客进行预分类，德黑兰机场也是如此。八个关口开了五个，我看前三个写着“伊朗护照持有者”。第四个写“机务人员”，第五个写“外国人”。

最后二十多米的时候，我特意走快了些，与“茉莉花”拉开了一点距离。我拿着我的德国护照在“外国人”那个关口排上队了，我正等着看她会排哪个队。

如果她是意大利人、西班牙人或者东安纳托利亚土耳其的摩登女郎，她就应该站我后面，她显然不是机务人员。如果她没这么做，除非她不识字，就是伊朗人。

她肯定识字，因为“伊朗护照持有者”关口的那个人飞快地看了一眼护照又看了一下她，然后轻轻点头示意她可以过去了。

不一会儿，我在取行李的地方等行李时，无聊地抖着腿，回想着本来我可以直接问问她的国籍——由此可证有时我也挺复杂的。

我又注意到了一些东西，当我走过自动滑动门，走出行李大厅，来到到达大厅，目光在人群中搜寻，我在寻找 SMS 公司的伊朗代表克拉特（Kalkateh）先生。我意识到我不是唯一一个没有大胡子的人。女士们的胡子也刮得挺干净的。没有邋遢的胡子，她们全都穿着罩袍或戴着头巾，严格遵守 1979 年革命时口述的伊朗衣着法律。

7 年之后，这个法律更严格。它要求所有抵达机场的女性的穿戴都要遵守伊斯兰习俗。欧洲的、美国的、亚洲的女性，全部都是，无一例外。

为防有人不遵守，机场设有简易陪审团进行量刑。入乡随俗，要么接受，要么回去。

突然我看到几十个，不，几百个穿袍子的人，到处都是。abracadabra（咒语）——我的想象力又一次脱缰，“这个袍子里边可能藏着什么？那个袍子里呢？”让我抓狂。

是克拉特先生及时地拯救了我，他拿着一个大大的 SMS 标志，兴高采烈地朝我挥手，将我从脱缰的思绪中拉了回来。

他说："欢迎来到伊朗！"他去过德国 SMS 公司几次，对德国和 SMS 公司有所了解。

我们向外走的时候，他问我旅途是否愉快。

我想了想，回答道："总的来说，挺好。"

他放心地点点头，似乎看透我的心思，说："没有劳斯莱斯引擎的魔毯等着我们，但至少有一辆带空调的奥迪和一个可靠的司机，您出差这段时间，一周 7 天，一天 24 小时，任凭差遣。"

"阿拉丁！"我心里想着。

当这个念头即将消逝时——abracadabra（咒语）——克拉特先生即兴唱了一首歌，让我惊讶不已。他解释说，这是为了"让您习惯留在我们国家的日子"。他唱的是德国普尔乐队（Pur）的一首歌：

"和我一起吧——
和我一起去冒险世界，
开始你自己的旅程。
和我一起去冒险世界，
进去会让你失去理智。
和我一起去冒险世界，
按照你自己的方式，
你的想象赐予你一个世界——
冒险世界。"

安然度过"一千个夜晚"之后，我准备回国了，"听天由命吧，"又是从德黑兰途经伊斯坦布尔到达德国。然而这次我已经对自己保证："别丢了工具箱。"

只有真主安拉知道如果我在伊朗再多待一晚会发生什么，我可能会和克拉斯·拉赫（德国摇滚音乐人和歌手，最出名的是 1984 年的单曲《一千零一夜》）的感受一样。

“你记得我们怎么演牛仔和印第安人吗?”

(在哪儿？罩袍底下的帐篷中?)

狂欢节时藏在灌木丛中。

……

我们互相抚摸一千次，一千次都没发生什么事。

一千零一夜，嗖地就过去了。”

不管卡拉斯说“嗖地就过去了”是指什么，我不得而知。然而，根据伊朗的经验，他可能指一个晚上就能改变回程中行李的优先顺序：“管它的工具箱呢，我要浪迹天涯！”

伊朗德黑兰

2011 年 7 月

天堂镜中一瞥

在机械设计和制造领域里，震动和振荡都是不速之客。虽然不能以偏概全，但是至少 SMS 公司业务范围内的所有设备都是如此，比如薄膜蒸发器和短程蒸发器都有一根长 14 米、直径 2 米、重达 25 吨的转子在不锈钢壳体内部以 300 转/分钟的速度高速旋转。

要控制好这么快的旋转速度并非易事。但是，SMS 公司经验丰富的工程师和技术工人通常能在布茨巴赫的生产车间设法完成。在大多数情况下，魔鬼藏在细节里，蒸发器也不例外。

SMS 的宗旨是“客户的满意就是我们的质量标准”。为了达到 SMS 高标准的宗旨，转子焊接时要适当考虑各部件的复杂残余应力，在平面车床上拉平精度为 0.01 毫米，平面和跑合面通过平衡试验机测试，精度达到一根巧克力棒的重量。

我们将经过打磨、酸洗和抛光的转子放进同样精密制造而成的加热装置中，用盖板密封锁紧。最后，再装上齿轮电机，放在 SMS 测试台上进行测试。通过成功的测试运行后，发往客户的项目地点。这个测试证明运行中没有震动和振荡。

亲爱的同事们，请注意，这并不代表机器在客户那儿也能无震动、无振荡地运行。

也许您已经注意到，蒸发器不是那么容易搞定，它们有着坚硬金属的特性，很不稳定，今天往东，明天往西。您不能真的依赖它们，一名经验丰富的 SMS 技术服务工程师必须在现场盯着蒸发器进行测试和运行。

作为工程师，要密切关注蒸发器是否正确安装（正面朝上），安装到钢结构中时是否垂直对准。此外，还要确保连接喷嘴的管道在拧紧时形状没有发生改变。

按下启动按钮，开动机器。随着电器转动的嗖嗖声，转子达到最大转速，它转动时与加热装置的表面只有 1 毫米或 2 毫米的间隙，而此时因高温蒸汽作用，加热装置的表面已经达到了操作温度……

在这个紧张的时刻，遇到高温，加热装置的表面和转子的形状都不能发生改变。然而，这正是蒸发器本质上最容易发生的情况，就好像一根正在成熟的香蕉或者一株草本植物遇到温暖的太阳光照射，会本能地生长不均匀，发生弯曲。就香蕉而言，不管从视觉上还是功能上都不算糟糕，我们早已习惯长得弯弯的香蕉，与转子完全不同。当加热装置表面发生变形时，震动加剧，产生巨大的哐当哐当的声音。

除了上文提到的喜怒无常，蒸发器反应还非常灵敏。尽管它们如克虏伯钢般坚硬，如果内部藏有软核，就算是我们经验最丰富的设计工程师，也无法让它稳定下来。

因此，散热器和转子必须同步均匀膨胀，慢慢地，一毫米一毫米地来。否则，产生的震动和振荡结果就很惊人，没有经验的客户会突然对德国制造失去信心。一名技术服务工程师的职责就是避免这种最糟糕的局面发生，维护振动的蒸发器的同时，还要安抚不安的客户。

海滩男孩的一首歌，“很好，很好，很好的震动”非常适合此情此景。不过我还没有试图说服一位客户相信我的观点。

“斯蒂芬先生，蒸发器像老妇人一样咔嗒咔嗒响，震动不会很好、很好、很好的，永远也不会。”

当然，戴着白色安全帽，怒气冲冲，脸红脖子粗地辩论的客户是完全正确的。恼怒的客户永远正确！

当您的客户在蒸发器工程设计上一点经验也没有时，情况会更加复杂糟糕。发生这种问题的时候，应该体谅客户。依据我的经验，唱歌不是最适当的方式，更有用的是震动问题的基本原理，震动问题可以主要分为两类：不是蒸发器出错，就是外界干扰。

不管是哪一种原因，蒸发器已经失去平衡，这是实情，不过从有利的方面来看，它有助于帮助客户找回对一名爱唱歌的工程师逐渐失去的信心。

好了，那么让我们看一看事实。

在布茨巴赫的试运行中，客户代表也在现场，蒸发器运行时没有振动，这就加深了我们对外部干扰的怀疑。

在我们经验丰富的 SMS 工程师处理的问题中，问题的原因最有可能出现在客户那儿。但是，您绝对不能这么和客户说，毕竟，客户永远是对的！

最大的挑战在于让他明白不是产品的问题，要怪就怪他自己。在和他讲清道理的同时，让他在任务结束后依然能拍着你的背表扬你。这个比确定问题原因要难得多。您要知道，一名激怒的顾客比加压的蒸发器还要敏感。

另外，我们完全可以理解这位客户的态度，因为他可以亲眼看到、亲耳听到问题所在。当钢结构中带转动部件的其他设备依然在它的指定地点安安静静待命时（甚至中国的山寨版也是如此），SMS的蒸发器却在振荡晃动。这点千真万确。

SMS公司焦头烂额地做出解释。

技术的美妙之处在于一切要发生的或已发生的事情都是可以理解的，您所需要的只是一点时间、冷静的态度，以及技术知识。

然而，至于震动是否属于该问题的范畴还不是很清晰。就像声音一样，震动也可以复制，或者说，可以复制的是产生震动的脉冲。正是如此，问题可能会从责任方——钢铁厂转嫁到受害方，比如，从不平衡的搅拌器转子转嫁到我们的蒸发器上。

例如，行人脚步的固有频率与震动有直接关系。2000年夏天，成百上千的人在横跨伦敦泰晤士河的千禧桥上感到震动时困惑不已，突然之间，144米长的悬空人行天桥的中段开始失控地摇晃。由于人们对震动的本能反应，大多数人都习惯了大桥那越来越强的横向摇动。

所幸无人受伤，大桥被清场关闭，随后由其明星设计师诺曼·福斯特爵士（Sir Norman Foster）重新对情况进行调查。经过长期的调查之后，对大桥进行了改造，耗资七百万英镑。这一事件也为筑桥领域带来了一种新的认识，福斯特和他的工程师团队发现行人的平均速度碰巧与桥的振动频率相似，从而引发了震动。

除了人们步行时的脚步以外，当自然力，比如风与一座不幸的吊桥建筑相遇时，也能发生震动。工程师里昂·莫伊塞弗（Leon Moisseiff）曾经就建造过这么一座塔科马峡谷大桥。

经过一年半的建造期后，展现在图纸上的思想最终成为现实。1940年7月，最后一批支撑梁拆除后，大桥正式开通，立马就开始摇晃和震动，从上到下，从左到右。只要有微风轻抚桥面，就会引发摇晃。

很快，关于这种现象的消息传遍大江南北，来自全国各地的人们都想在安全地带亲眼见识一下“舞动的格蒂”，这是它的官方昵称。人们拍了照片，还拍摄了值得一看的黑白电影。您在 you - tube 上只要输入“塔科马峡谷大桥”就能看到视频。

一些好奇的观众想要展示自己的勇气，他们小心翼翼地走到扭曲得像螺旋开瓶器一般的桥面上探险。其他人受到启发，他们自己开车急转弯来体验坐在方向盘前的过山车的感觉——啊……

没有人想过关闭大桥的入口。

那些珍爱生命的人们摇摇头，走开了，宁愿绕道几公里。

就这么一周又一周，上下左右地摇晃。

直到有一天，兴奋了 4 个月之后，“舞动的格蒂”太累了，纵身跳入塔科马峡谷的湍流中。提醒一下，不是整个掉下去，是 850 米长的大桥中间部分很长的一段。神奇的是，在这举世闻名的大桥垮塌事件中，除了格蒂之外，无任何人员伤亡。

言归正传，尽管震动带来的后果很严重，但是我们也喜欢利用它。比如，乐器或者钟表里的石英晶体；还有信奉瑜伽者希望获得积极的震动能量；制造工人也需要依赖振动板的力量。

与这些振动板不同，家用设备都安装了减噪推进器，运行时不依靠燃料或其他外力，而是使用电池，这个方法安全可靠，使用者和他们的邻居皆大欢喜。

我们在开明的 21 世纪所使用的家用振动器的起源可以在医学年鉴中找到。

追溯到 19 世纪末，“女性歇斯底里症”——现如今诊断为“欲望”“性冲动”或简单的“好色”，被认为是一种疾病，需要接受医学专家的治疗。

最好的治疗结果来自机电振动器的帮助，只需要短短几分钟，女性病人就能基本度过一次歇斯底里危机（说得明白点，就是她达到了迫切需要的高潮）。

这种治疗方法的拥护者和使用者之一，美国人约翰·哈维·凯洛格（John Harvey Kellogg），他拥有多重身份，除了是一名医生、作家及疗养院的院长以外，还是位发明家，他发明了玉米片和花生酱。

在保守的20世纪初，一则广告的标题是这样写的："震动就是生活！"振动器的广告刊登在家庭主妇杂志上，聪明地使用了"奇妙的家用电器"做掩护。这则广告承诺振动器会消除紧张，防止歇斯底里，并使女人永葆青春。如此一来，将钱花在这样一个实用的家用电器上相当具有说服力。

震动和振荡一夜之间声名远播，而且是在没有电视机的年代！当然，主妇们很快就发现这个"家用电器"的用途了，那就是攻击集体歇斯底里症。

德国人约瑟夫·弗里德里希·施密特（Joseph Friedrich Schmidt）是这种身体刺激的娱乐活动的坚决反对者之一。正当振动器风靡一时时，他发明了棋盘游戏——飞行棋。他无聊的老婆很可能关起门与她的"主妇朋友"密会，而这位最受欢迎的棋盘游戏发明者是否大煞风景啊？

顺便说一下，最近人们对飞行棋盒子上对玩家年龄的限制做了修改。从原来的"5～99岁"改成"5岁以上"。此项修改的原因在于一名叫约翰内斯·希斯特（Johannes Heester）的人，他向柏林游戏出版商投诉称自己已经有9年不能玩这个游戏了。

如果起初振动器设计得像蒸发器一般枯燥、粗短、冰冷如铁，发生在20世纪60年代的性爱革命和随之而来的妇女解放将会带来无数分类，从一个简单的按摩器到芯片控制、自由编程装置，以及各种颜色供人选择。它们全部都是用抗过敏材料制作而成，从一个工程师的角度看，它们通过德国技术监督协会认证，对身体毫无副作用。德国技术监督协会还进行了测试运行，以保证每个设备都能恰当地震动。

我们再回到蒸发器，尽管已经由德国技术监督协会检测并认证过，它应该做的恰恰相反，既不是震动也不是振荡，而这正是它所做的。

没有接受测试报告上的总结评价（绝对没有震动），也没有承认我对震动主题的宽泛解释，客户此时逐渐失去镇定，这就是为什么他像他的蒸发器一样震动不停。同时这也证明了震动的确可以传递，不仅是从机械到机械，还可以从机械到人类。

就我本人而言，震动问题让我噩梦连连，在梦中，失控的蒸发器追逐着我，它想用管道变成的钳爪抓住我，把我塞进蒸发器，用高温蒸汽蒸烤我……

我吓得大汗淋漓，在床上翻来覆去，我跑啊跑……当这个冒着蒸汽的钢铁怪物抓住我的时候，我从噩梦中惊醒。这下好了，我很快又躺回到枕头上，彻夜未眠，我一直在思考：怎样才能委婉地告诉客户，错不在 SMS 公司，而在于他们自己呢？

惊吓够了，不想兜圈子了，我终于发现在我失眠的夜里最想寻找的是一个实际的、不言自明的案例，能够解释震动可以传递的案例。很好，这个案例与工业无关，要追溯到 1384 年！它适用于我们的蒸发器，而且最妙的是，它很容易被人理解，而且是您亲眼看到、亲耳听到的。

“那么我们在哪儿可以找到这个了不起的发现呢？”怀疑的客户和敏锐的读者不禁要问。

我回答说，在伊斯法罕，伊朗的心脏，位于德黑兰以南约400公里，一度被称为“天堂之镜”的地方。伊斯法罕如今是核工业中心，也是旅游业中心（不是恐怖主义）。

我是作为两位伊朗 SMS 代表阿玛伊先生（Amighi Jr.）和卡拉特先生（Kalhateh, Sr.）的客人来到此地，住在古老的阿巴斯酒店，这是17世纪由苏丹人建立的一家商旅旅店。如今在这里，无论是世界各国名流，国家贵宾、君主，还是地位卑微的 SMS 技术服务工程师，都会想起遥远的一千零一夜的故事。

客人们可以尽情享受精心建造的富丽堂皇的酒店综合设施、绮丽的绿地、喷泉和庭院池塘，并为之惊叹不已。

我们的客户非常热情好客。由于我们还要随即进行一次客户拜访，于是在阿巴斯酒店住了三天。我们报了一个波斯导游的团，全包式的，真是意外收获。

导游的名字叫阿里，身材强壮，面部特征突出，黑头发和黑皮肤，在一千零一夜的故事里是当之无愧的四十大盗的首领。

作为一名老前辈，阿里对所有的街道都烂熟于心，穿过很多犄角旮旯的小巷，穿过迷宫一样的集市。同样地，他深谙这座城市的故事和历史，他用神秘的口吻讲述着，佐以精彩的手势，同时用明亮发光的波斯眼睛盯着我们。就像他的昵称阿里巴巴一样，神秘似沙漠之子。

我们的阿里穿的并非灯笼裤，而是蓝色牛仔裤，腰上挂着的并非短弯刀，而是装手机的皮套。我们的交通工具并非沙漠之舟——骆驼，而是一辆鞋盒子那么大的普莱特伊朗车，开得有特拉贝特（东德最常见的汽车品牌）那么快。和骆驼相比，这车好歹有空调。还有一个几毫米的撞击缓冲区，对于习惯了与热闹嘈杂的中东交通完全相反的通行权系统的西方人来说，至少能多一点安全感。

阿里开车带我们游览伊斯法罕的路线如下：早晨到著名的三十三孔桥，随后到伊斯法罕皇家广场，这是世界第二大广场，四周围绕着两层高的过街楼，两侧是宏伟的伊斯兰教寺庙，清真寺，也有人称之为伊斯法罕清真寺或圣罗德菲拉清真寺。

太阳升到最高点时，阿里宣布道：“午饭之后我们去游览阿里，然后去波斯咖啡馆喝一杯摩卡咖啡，最后，我要向你们介绍我集市上的三个朋友：微图画家巴伦，铜匠穆斯塔法，以及波斯地毯商梅苏特。今天的亮点是我们要去参观伊斯法罕摇晃塔！”注意到我的兴趣被激起，在我们近距离观看景点之前阿里迅速地转变话题：“我们回阿巴斯酒店吃午饭，先生们，请！”他做出邀请的姿势把我们请进他的普莱特车。

摇晃塔？“垃圾！”我一边想，一边挤进车后座，我的膝盖差不多要顶到耳朵处了。这个景点听起来像是精心策划的旅游骗局。找一个一般的寺庙，取一个奇异的名字——摇晃塔——敲锣打鼓，极力鼓吹，整车整车的游客就出现了，准备支付高得吓人的门票（算了，别大惊小怪了，来都来了）。

仔细看看广而告之的“观光胜地”，您将会发现，根本不抱幻想，摇晃只不过就是关于摇晃的传说（别介意，赫尔曼，景点还是很漂亮的！）

我那无可动摇的偏见就说到这儿吧。

但是阿里还是莫名其妙地让我一时技痒，当了这么多年的SMS技术服务工程师，整天与震动打交道，因此我也迫切地想在伊朗证明我的能力。无论以何种方式，我都要找出摇晃塔是什么原因！

就这样，当天傍晚——吃过午饭，参观了宫殿，喝了摩卡咖啡，见了阿里的朋友们之后，我们来到了阴森森的寺庙，它位于市郊一个用篱笆围起来的开放式公园中央。

一开始我非常失望，就连温暖而美丽的橘色夕阳都无法改变我的心情。

这是用砖筑成的 10 米长、10 米宽、10 米高的单调建筑物，四周零零散散种着一些山毛榉。嵌进前面墙上的米哈拉布（阿拉伯语，意为“凹壁”“窑殿”）非常引人注目。拱顶上装饰有小型壁龛和精致的饰物，这在寺庙很常见，我们此行的目标物在洋葱状的洞穴两侧对称地拔地而起——我们计划参观的摇晃塔让人想起中世纪的灯塔，这里刮风时就会造成气流。

然而此时四周风平浪静，没有摇摆的、晃动的或者弯曲的树枝、树叶，更不用说树干了。这也是好事儿，因为我可以拿其中一颗树干当参照物。

我调整好自己的位置，在树干和摇晃塔之间几毫米的缝隙中窥见蔚蓝的天空。

当我来回移动后找到准确位置，我把注意力集中在相对平行的树与石头之间的竖线上，我凝视着那窄窄的蓝色空隙，看看它是否会因为摇晃塔而改变。

“我就知道！”我确定了自己的测试结果后爆发了。“你骗不了我！摇晃塔，我才不信呢，骗人的旅行团！”

就如你对一个水泥和砖筑成的塔所期待的那样，它纹丝不动。不可动摇，也不震动。好吧，如果经过仔细检查后，客户那儿摇晃的蒸发器也变成了一个神话，那我这个出差的技术服务工程师的生活会变得多简单，我一边叹气一边想着我的无数失眠之夜。

我打定主意，不禁为自己感到自豪，而且更加坚信自己原来的看法。我开始留心起阿里了。

我发现他站在收费亭那儿，全神贯注地听着售票员的每句话，售票员不高兴地向我们这个方向瞅瞅，突然，他面露喜色，欣然同意。

看到阿里从衬衣口袋里掏出一张大面额钞票，小心谨慎地递给了售票员，我心情很不爽。显然售货员很满意，给阿里拿了烟和打火机。而我此时非常窝火，打开了信息手册，它的费用已经大大方方地包含在门票中了。

在14世纪早期，这座寺庙建在隐士阿玛·安道拉·色克拉（Amu Abdollah Soqla）的坟墓上，尽管预算很有限，但是人们却想把它建成建筑物中的典范，在众多的寺庙中脱颖而出。

波斯最好的建筑师汇集到了伊斯法罕，纷纷向最有经验的建筑承包商慷慨陈词，描述自己的观点和草图。据称，方案有几百个之多，但最终只有一个方案深深吸引了承包商。

“斯蒂芬，跟我来，”我听到阿里说，他从售票厅回来后，匆匆走过我身边，用手敲了敲手表，“快6点了，我们得快点儿，摇晃塔在5分钟内就要开始摇晃了。”

我突然停住脚步，真的不明白阿里的意图。同样，我对其他游客的行为也感到很疑惑。几乎所有人都松松散散地站在寺庙前，人们谈论着、猜测着、等待着，准备好了相机，脖子后仰，满怀期待地凝视着。他们一会儿看看表，一会儿抬头看看摇晃塔，期待神秘的事情发生。

“快点儿，跟上！”我听到阿里的大嗓门在米哈拉布的幽暗拱顶下回荡，他已经冲进去了。

我快步跟上，在寺庙的最里面的角落追上了他，他正站在一扇有锻铁连接件的粗笨木门前等我。

“关上身后的门，锁上螺栓。”阿里吩咐道，他将一把很大的钥匙插进锁孔，钥匙虽然锈迹斑斑，但因为经常使用，依然很亮泽。他转了两圈钥匙，锁里发出一声刺耳的声音。随后他取出钥匙，用另一只手向下推门把手，抵住庞大的门扇，发出咯吱咯吱的声音。展示了这一伟大的动作之后，阿里跨过木头门槛。我们来到一个潮湿发霉的屋子，在屋子的尽头我依稀看到一段楼梯。

“官方禁止登上寺庙有八年之久了，这是伊朗文化保护局下达的命令。”阿里停住了脚步，背对着我说，“游客太多，势必会对建筑造成巨大损坏。”

我恍然大悟，这就是阿里和售票员窃窃私语的内容了，小费是贿赂这把钥匙的，我快速推理着。门关闭时，发出了咯吱咯吱的声音。当我锁上螺栓时，又响起了金属撞击的呜咽声。

阿里心安理得地前行，我默默地跟在他后面，心想他以前带进来的游客，如果不是每个人都能按照他的指令完成工作，可能会引来一群旁观者闯入禁区，给管钥匙的售票员带来不少麻烦。

通过一段梯面是波形瓦状的砂岩楼梯，我们到达了屋顶平台的尾部，距离米哈拉布拱顶下延伸的栏杆大约 8 米，游客们抬头向上看，在寺庙前等待着，从这么陡的角度不会看到我们。

阿里指着嵌在屋顶平台中央的一个圆盘说：“站在那儿等着，注意将要发生的事情。”

他没有多说就离开了，像狡猾的强盗一样弯腰走向右边的塔，我只好悉听尊便。

站在圆盘上，我能看见阿里是如何敏捷地将上半身塞进一个小门，如何将一只脚放在底部，另一只脚放在旋转楼梯的第二阶，如何最终消失在我的视线里，进入蓝色琉璃瓦装饰的圆形砖墙后面。

过了很久，什么也没发生。我感觉我像是一名没有经验的守殿官，徒劳地战斗着，非常尴尬。我用脚尖拍打着地面，看着手表，吹着应景的口哨“很好，很好，很好的震动”。离 6 点只差 20、19、18 秒了。

四周依然平静无风，我目光所及的树梢一动不动。我聆听着鸟儿的叫声，像一根浇注在地面的水泥柱，努力站在原地，不停地向阿里消失的塔眺望。

只剩 5、4、3 秒了，突然我看见两只强壮的手抓着拱形窗户的砖横木。

随后我的石英手表叫了 4、5、6 下——我想象着塔开始摇晃。“骗子。”我想。瞎扯的神话肯定影响了我的思维，它用古老的方法巧妙地做到了，心理学家和精神病专家都熟知——感应性精神病，一种诱发型妄想性精神障碍。不是塔动，而是我在摇晃。

为了保持心平气静，我挪了一下脚，将两腿稍稍分开站立。

我再次将注意力转到塔上，屏住呼吸，像一名手握扳机的狙击手——简直不敢相信我的眼睛。真的！不是我在摇晃，是塔！怎么摇晃的——在塔的最高点前后摇晃了几毫米。与此同时，我听到了一声清脆的铃声——好似一只热切凝视的山羊脖子上挂的小铃铛，叮当叮当作响。悬挂这个铃铛的屋顶梁同时也是建造摇晃塔下面的拱形窗户的屋顶梁，铃声是为所有那些眼睛看不见的怀疑者提供的声音证据。

“表演太精彩了，印象深刻！”我无意识地、热情洋溢地想着。我正要鼓掌，但是还是留到最后吧。

藏在塔里的阿里稳定操作，使其前后运动，而抬头看着塔的惊奇的游客们对此一无所知。对他们来说——哇，真是个奇迹！这就是伊斯法罕摇晃塔的展示。

等等！为什么摇晃塔有两个呢？我的目光从右边的塔转向左边的塔，我屏息凝气，倾听着、凝视着：小铃铛在响，塔在摇晃。尽管左边的塔里没有阿里，与右边的塔同步，左边的塔也晃起来。SMS公司对这一现象都难以解释。

“这个塔已经摇晃了727年。”阿里说，他从那扇小门里爬出来，走到我面前，拍了拍衬衫上的灰尘。

“那时，游客们可以自己上塔，亲身经历这个过程，摇晃塔昼夜不停地摇晃。长此以往，摇晃塔差不多要倒塌了。许多人认为，塔的摇晃是一种原始运动，展示男性力量的一种下等摇摆舞比赛。没有脑子！”阿里面无表情地说着，还轻轻摇了摇头。

“除了在8年前禁止登塔之外，当局还将公园区域围了起来，规定了开放时间。自那时起，摇晃塔只在整点的时候才摇晃，一次持续60秒钟。只能通过授权的专家来操作，他们懂得如何控制力道，预估摇晃塔的反应。”

阿里抿着嘴，似乎要停止说话：“为了保护我们的文化财产，有些游客的愚蠢行为应该得到惩罚，这让每个人都很懊恼。”

我们一言不发地站着，看着塔，你看不见它的神奇力量，阿里的话让我从一个完全不同的角度看待它们，我不仅看到它们的表面，还看见了它们的灵魂。全面的、无偏见的灵魂，如此简单。

想到这位伟大的建筑师，我不得不佩服他的独创性。通过这个方法，他给子孙后代留下了宝贵的遗产，为工程师里昂·莫伊塞弗（Leon Moisseiff）、明星建筑师诺曼·福斯特爵士（Sir Norman Foster）以及微不足道的SMS技术服务工程师带来解决麻烦问题的伟大证明材料。

早在14世纪，这个天才就知道震动和振荡可以传递，他将这个现象体现在潜在的观光胜地上，他完全知道怎样构造能使伊斯法罕的摇晃塔长期不被损坏——而塔科马峡谷大桥只用了四个月就垮塌了；千禧桥开通第一天就疏散人群，以巨额的代价重新设计；在一名工程师的噩梦中，一台失控的蒸发器在追着这名熟睡的工程师跑。

我向这位无名的、有远见的伟人鞠躬，以表尊敬。

"跟我来，斯蒂芬。"阿里说，他肯定从我的脸上看出我依然没有想出谜底。

从屋顶中央走向他几分钟前摇晃的那座塔，侧面的楼梯向下延伸到一个走廊，这不禁让我想起中世纪城堡的开墙行走。作为一级级梯台，它嵌入寺庙侧墙2米深，从建筑物底部延伸到塔底座的前方。

"要记住，"阿里站在方框的尾部说，"如果您看这个寺庙，看起来它的前面，包括塔，只是单一的砖体构造；但是看这儿，"他说着，用手划过一个3毫米的间隙，"塔的这根2米长的基框实际上是和主体建筑分开的，每一根都是从我们站立的走廊到达寺庙屋顶的高度。这个伸缩缝是莫纳·约班（Monar Jonban）的建筑秘密所在。"阿里停顿了一下，让我慢慢消化领会。

"摇晃塔为何在摇晃时没有倒塌的第二个关键因素是它们的长度和彼此之间的距离关系。"

什么都说了。

我相信我能辨别出阿里脸上的那种资深导游的满足感，一名导游巧妙地使一名带有偏见的游客开阔了眼界。

我默默地跟着他从阳台走到寺庙屋顶，沿着波形瓦状的楼梯，走到底下那间阴暗、潮湿、发霉的楼梯间，穿过木门，随着木门咯吱咯吱两声响，走到了公园空地。

我看见售票员站在售票处，阿里向他走了过去，归还钥匙。我还看到其他所有的游客都高高兴兴，尽管他们对此一无所知。

对我而言，一开始摇晃塔只不过是一个老套过时的神话，后来变成了谜语，随后竟向我揭晓了谜底。我见证了一个奇迹，没有怀疑，没有疑问。摇晃塔因其独一无二的特性，从众多的寺庙中脱颖而出。

当晚我准备睡觉时，突然顿悟，看待问题的视角在幸福生活中扮演了重要的角色！这对于工作也行之有效吗？我通过这个机会找到了答案，比我预想的还要快。

换个场景，在中国某地的一个工业区，开机的时候，气愤的客户黑着脸向 SMS 公司的技术服务工程师投诉他那摇晃的蒸发器。

大约一个小时之后，SMS 的管理部门就收到一封邮件。

优先级：紧急！

发件人：中国客户

主题：摇晃的 SMS 蒸发器

亲爱的先生们！

非常感谢你们！因为贵公司经验丰富的工程师提供的现场服务让我大开眼界。我已经开始意识到，要在工作中过得愉快，看待问题的视角扮演了非常重要的角色。

看着这台摇晃的蒸发器，我不再感到愤怒，而是无比自豪。毕竟不是每个人都能买到这样一台机器。这是科技的奇迹——德国制造。因其独特的技艺，这台蒸发器在众多的蒸发器中脱颖而出，如伊斯法罕的摇晃塔一样独一无二。

应贵公司技术工程师的推荐，我在 youtube 上输入“莫纳·约班”，并对其有所了解。

希望在接下来的 727 年里，我的蒸发器也能可靠地持续摇晃，向伊朗的榜样学习！

也许你们在某天会造访，在中国或者在 youtube. com 上：只需输入“摇晃的蒸发器”，就可以找到我们的信息。

致敬

一名欢欣鼓舞的中国客户

五秒钟后，SMS 的总经理紧张地坐在办公椅上，接受了其顾客的邀请，他点开了那段两分钟的视频。里边拍摄的是摇晃的蒸发器，一个挂在电动控制台上的小铃铛在摇晃。我们的客户——一位容光焕发的中国人，站在蒸发器前趾高气扬。

他用工业领域常用的浪漫方式，将一只手臂搭在旁边的一位 SMS 现场技术服务工程师的肩头，另一只手对着镜头竖起了大拇指，他们俩一起边摇晃边愉快地唱着，“真棒，真棒，非常棒的震动！”

SMS 质量标准——一位满意的客户——目标达到了，总经理想着，随即点了一下重播。他如释重负地深呼一口气，又靠在办公椅上。

在半梦半醒的朦胧状态，我听到铃声和震动的声音，听起来像是音乐。我慢慢地睁开眼睛，微笑着，不知道置身何处。

SMS 已经失去了方向。

我的头顶上飘着华盖，一根昂贵的真丝织带从上面垂下来，它穿过抬高的床柱，打了一个结绑在上面。大床旁边是床头柜，似乎是由打磨过的红木做成。我的手机就放在象牙镶边的小桌子上，闹钟已经关了，时间显示上午 6：33。

我扫视了一下房间，撑着手肘坐起来，睡眼蒙眬地掠过盖在身上如云朵一样的床单，凝视着酒店套房，这间房子是按照童话故事《一千零一夜》的风格设计的，此时此刻，刚刚升起的阳光透过雪白的窗帘洒进这间面朝波斯中庭的房间。

我快乐兴奋地拍着双手，唱了一节路易斯·阿姆斯壮的《多么美妙的世界》：

“我看见绿色的树，还有红色的玫瑰，
我看见它们茂盛生长，为你为我，
我自思自忖，多么美妙的世界……”

我像羽毛一样轻飘飘地下了床，飘到了洗手间，拧开贝壳状洗脸盆上的金黄色水龙头，用冰冷的水洗了把脸，立即清醒过来了！周一早上在伊斯法罕，与客户约定在一个半小时后去拜访他们。我擦了脸，将脸埋在柔软的白色毛巾中，又对着法兰绒毛巾深吸两口气，这才将毛巾放下，目视前方，认出了镜中的自己，面对面。

我集中心神，仔细观察，聆听心底的声音细细领悟。出现摇晃的蒸发器和唱歌的客户的那桩黄粱美梦，以及住宿的阿巴斯酒店，都不是一名技术服务工程师的真实感受。真正的感受是这是一次难得的远足，一次真情流露，朝着“天堂之境”精彩迷人的一瞥。

伊朗伊斯法罕

2011 年 7 月

哥伦比亚

瓜地维塔湖（Guatavita），相传是“黄金国”举行庆祝大典的地点

不管怎样，工作比娱乐更乏味。

——查尔斯·波德莱尔（Charles Baudelaire）

（1821—1867）法国诗人

盛开的红罂粟

“……在过去五年里，哥伦比亚的安全局势得到相当大的改善……”

想到我老板要把我派去哥伦比亚时，这句话让我松了一口气。然而，德国外交部发行的国家详情描述的第二段又让我焦虑不安起来。

“……与欧洲相比，这里的犯罪活动非常多。除了抢劫和盗窃，时常还有安全部队与非法游击队的冲突……”

看了第三段的安全建议后，我终于决定在出发前联系老板，问他是否会接受可能向他索要的赎金。此时，我想提醒他我们德国有外交部部长弗兰克·瓦尔特·施泰因迈尔（Frank Walter Steinmeier）和他经验丰富的解救海外难民行动委员会，因此，外交部……

“……在哥伦比亚，有被武装组织和犯罪团伙劫持的危险，为了索要赎金或者政治目的，他们经常劫持外国人当人质，有时长达数年。”

我老板向我保证他将开立一个特殊账户，存入一笔专用资金以供遇难的现场服务工程师使用，我还得再做一件事：

“……去哥伦比亚旅行前，确保您咨询过专门研究热带地区的医生……2005 年，该国报告 20 例黄热病（其中 13 例死亡），大约 40000 例登革热和 110000 例疟疾。”

最近的热带地区专家离我的住所很远，于是我找我的家庭医生配了几支疫苗，分别打进屁股和胳膊里，他又一次用针戳我的时候，微显虐待的表情，他向我保证这些疫苗能抵抗千千万万的细菌感染。“但是这些疫苗却不能让我免疫一颗哥伦比亚手枪子弹。”我心里暗暗加了这么一句。

在我去市图书馆查阅旅行游记之后，就更加不相信哥伦比亚了。浏览所有能拿到手的南美国家旅游纪实文学，立即意识到我只有一本真正的旅游指南可以选择，而这本书还是 1993 年出版的。

马马虎虎翻完两册绘本后，我知道了世界闻名的传说《黄金国》与那些胡子拉碴、白天淘金、晚上喝威士忌醉得一塌糊涂还相互火拼的德州牛仔毫无关系，相反，我读到的黄金国是现如今哥伦比亚的一个地区，不在北美，而在南美，谁会想到呢?

紧接着我读到了“杀手”！手上拿的其他所有书的标题都毫无例外地提到至少几个热门关键词：毒品、抢劫或者绑架。

总之，我觉得哥伦比亚应该是对于旅行来说太过冒险的国家，想想在过去的 15 年间，这个国家的旅游业并没有兴旺起来，也没有变成人们主要的收入来源。

我的偏见就止于此。

在我真正与哥伦比亚零距离接触前，还得飞很长一段时间呢。从法兰克福飞过大西洋，到达迈阿密，然后转机经过古巴和牙买加，抵达目的地巴兰基利亚，它位于哥伦比亚的加勒比海岸。从我家出发，全程需要 24 小时。

我没有抱怨旅途的压力和时差的困扰，我对这次长途飞行的态度很积极乐观。我的老板和客户也为我的旅途时间付费了。而且，我还能用这段时间为接下来的工作和即将抵达的国度做好准备，我对工程制图、管线、螺丝和旋转结构比绑架、赎金、毒品和腐败要熟悉得多，所以我一路上集中精力读书，探究这个国家及其人民。

汉莎航空的飞机还在法兰克福上空爬升呢，我就已经开始阅读《可卡因老板们——惊人探秘哥伦比亚贩毒财团》（《Die Kokain Bosse—Ein schockierender Tatsachenbericht uber das kolumbianische Drogenkartell》）一书。我想象着在回程的航班上，极有可能身边坐着某个人，他或许在行李中（或者肠道中）藏了大量的小包白粉。天哪！我们亲爱的德国创作歌手会不会是去哥伦比亚旅行时得到灵感，才写了他最出名的罂粟籽之歌？(作词时，他脸上持续的微笑出卖了他)："盛开的红罂粟籽，清风带来花的海洋，最终它们将化成白色粉末，变成一小包一小包……" 我继续唱着，根据预想中的返程经历将歌词改成："罂粟籽通过肛门走私出去……"

因为我们远在德国，听到的全是关于哥伦比亚的负面新闻(或者您会记得听过任何好消息吗)，这本1993年出版的旅行手册似乎也知道我们这些受庇护的德国人在听到哥伦比亚几个字时，心理活动是什么（砰！——我们已经登上了想象的大地）。一开始，大雾笼罩的丛林里支起了一个贩毒营地，游击队与军队在首都波哥大的大街上展开复仇火并，在装咖啡豆的麻袋里发现了价值几百万美元的可卡因，三十几个难民乘坐快艇在南美海岸线某地登陆，受胜利驱使，军队再接再厉向大毒枭宣战。反过来，毒枭以绑架高级政客相要挟，将他剁成肉酱还给他家人。如此，哥伦比亚很平常的一天就这样过去了，一本正经的新闻播音员转到足球赛事结果的播报。

尽管哥伦比亚保持每年大约 5% 的稳定经济增长，它仍然是一个农业国家。最著名的哥伦比亚人之一胡安·瓦尔德兹（Juan Valdez）从事合法业务，通过种植咖啡豆，每年向全世界出口数以百万吨的咖啡，1993 年以前，他的同胞巴勃罗·埃斯科瓦尔（Pablo Escobar）则一直经营非法业务。这位世界闻名的大毒枭被抓获后，在他的故乡麦德林被枪毙。他的继任者，从美国人的角度看，确信哥伦比亚依然要承担工业国家吸毒问题的责任。

次于古柯灌丛的种植，这个工业化的农业国家每年还出产 7500 吨大麻、800 吨可卡因、大约 5 吨海洛因。这个国家很特殊地变成世界可卡因的贩运中心是可以理解的，除了其腐败的国家机构，它那极其方便的地理位置也是原因之一：最重要的可卡因种植国家——秘鲁和玻利维亚，以及最大的消费市场——美国，都在周边。此外，哥伦比亚无法逾越的自然屏障——最高的沿海山脉和浓密的丛林，为不法分子和他们的交易提供了很好的保护。

那么，谁会感到奇怪呢，在哥伦比亚这个从 1980 年至今谋杀率最高的国家，私自执法已经变成日常生活的一部分。年复一年，在那里被谋杀的人数超过了 15 年间智利皮诺切特军事独裁时期的受害者人数。根据一份调查，有五分之一的哥伦比亚人至少被抢劫过一次，还有至少五分之一的人有亲戚被枪杀。四分之一的哥伦比亚人赞同用暴力维护自身利益，即便是对他们的民族运动——足球，都不会手下留情，例如哥伦比亚国家足球队队员安德烈斯·埃斯科巴（Andres Escobar）结局就很悲惨。1994 年世界杯，因为埃斯科巴的一个乌龙球，哥伦比亚队不得不提前回国。一个失望的球迷或者说是赌徒，用子弹将他送去了天堂，直到现在，这桩案件还未真正了结。（后来，事故被媒体大肆渲染，更加强化了我们对哥伦比亚本已持有的负面印象："看见没，欧文，他们全是恶棍，我早告诉过你！"）

2007年4月至2008年3月，《法兰克福汇报》共刊登了18篇关于哥伦比亚的文章，没有一个标题透露出哪怕一点点正面的意思。比如，体育版这样报道，"……气短的阿根廷人无法逾越波哥大[1]的高度，快断气了。"

他们没有按好消息报道，"爆炸性新闻啊！哥伦比亚击败两届世界冠军！"单是"波哥大"和"快断气了"就会让你即刻想起这样的场景：比分1:1时，哥伦比亚球员停止比赛，在比赛结束的哨声响起前，掐住对手的脖子，企图打赢比赛。

"多亏了新政府，在过去的5～6年哥伦比亚逐渐变好，"我们客户方的项目经理亚力山卓（Alejandro）单枪匹马来机场接我时，向我保证道，他此举只是以防万一。

半小时后，我们到达了公司设备所在地，穿过大门，外面的地面坑坑洼洼，我开始严重质疑他在机场的乐观评论，我看到保安人员个个都像《地狱天使》中的战队队员，并像《终结者》中的施瓦辛格（Arnold Schwarzenegger）一样装备着散弹枪，心头不免掠过困惑，我意识到，我的处境有点儿像球员埃斯科巴，我只能努力执行好任务，从技术角度来为自己争取尽可能多的进球。

"别担心，情况没那么糟糕。"乐观的亚力山卓安慰我。他的长相、面部表情和姿态，尤其是短小的身材去给丹尼·德·维托（Danny de Vito）当替身的话都不用面试。倘若我们未能使精馏厂正常运作起来，他丢掉了药企部门主管的职位，完全可以去

[1] 哥伦比亚首都。

应聘这个角色。

亚力山卓解释称，按照哥伦比亚人的心理状态，这里的人们对短期内不能改变或者不能解决的问题早已习以为常。然而，这并不妨碍他们设法过着相对快乐的生活。接下来在项目现场的工作中，这种特性在亚历山卓身上也逐渐透露出来。我计划逗留的时间则由 7 天延长至 10 天、12 天、16 天、21 天、24 天，最终延长至 27 天。直到我登上返程的飞机，从巴兰基亚飞往迈阿密，我才敢细细回味此行。我很惊奇地发现，本质上讲，此次哥伦比亚之行映入我脑海中的竟是积极的一面。我特别喜欢三件事：

第一，返程的飞机上，我身旁坐着的不是胡子拉碴、手臂上有刺青、满身汗臭的人；相反，我身旁坐了一位可爱的老太太，我都不可能会去想象，不是幻想啊，她的大肠里会有装着白色粉末的塑料包。

第二，与埃斯科巴相比，我真是太幸运了。像他一样，我并没有完成手头的工作，让客户满意。所以，作为 SMS 公司队的代表，待了四周之后，我踏上了不光彩的回程之路，这个情形与埃斯科巴的乌龙球极其相似，只不过他在体育界，我在技术界。但我的客户并没有吩咐保安开枪打死我，我老板很快给了他们第二次机会，三周之后，老板又把我派过去了。

第三，周日我从巴兰基亚前往西班牙殖民城市卡塔赫纳和圣玛尔塔周围的加勒比海滩旅行时，我没有被抢劫或者绑架。说到这点，我很想知道我老板是否真的为被掳走的现场服务工程师开设了特殊账户。

不管怎么说，我现在已经毫发无损地逃离了“哥伦比亚地狱”，没什么值得一提的大事发生。当我按下调节座椅靠背的按钮时，又一次记起了自己的承诺。等回到德国，我要去图书馆找德国国旗的信息。原因是这样的：天生的好奇心和强迫症促使我喜欢刨根问底，我不止一次地拿“为什么哥伦比亚国旗是黄色、蓝色和红色的条纹”这个问题烦扰客户的员工们。神奇的是，所有人都给了我相同的答案。

现在，我能准确并问心无愧地告诉您，黄色代表哥伦比亚的富有、阳光以及《黄金国》传说中的黄金财宝；蓝色代表天空、河流和两个毗邻的海洋，也就是加勒比海和太平洋；红色代表为争取国家独立和民族解放而与西班牙殖民者战斗时洒下的热血。

弄清楚国旗的灿烂颜色，我又去想为什么这些条纹从上到下是黄色、蓝色和红色。后来我终于明白了，太阳从天空向下照耀大地；加勒比海和太平洋永不干涸；鲜血早已沁入大地。

唯一不明白的问题是，为什么最上面的黄色条纹差不多有下面的蓝色和红色条纹加起来那么宽。会不会是它的创造者弗兰西斯·德·米兰达（Francison de Miranda）想提醒我们，在独立战争时，水和洒下的热血的量是同样的，而太阳和黄金却有两倍之多？果真如此，这面旗帜同时也说明了米兰达先生未卜先知，早在1806年就设想了这面旗帜，比独立战争还早5年。

说实在的，我承认我的观点和想象没有击中要害（仅有一次情况除外）。我发现，当时的总统托马斯·西普里亚诺·莫斯克拉（Tomas Cipriano de Mosquera）在1861年才把黄色变成双倍宽度。他想在空白处加入国家的盾徽，在他看来，如果不适当加宽，盾徽看起来就像是被压扁了。事情往往是这样，当你打算干一件事，却没有马上去做，就可能把计划的第二步遗忘了，所以黄色条纹的宽度是扩大了，但上面依然空空如也。（也许这点应该让哥伦比亚人明白。）

正如我前面提到过的，我咨询的人中没人能说清楚他们国旗上空白的原因，“教育的盲点呀！”我暗自想着，开始对每个我遇到的人开展国旗教育……

这种状况持续了很久，直到我遇到了聪明的亚力山卓，他反问我为什么德国国旗是黑色、红色和黄色（或者说金色）的条纹？我尴尬异常，无言以对，老老实实地承诺回去之后第一时间去图书馆填补我的教育空缺。等我弄明白了我们本国国旗和哥伦比亚的国旗知识后，就会告诉亚力山卓以及我邂逅的每个人。

哥伦比亚巴兰基亚

2008 年 2 月

装配工的力量是无穷无尽的

世界上有一些原理不言而喻，自宇宙大爆炸那天起就行之有效，亘古未变，将来也不会改变。其中一项就是阿基米德杠杆原理，每个使用过活动扳手的人都能深切地感受到这一原理。随着螺丝钉的数量和每个螺丝钉的尺寸增加，您会越来越深刻地理解到这位希腊数学家、物理学家和工程师是何等的聪明，智商远远超出他所生活的年代。

早在大约 2200 年前的古代，在希腊奥林匹克运动会上，高卢英雄阿斯特里克斯（Asterix）大战恺撒王子时热闹非凡，阿基米德却对祖国的运动赛事兴趣不大，潜心钻研，发现了阿基米德定律，为此后出现并发展的力学奠定了理论基础。基于这一了不起的发现，建议所有技工采用较长的力臂以省力，握住活动扳手柄的边缘，离旋轴越远越好。最妙的是：手柄越长，越容易拧紧螺丝，也就是越容易干好你的活儿。由此产生了一句装配工人的行话：“有紧才有松。”

为了更好地理解省力的原理，装配工人协会制定了一句口号，专门针对所有胳膊健硕、没有实践经验的新手以及所有理解能力差、尽力去适应的工作人员：“装配工的力量是无穷的，用加长手柄工作。”（太对了！）此举的缺点是你并不能通过省力来降低工作量。

自然法则不过是自然法则，工作不可能凭空消失。我们的客户深谙这一点，然而，他们想加速工作进程，所以派来助手帮忙。

瓦裕山（Wayusan）是我曾经在哥伦比亚共事过的伙伴，与我年纪相仿，波哥大人，他由一家临时聘用机构派遣到我们客户的项目现场工作。

瓦裕山真是个不错的家伙，工作相当努力，总是热情洋溢地投入每一项工作。他泰然自若地开始工作，似乎在他眼里，没有不能解决的问题。然而，如果您对他的工作有所了解的话，您会看到他的工作相当不容易，比如拧螺丝钉。看到瓦裕山的工作状态，急脾气的人简直会抓狂。你忍不住越俎代庖，从瓦裕山手中抢过扳手；你面红耳赤地拧紧螺丝，把扳手还给一脸迷惑的瓦裕山，你的表情似乎在告诉他："你看到怎么做了吗？现在该你了！"

我没有让瓦裕山感觉到他很笨，没有外人帮忙，连拧几个最普通不过的螺丝的活儿都搞不定，相反我对他点点头，竖了一下大拇指，好像在说："伙计，坚持下去，你一定能搞定。"

多亏阿基米德的发现，我轻松快速地完成了工作，接着可以观察瓦裕山干活了。（顺便说一下，这是我最喜爱的日常活动之一。）我感觉到他属于那种技工，工作卖力，忍耐力超强，脸上时刻洋溢着满足的笑容。（说实话，我属于工作卖力，偶尔会发牢骚的那种类型。）

我的思绪飘到了遥远的古希腊，萌生了写下这个故事的念头。我想把个故事献给亲爱的瓦裕山，原因有二：其一，没有他的存在，就不存在这个故事。其二，我不仅仅想谈论伟大的理论大师，我也想说说实际操作中将理论贯彻到实践中的人，即瓦裕山。在我继续讲述瓦裕山之前，允许我向不熟悉拧螺丝的人们做一下简单介绍。

事实上，大多数用于机械和设备工程的螺丝都有右旋螺纹，这意味着，就其机械性能而言，螺丝是可以松开的：从上向下看螺丝头，顺时针转动扳手，螺丝肯定就能拧紧。装配工需要将螺母倒立拧到螺丝上时，也是根据同样的道理。

即使你毫无实操经验，细心的你肯定已经注意到，装配工相对于螺丝的位置，是工作成败的关键。换句话说，他应该知道该向哪个方向拧。

如果你想将螺钉和螺母拧紧，又不想将螺母在站立和倒立之间切换，这个问题确实很纠结。对于所有天生不擅长拧螺丝的人们，正确的方法是转换思维：看着螺钉头时，顺时针拧紧，看着螺母时，逆时针旋转。

很不幸，换一种方式进行思考并非瓦裕山的强项。这并不是说他工作不勤奋，正相反，他将四个螺母拧紧后，用粉笔在每个螺母头上标记了1、3、2、4——确保交叉拧紧螺丝的时候不至于混淆。

遗憾的是，他达到了一种超高境界：他搞混了，依然很开心，甚至当他意识到他将顺时针拧成了逆时针，四个螺丝有两个拧松了，依然没有沮丧。

他怀疑地摇摇头、皱着眉、耸耸肩，也许在想：“无所谓！反正我要重新来一遍。”有一半的螺丝拧松了，根据他的观点，那么另一半太紧了，他也要将它们拧松。这个时候，脾气再好的人，也该爆发了吧。

接着，他带着上帝才有的耐心，将所有螺丝拧到同一个水平线上，按照编号，用两把扳手同时开始工作。我观察到，或许瓦裕山听说过阿基米德省力的杠杆原理，或许他从多年拧螺丝的经验和肌肉极其酸疼的经历中总结出来的经验使他深谙此道，他拧紧螺丝时，抓着扳手的手柄末端尽量与旋轴保持最远。

瓦裕山使出吃奶的劲儿，尽可能地使用杠杆的力量，终于将四个螺丝全部拧紧后，我已开始下一个任务。他冲我笑笑，眨了眨眼睛，暗示我应该再等等。事后来看，我真的很感谢我的神经承受住了这种折磨，因为我不仅看见瓦裕山放下两个活动扳手，还看见了阿基米德在九泉之下不得安宁。

只见瓦裕山用一只手的大拇指和食指抓住螺钉头，另一只手抓住螺母，用肉眼可见的力量依次控制高度拧紧的螺丝。这可是世界上最短的力臂呀！为了完整性，这里应该提一句，老板永远使用最长的力臂。然而，与杠杆原理相比，这是不成文法。而且，它的意义远远超过日常工作的技术层面。

这时，自信满满、面带微笑的瓦裕山向我竖起了大拇指，表示一切都搞定了。可怜的阿基米德依旧在地下不得安宁。

我突然意识到，我不知道该如何结束这个故事了。原本我打算使用这些常用的语句："让我们看看谁的拉力大"和"阿基米德超前其时代"，以及"就我看来，瓦裕山太落后了"来结束故事。正当我思考这个问题的时候，瓦裕山走向我，微笑地看着我紧皱的眉头，拍拍我的肩膀，试图提起我的兴致，他说了这么一句话："来吧，伙计，为什么你在工作时从来都不笑？"

哥伦比亚巴兰基亚

2008 年 4 月

南极洲

冰山与企鹅

快乐的人们沉浸于工作，却没有被淹死。

——Rudolf Scheid（1925）

德国电子电气制造商协会总经理

生活不是在公园散步

人生有两大悲剧，

一是没有得到心爱的东西，

二是得到了你心爱的东西。

——乔治·萧伯纳（1856—1950）

爱尔兰作家

2008 年 2 月，我首次踏上南美洲的大地。我为此行做了大量的准备，收集了大量资料。为了这一庆典活动，我甚至还引用了 20 世纪最著名的一句话，这句话是在 1969 年 7 月 21 日从月球传到休斯敦指挥中心的。鉴于我对人类所做的贡献微乎其微，在此我做了个微小改动：

“个人的一小步，当然也不是人类的一大步。”

随后，当我开始专注五大洲的话题时，我极不情愿地意识到，我居然还漏掉了一个洲。这就是为什么我在那篇哥伦比亚的故事“洲际”[1] 的结尾写着这么一句：我只能希望，不要再把我往沙漠派了，我都去过好多回了，希望仁慈的老板下次把我派往冰雪世界南极洲。

---

[1] 此文收入在我的另一本书《在路上——螺丝、费用及中国》。

不得不说，我基本上对我们老板会帮助我实现这个非比寻常的愿望没抱什么希望，毕竟，我甚至都无法想象南极可能会有人向 SMS 公司购买热分离的安装设备。就算 SMS 公司真的遇到了这么一位出人意料的客户，那这个客户会拿 SMS 公司的设备在南极这片荒凉之地做什么呢？每当人们想巧妙地将工作与个人抱负完美结合时，我们的运营经理通常满脸严肃地说："生活不是在公园散步。"

迪特尔·阿克斯曼（Dieter Axmann）是我的主管领导，我完全同意他的观点，然而，凡是规则，皆有例外。很幸运，习语没错，而 DAX[1] 这次却错了。

我在故事结尾道出自己的愿望后，仅仅过了十六个月，我又一次出发前往南美洲。这一次，我不是一个人，与我同行的是瑞士办事处的同事拉尔夫（Ralf）。前排座椅靠枕后方的屏幕上显示以下信息：当前位置为大西洋上空 33000 英尺；剩余飞行时间为 5 小时 36 分；目的地为卡拉斯科国际机场，乌拉圭蒙得维的亚。

在乌拉圭首都的最大海港，一艘白色的渔船"宝石号"正在静候我们的到来。在这艘船上，来自 15 个国家——拉脱维亚、英国、巴西、德国、新西兰、丹麦、印度尼西亚、挪威、俄罗斯、比利时、澳大利亚、瑞典、美国、泰国和冰岛的 54 个人，将共同前往地球的某个角落。光这一长串名字就足够令我激动不已，颤抖不止——南极洲！您也感觉到了我的颤抖了对不对？激动呀！再来一次？好吧，南—极—洲，颤抖……颤抖……

---

[1] 达克斯指数，德国股票市场指数，由 30 家在法兰克福证券交易所进行交易的德国公司组成，同时也是迪特尔·阿克斯曼的昵称。

根据国际南极委员会发布的数据，在2008年，仅有2.3万人到过此地。同年，有360万人到过位于巴登鲁斯特的欧洲公园[1]。由此可见，与德国最大的主题公园相比，南极洲是一片人迹罕至的净土，只有少数人到达此地。

说实话，当我意识到我是多么幸运，有人付费让我去南极洲时，我不禁有些愧赧。从蒙得维的亚出海，驶往冒险目的地南极洲仅仅用了几天时间而已。目前，除了知道它是地球仪上的一个大大的白点，横跨地球仪的底部，正好是倾角为23.44°的地球旋转轴的轴线，是所有时区线的交点，以及所有经线相交的两点之一外，我对它知之甚少。南极和北极也因此成了那些以自我为中心的人的又一天堂，因为只有在那儿，星球上任何其他地方都不可能激起你那自私的单向思维向公众挑战："全世界都围着我转。"这一次也许你真的一语中的。

说到南极洲，我有点为难了，我不确定他们说哪种语言——南极语？他们的首都叫什么——南极城？他们的国旗是什么样子——白色的背景上有座白色的冰山？他们的总统是谁——企鹅？南极洲的居民怎么称呼——南极人？到底有没有人居住在这座冰冷的极地？如果有，他们的格言是什么——我们无所不能，除了出汗以外？在超市买冰棒的时候，他们用什么货币——南极版"美元"？谁能将冻得瓷实的食物运到他们家——Farmfoods[2]还是Bofrost[3]？

虽然我要冻僵了，提到冰，我仍然要打破砂锅问到底，我一

---

[1] 欧洲公园是位于巴登地区的小镇鲁斯特的主题公园，在德国的南部，靠近黑森林。

[2] 英国冷冻食品连锁超市。

[3] 德国最大的宅配式冷冻食品企业。

定要围绕着南极的皑皑冰雪，问一个极具传奇色彩的问题：为什么企鹅没有被北极熊吃掉？

获悉了我的知识盲点，在背包里装满了关于南极洲的阅读材料，有了它们，我决定恶补普通教育未能传授给我的那些知识。

然而，我和我同事此行并不是为了什么宏伟的目标，而是为了一种极小极轻的生物，它的名字是——南极磷虾。这种小动物长仅为 6 厘米，体重仅 2 克，是我们挪威客户“宝石号”打算捕捞的动物。“宝石号”长达 99 米，重达 5500 吨。如果他们想一只一只地从大海中捉磷虾，你完全可以谴责“杀鸡焉用牛刀”，甚至可以说是“杀蚂蚁焉用大象刀”。然而，“宝石号”是用一张大网，将数以百万计的这些小动物们从极地海洋中捕捞上来，随即在“宝石号”船上的工厂进行加工！蒸汽加热的机器和反应器、泵、蒸发器、热交换器和离心机之间用复杂的管网相连，这座浮动的磷虾工厂的程序系统在全世界独一无二，由我的老板独家提供。

因为我们 SMS 公司的操作手册上建议客户（参见“调试”那一章，字体为 24 号黑体）只能让授权的技术人员操作昂贵的设备，所以我们这些海洋工业“吉卜赛人”，我同事拉尔夫——“SMS 公司的海洋工程师”和我——“SMS 公司的海洋技术员”即将启航出海。

出发港口是上文提到的蒙得维的亚港口，早在法兰克福机场，我就发现了这座城市与德国过去的历史悲剧地相连。办完登机手续等待登机时，我浏览了远征探险藏书，书上记载了一些鲜为人知的事件。

1939 年 12 月，第二次世界大战伊始，著名的德国装甲舰斯佩海军上校（Admiral Grafspee）在拉普拉塔河的入海口与英国巡洋舰交火，装甲舰遭到严重损坏，船长宣布停战，将装甲舰撤退到蒙得维的亚港口。“二战”时乌拉圭为中立国，英国大使强烈要求乌拉圭政府让德国装甲舰于72小时内离港。

明智之举——因为英国人知道在这么短的时间内要修好战斗中损坏的装甲舰是完全不可能的。与此同时，敌人还能有充足的时间调遣支援舰队。船长兰斯多夫（Langsdorff）像一只仓皇逃窜的老鼠陷入了困境，猎枪架到了洞口，只能任凭守候在洞口的猫发落。

英国人的舰队是蒸汽驱动，在战斗中是跑不过柴油驱动的装甲舰的，船长兰斯多夫意识到自己会败北，事实的确如此。他抓住最后一线生机，命令船员往船上装满炸药。

12月17日，斯佩海军上校舰出海，离开蒙得维的亚港口，在三海里区域外，船长命令在拉普拉塔河的入海口抛锚，当剩余的船员也悄悄离开后，引爆了炸药。斯佩海军上校舰连烧了三天，最后沉到海床污泥下8米之深，至今仍长眠此地。由于它摧毁了装甲舰，船长兰斯多夫才和手下船员们逃过一劫。

他和他的船员们逃往布宜诺斯艾利斯，不幸被捕。他认为，纳粹德军会将他的决定理解为怯懦，有辱他军人的荣誉，于是汉斯·兰斯多夫在1939年12月19日，躺在房间里的德国战旗上，饮弹自尽。

此次发生在拉普拉塔河的入海口（我们乘坐的“宝石号”几天内就会经过这个入海口）的海战载入盟军的史册，被称为“荣誉之战”。

除了这一历史事件，还有一桩历史事件也与我们此行的起点与目的地息息相关。1910年，挪威人罗尔德·阿蒙森（Ronald Amundsen）进行南极之旅时，曾经在蒙得维的亚港口逗留。再过一两天，“宝石号”的船头就要沿着99年前弗莱姆号（Fram）的航行轨迹前行。

用我的主管领导迪特尔·阿克斯曼的话来说，这次旅行源于16个月前的“个人请求的表达”，这种感觉真的很诡异。

考虑到结束语的作用，这回我希望我的老板下次把我派到外太空。借助月球轨道速度，我甚至可以到达更高的行星上，走遍太阳系的各大行星。我那受过高等教育的妈妈告诉我9大星球——水星、金星、地球、火星、木星、土星、天王星、海王星和冥王星，从内到外，围绕太阳运转。

在我登机和飞机起飞的时间里，我从随身携带的阅读材料中获悉，这种传统的记忆方法不对了，这一切源于2006年国际天文联合会的成员们以“莫须有”的原因决定重新定义太阳系，九大行星中不再包括冥王星。

为了方便像我这样的门外汉记忆，人们发明了新的记忆方法。与旧的说法相比，这次的记忆方法中还包括了小天体。你可以这样记，Mum Very Easily Makes Ajam Sponge（in）Uncle's New Kitchen Oven。其中，“A”指小行星，“Kitchen”指古柏带，“Oven”指奥尔特云。奥尔特云是根据荷兰天文学家简·亨德里克·奥尔特（Jan Hendrik Oort）的名字命名的。

多么兴奋啊，很快我就要去外星球了！颤抖吧！颤抖吧！在高高的星球上，我能讲出更多跨星球的故事，那一定比个人天马行空的幻想精彩多了。因此，我可以……

“停！这和你的南极之旅有半毛钱关系吗?”您可能会理直气壮、面带愠色地质问我。

实在抱歉，我肯定是跑题了。我又一次失去自制力了，这和客观事实有关系。坐在飞机里，从某种程度上讲我也是长了翅膀。对某些人来说，跑题是本能。突然之间，我就像水中的气泡，被一种自然之力驱动，心潮澎湃。也许您能体会这种感觉，没有任何合理的理由，突然地热情洋溢地投入新事物。前面您关注的事情尚未处理，更别提完成了。这时，气泡浮到水面，破碎了，我肆虐的情感顿时烟消云散。好了，就像在中学里学到的星球的正常轨道一样，现在我可以专注目标，一步一步慢慢来。

南极洲，我来了！

大西洋，向蒙得维的亚进发途中

2009 年 6 月

积冰和企鹅

从现在起倒推 20 年，你对于没有做过的事情的失望，将远远胜过你做过的事情，所以请扔掉帆脚索，驶离安全港，乘风破浪，去探索、追寻梦想、追求新的发现。

——马克·吐温（Mark Twain）
（1835—1910），美国作家

我沿着大三角的路线，独自骑行穿过印度，历时长达三个半月，感受当地的风土人情和天气。我住在最便宜的地方，有时候住在寺庙，有时候住在朝圣者的避难所。德国住着形形色色的动物的牲口棚与之相比，简直算是香格里拉了。说明一下，我不是在抱怨，一点也没有。这毕竟是我的选择。

也许这就是为什么当跟团的游客热情洋溢地讲述着他们的假期，讲述他们花了两周时间在印度孟买果阿拉贾斯坦海滩的梦幻之旅，用了三个下午的时间到周边探索和经历“真正的印度”时，我无法苟同，甚至都无法听下去。

麻烦的是，我很快也面临类似的窘境：我的南极之旅，我将向您讲述什么？怎样向您讲述呢？

“如果我们能够真的活下来，我会将我的故事讲给大家听，它一定会打动每个英国人的心。”

1912 年 3 月，罗伯特·福尔肯·斯科特（Robert Falcon Scott）上校确信自己不久将与世长辞，在日记里写下了上面的话。他带着遗憾走了，没有实现第一个到达南极极点的宏伟壮志，败给了竞争对手——挪威人罗阿尔德·阿蒙森（Ronald Amundsen）。

启程之前，我就已经知道第一个将国旗插在这片大雪冰封的不毛之地的是挪威人，这片地域似乎毫无价值，却又令人垂涎三尺。我并不了解细节，于是我将他们的探险故事定为必读书，尤其是我要追随先辈斯科特和阿蒙森的足迹，踏上南极之路，更要好好地读读这本书了。于是，我躺在温暖的舱内上下铺上，读了几小时斯科特的《最后的远征——旅行日记及一级悲剧：罗伯特·福尔肯·斯科特和南极比赛》以及《南极之争：斯科特和阿蒙森的探险日记》。

作者戴安娜·普雷斯顿（Diana Preston）和罗兰·亨利福德（Roland Huntford）已经表达得很明白，我的探险最多也就是一次气候舒适的旅行，安全回家的概率达 99.9%，历时 6 周而已。

而当年英国人和挪威人出发时，船员们都知道再见到陆地、森林和土地恐怕要等到几年之后。他们一出发，就与外界完全失去联系。并非他们想这样，这都是现实所迫。斯科特和阿蒙森不能像我一样，用手机给心爱的人打电话或者发邮件，告知她们一路平安，勿念。而当今世界，即便你隐居在南极，不管好消息还是坏消息，都能实时送达。

斯科特在 1912 年 3 月 26 日写了绝笔日记，不久他就与伙伴们死在一个帐篷内。六个月后，搜救队发现了他们的遗体，又过了三个月，也就是1913年2月，全世界获悉斯科特确实到过南极的消息。然而，令他失望的是，他在雪地里是沿着阿蒙森的足迹行进的，更重要的是，他死在返回大本营的路上。

那时，斯科特的妻子凯斯林（Kathleen）正在前往新西兰的途中，她原本想在那里与丈夫会合。当她得知丈夫死讯之时，她已经做了一年的寡妇了。

一百年前，从伟大的探险征途回来的英雄们，无比激动地向故乡的人们讲述那全新的未知世界，听众尽情地展开幻想的翅膀，而如今呢？

“斯蒂芬，你现在在什么位置？”“南极，南奥克尼群岛附近，位于好望角东南600英里处。”“好的，稍等一下，我马上就能在谷歌上找到你的位置点。”

咔，咔，鼠标轻点两下，你就能看见这个地方的图片，而在20世纪初，这里需要花两个月才能到达，那人们的想象力呢，是不是要被淘汰了？

满怀敬畏之心，我读完了斯科特和阿蒙森充满艰辛困苦的南极之旅，突然发现，在此向您讲述我的南极冒险之旅，简直像是个笑话。

为了做好攻略，我去了图书馆。从书中得知，后来阿蒙森继续极地雪橇之旅，曾经到过加拿大北极圈的威廉王岛。1904年3月16日，他在日记里这样写道：

“……你已经能够感受到春天般的温暖，外面真的很舒适。”

听起来这位挪威人在漫长的冬季快结束时，想要脱下夹克，穿上短袖上衣，绕城走一圈了。紧接着他又写道：

“温度计显示−40℃，比一周前上升了20℃，……保持了−25℃～−35℃的舒适温度。”

你注意到了吗，阿蒙森用“舒适”来形容温度，在这样的温度下，我在渔船甲板待上十分钟，冻僵的手指会麻木得连相机按钮都按不下去。

我们可以认为阿蒙森真实地反映了他所观察的情形。我仍然在想，当我想到这位南极英雄的时候，我是否应该自惭形秽？

为了避免跌进郁闷的深渊，我说服自己高兴起来。（这是我的强项之一。）毕竟，不只是我的手指冻僵了，数码相机也因为寒冷而罢工了。再说了，毫无疑问，斯科特和阿蒙森都是意志坚强的人，在极端环境中成就了英雄壮举。即便如此，他们都不知道如何在南极操作一台磷虾干化机。还有，他们都没有与卡在自吸管中的冷却水泵顽强对抗的经历。

我告诉自己，慢慢来。不管在哪个年代，南极之旅都具有挑战性。各个时代的英雄，各有各的方式。

除了需要对付海豹的问题以及无法自由活动外，我最大的挑战就是要尽情利用船上的六周时间。人真的很奇怪：一方面渴望休息时间，另一方面又担心什么都不能做。

最中意的打发时间的地方莫过于船长谢蒂尔的“王国”：船桥上。那里温暖舒适，有二十四小时的现磨咖啡，还有一个完美的全景视角。在那里看风景，就像从灯塔上眺望一样。

离捕捞区域越来越近，我兴奋极了，不住地向谢蒂尔询问还要多久到达，同时更加仔细地寻找南极海冰山——什么时候能亲眼看看漂浮的冰宫？

据说远在6世纪，克朗福特教区的爱尔兰僧人圣·布兰登（St. Brendan）在一次穿越大西洋的传奇旅途中看见了冰山，这是第一个看见冰山的欧洲人。遗憾的是，他在史诗中并未提及看到冰山时的反应。看到冰山，我不禁站住了，张大了嘴巴，发自内心地叫了一声“哇”！

在这之前，我先观察到了数不清的海鸟在飞翔，我试图借助谢蒂尔的双筒望远镜和一本说明卡识别鸟类。对于像我这样一位连麻雀和黑鹂都难以区分的非鸟类专家而言，需要实践、耐心和稳健的双手。首先，我必须成功地将鸟调到望远镜前，保持片刻，我必须调整望远镜的焦距，这样我不仅看得见鸟，还能认出鸟身上的细节，并将这些细节存在大脑中。

当我确信已经将鸟的形象缓存进大脑，转而翻看说明卡，立刻就变得不确定了。我将剃刀状的卡片画面与脑中越来越模糊的鸟的形象做对比。到底卡片上描绘的鸟类中，哪只是我刚刚用望远镜看到的那只呢？为了刷新记忆，我又一次拿起望远镜，向刚刚看见那只鸟的位置看过去，这只鸟已经远远地消失于冰山之间。

莫非是它们飞得太快了，抑或是我的形象记忆太模糊了？我揣测着，心中暗暗后悔小时候没有下功夫学习“增强记忆”的智力游戏。

它们的飞行路径既无法预测，又无迹可寻，更不用说一走神儿，再去追寻它们的踪影了。鸟儿长得太像了，或许它们压根儿不在我的说明卡上。这些可爱的生物的的确确存在于自然界内。然而四周也没有可以供其着陆或休息的树木，否则我的工作可能更容易一些。

我采取了新的策略，这次我不是横着拿望远镜，而是竖起来，这样我可以用一只眼睛看向镜筒，用另一只眼睛去看说明卡，虽然称不上笨，肯定也不专业——无所谓了，管用就行。

我心生骄傲，得意扬扬，当我在众多扇动的翅膀中辨认出银灰暴风鹱，一瞬间，我目光所及之处，全是银灰暴风鹱！一旦你看到之前“看不见”的事物时，目光所及之处就比比皆是，这种现象在生活中经常发生。

根据说明卡的记载，它们的翅膀能张开到120厘米。银灰暴风鹱四处滑翔，快速振翅，时不时地做短冲刺的动作，随着海浪的起伏忽高忽低。初战告捷，我信心倍增。

过了一会儿，我又试图将深灰棕色羽毛的贼鸥与烟灰叉尾海燕区分开来，但考虑到海面上的光照条件，这并不是一件容易的事儿。

最容易辨认的是极地空中之王：黑眉毛信天翁，我观察到大部分时候它贴着水面飞行。它有着微曲的黄色鸟嘴和黑色的眼圈，面带冷酷，像极了迪士尼的庇兄弟（Beagle Boys）。它身上的羽毛基本全白，翅膀却是黑色的，成年信天翁翅膀能张开到2.5米。借助空气动力学的自然奇观以及利用风力转变获取能量的精湛技艺，这些动态滑翔高手能够翅膀一动不动地滑过波浪。

尽管它们知道如何保持平衡，当我看着海鸟们乘风破浪，我仍在想，是否它们偶尔也会期望头顶有片遮风挡雨的屋檐或者一间鸟巢？当外面风雪肆虐、冰冷异常时，它们是否希望能有人给予一些食物，只用捡起来吃就行？这样它们能换个口味，比如吃点种子，而不是一成不变的鱿鱼、甲壳纲动物或者磷虾。

或许海鸟们幻想着有栖息的大树？或许它们梦想着在一望无际的海洋远处有个鸟的天堂，有老橡树、山毛榉和桦树，在树的枝叶上为自己和家人建造一个安全的巢穴。

当它们在冰冷的海面相互依偎，身体随着海浪起伏，海风将羽毛吹皱时，我仿佛听到雌鸟对雄鸟说：“亲爱的，昨晚我做了一个美梦，又梦到了我们的树屋。”如果它们知道在加拿大、芬兰或者德国有茂密而美丽的森林，它们会怎么做呢？我很想知道。然而放眼望去，除了海水、海浪和海鸟，我什么也见不着。数日都如此。或者，也许它们知道海洋的尽头有森林，但仍是安然若素，听任命运的安排，没有必要挣脱命运的束缚?

出海第三天，我们经过了南极洲的地理边界线——南纬50°线。在这里，南极的冬季时节，浮冰向北漂移，很快冻结在一起，形成一块巨大的冰，北纬50°线正好划过文明世界——温哥华、布拉格、克拉科夫、美因茨等。在距离北极3500公里内的范围，大约住着100万人；而距离南极同样的距离内，无人居住。

不像漂浮的北极，在地轴的另一端有一块巨大无比的陆地延伸——南极大陆。夏季时面积大约比欧洲大25%，而在冬季时，当海岸的积冰聚集，其面积是欧洲大陆的两倍。

南极大陆是所有大陆中最鲜为人知、最难以接近、最危险的大陆。它比地球上任何其他地域更寒冷，更与世隔绝。而且，除了一小部分地区外，基本被平均厚度为2.5千米的冰层覆盖。地球上90%以上的雪和冰都位于南极大陆或其附近地带。

1772—1775年，詹姆士·库克（James Cook）进行第二次探险，经过南极圈时，称之为“自然界宣告永恒休眠的一片大陆”。考虑到故事的完整性，在此说明一下，库克实际上并没看到南极大陆，他所看到的只是冰山，却误以为是南极大陆的山麓了。不过管他呢，那是许久以前的事儿了。

清晨吃过早饭，“宝石号”穿过边界线，进入南冰洋。我做了安全巡逻，这已经成了我旅行中的一个习惯。尽管已经过了九点半，日历上显示6月中旬，但除了南极的漫长冬夜，四周什么也看不见，只有桥上的雷达记录显示了一个小时后将要透过全景窗口映入我眼帘的未知世界。

雷达屏幕中心有个小十字，那是我们“宝石号”的位置。以小十字为中心，有一个亮绿色的无线电导航，每 10 秒钟转一次。雷达不断发出短促的嘟嘟声，这是雷达通过反射回声探测到了物体，在显示屏上更新状态发出的声音。我通过显示屏看到了各种尺寸的红点点。冰山！这预示着在一片静谧中，冰山不断地向我们逼近。

有好几十个小红点，散落在雷达屏上“宝石号”周围，近的距离“宝石号”有 500 米，远的则有 5000 米。

我满心期待，向全景窗外张望。我知道，它们就藏在窗外的某个地方。此刻，它们依然淹没在南极的夜色中，不过我相信它们很快就会从夜色中走出来。

我倒了一杯热咖啡，坐在大副的位置上静静等待，我看看雷达，吹着咖啡，再看看全景窗外，又转回来看看雷达。我抿了一小口咖啡，咖啡很热，烫了我的舌头和上嘴唇，于是我继续吹咖啡，从咖啡杯的边缘处看向雷达，继而又转向全景窗……如此往复，周而复始，终于我将咖啡饮尽。神奇的黎明大幕终于打开，看到外面的景色依稀可辨。

现在问大家一个抢答题：你上次看到黎明是什么时候？我指的不是匆匆一瞥，而是有意识地去观察破晓的全过程。

在等待清晨来临时，我想起在高级技工培训期间，我们敬爱的老师施密特（Schmidt）先生告诉我们，人类的感官在不断地退化，这将是一个缓慢且无法阻挡的过程。他说，这都要归咎于工业上的进步。施密特先生是个守旧派，是快消失的一类人。他总是穿着礼服，打着领带出现在大家面前，表情严肃，神色中透着威严。

我不记得具体情节了。当我谈到感官时，他也谈到了黎明。

施密特先生面无表情，食指弯曲，象征性地按下一个想象中的按钮，咔嗒！他又按了一下，咔嗒！他一脸傻笑，像憨豆先生刚刚发现电灯开关的魔力一样着迷。

咔嗒一声，瞬间天空亮如白昼。施密特先生说，想当年，当人们与大自然和谐共处时，起床时谁也不用眯着眼睛。他还给我们留了作业，让我们好好思索一下这个问题。每日为生活奔波，大脑日益懒散，早已将这事抛到九霄云外。咔嗒！

十四年后，我回想起错过的事情。说来也奇怪，是南极的黎明让我觉醒。我有此机会，有意识地见证黎明的到来。在此我将我亲自见证的黎明献给施密特先生，同时也献给我的老板——一个给我上了很好的一课，另一个为我提供了见证这罕见时刻的宝贵机会。

借助雷达屏，我能够准确地知道最近的冰山出现在什么方向。渐渐地，夜色消退，变成稍亮一些的灰色影子。就像洗涤剂的广告，很多窗帘挂在窗户上，用不同的小粉末洗涤过，一层接一层地拉开，下一层总是比刚刚拉开的一层要亮一些。白天粉墨登场了！

窗帘被拉开一会儿后，一座冰山的模糊轮廓出现了，就像显影盘中的一张照片，呈现出淡淡的灰色。自然的奇观以渐渐的、默默的、不可阻挡的、几乎是不真实的方式呈现在我面前。

我从前就知道冰山的样子，现在看来，依然摄人心魄，令人难忘。在尼泊尔，当我看到壮丽的萨迦玛塔峰上 8000 米以上七个白雪覆盖的峰群，以及早晨霞光染红的天空，心里充满了震撼。因这无言的美景，也因大自然的庄严肃穆，我起了一身鸡皮疙瘩。此情此景，你只能保持静默。

与此同时，清晨的脚步越来越近，露出了海天交界线。夜晚时分，海浪恢复了平静。海面很平静，在薄雾笼罩的晨光中看起来如铸成的锡板。此刻，大自然满足于一些简单的渐变色，主要是灰白颜色，它将随着渐渐升起的太阳发生改变。唯一的一抹亮色是位于后甲板上起重机的起重臂上充气阀的红色。

这时，冰山已经完全从黑暗中突围出来。冰巨人位于距离我们四五百米的位置，像个鞋盒形的立方块。它有着近乎完美的直边，甚至让人怀疑是某个巨人用铁锹从大陆的冰川上铲下来，推进海洋的。

这是一座桌子一样的冰山，巨大无比，粗犷豪放，令人惊叹。冰山长宽均达数百米，露出水面部分高约 55 米，表面已被风吹蚀得很平整，伸出地平线的第一缕阳光照耀着它，如打磨过的水晶一般晶莹透亮。我不禁感叹于大自然的鬼斧神工。

冰山也许“存在”已久，是不断壮大的冰川一角，它推着自己一厘米一厘米地向海岸靠近，最后跳进海洋，漂浮在海面上，形成了所谓的冰架。巨大的冰舌将冰山与海岸相连，因为持续的风浪侵蚀，其中一块冰山终究还是脱落下来，开始了漂泊之旅。与地平线上出现的其他冰山一样。这些冰山就像先前雷达预测的那样，四散在海洋上。我像是回访格列佛世界的南太平洋小人国小岛上的侏儒，在欢迎酒会上一不小心掉进了格列佛人放在岩石上的威士忌酒杯中。

透过望远镜，我看见了冰雪砌成的大教堂，尽管相距甚远，依然寒气逼人。它们静静地躺在那儿，形单影只，依然能感觉到潜在的危险。它们奇形怪状，悬崖、陡峭的冰脊，表面因融化过程被自然雕琢，持续不断地变化着。

海浪冲击着冰山，形成了一条条峡谷。海水冲刷着冰川的裂缝，形成洞穴。裂缝正是冰川的致命缺点，随着时间的推移，冰川终会分崩离析。冰山的平均寿命一般是四年。

大自然挥舞着冰冷的道具，玩着颜色的游戏，将偌大的舞台催眠了。最初是温暖的太阳光线，缓缓升到地平线上，映射到冰山表面，发出耀眼的光芒，令世间所有的万花筒都黯然失色。从淡淡的粉红色到鲜亮的紫色，从黄橙色到绯红色，色彩缤纷，令人惊叹，只有世间最癫狂的天才能画出如此美妙的印象派画作。

随后，绚丽的盛景落幕，明亮耀眼的阳光成了主力军，将南极的冰巨人喷绘成乳白色，好似轻轻刷过一层德国品牌的墙漆——阿尔法（Alpina Cat）一样。

早在 1750 年俄罗斯科学家米哈伊尔·拉莫宋（Michail Lomonossow）就首次对冰山的性质进行了定义："冰的密度为 0.92 千克/升，小于海水的密度 1.025 千克/升，所以冰的尖端会露出水面。"

1914 年 4 月 14 日泰坦尼克号被暗藏的冰川撞击后，系统地探索冰山的必要性才显现出来。因为这起最大的客轮灾难，十三个国家在事发两年后，签订了成立国际冰情巡逻队的条约，机构的主要职责是负责北大西洋冰山的表面监控和预警。

美国海军机构——国家冰雪数据中心持续监控。南冰洋所有的冰山以及十几海里被海冰覆盖的全部区域，都用识别码在地图上做了标记。不仅这些沉默的冰巨人会阻碍航道，部分延伸到海床里的"孢芽"也会威胁到油气管道，飞机和卫星会跟踪冰山的迁移状况。迄今最大的冰山，是 1956 年冰河号（Glacier）破冰船的船员们发现的，长达 333 千米，宽约 100 千米，面积比北莱茵—威斯特法伦州还要大。

在南极的冬季，与海面上的咸海水结成海冰不同，冰川是由淡水组成，这可是高品质的饮用水。但当夏季到来时，冰川的淡水会与咸海水混合。

“这是珍贵资源的极端浪费!”专家们纷纷叫嚷道。据估算，每年有大量的淡水资源在南冰洋流失，足够供至少60亿人使用，这可是世界的人口总量。经济损失可达数十亿计，专家计算得出，南极一块中等大小的冰山，长和宽均为1000米，高100米，按一立方米的冰价值为10美分计算，价值1000万美元。此外，如果把冰放进海洋热能转换系统（OTEC）的水管，用作冷却剂的话，还会有9000万美元的能量所得。

如何将这块重达一亿吨的冰山运到更暖和的地方呢？埃森市的工程师迪特里希（Dietrich Sobinger）思考过这个问题，给出了简单的解决办法。利用自然界的东西漂移理论，当冰山融化到几百万吨后，迪特里希将会打捞一些。在到达非洲之前，他将会用强力薄膜包裹住。顺便说一下，冰山移动距离最长的世界纪录持有者是南极洲的一块冰山，1894年4月18日它在里约热内卢所在纬度被人发现。

迪特里希会与梅莉塔集团[1]合作，将包裹好的冰包通过船只拖至海岸，珍贵的液体丝毫不会损失。包裹袋同样起着储罐的作用，水可能会直接从袋中用泵抽到管路中去，就连环保人士都不能提出任何反对。与海水淡化相比，这种饮用水无盐分和化学物残留。

让我们回到磷虾捕捞区。在这片纯净的荒野，除了海鸟和冰山，南奥克尼群岛展现了令人陶醉的丰富多彩的风景，有石头与冰川筑成的坚固堡垒，那是大片企鹅的聚居地，这些身着燕尾服

[1] 梅莉塔集团是一家德国公司，销售咖啡产品。此外梅莉塔集团还从事保鲜膜业务，Toppits是它旗下的产品。

的鸟类不会飞，光着脚在冰冷的地面一站就是几个小时，差不多一辈子都如此，身处逆境却依然看起来很快乐。

随着第一块冰山的出现，海豹也同时出现了。我们待在捕捞区的全过程，它们都忠实地相伴左右。上百只海豹经常围绕着“宝石号”打水嬉戏，不追随我们的足迹时，便会躺在海面上睡觉，乍一看像海面上的浮标一样；它们有着冰冻白的海象式胡子，时而将尾巴和侧鳍翘到一边；时而用黑色大理石般的眼睛盯着极地垃圾不放。出于好奇，每当我站在栏杆上，用鼻子玩起杂耍橡胶球时，它们会兴奋地拍水，似乎在说：“多么疯狂的巡回马戏团呀！”

“看看这么多的肥海豹和企鹅一摇一摆、懒散地在冰上行走，南极肯定会是北极熊的天堂。”我暗自猜测着，奇怪为什么到现在一只北极熊也没见着。在科隆动物园，我可是亲眼看见北极熊、企鹅和海豹亲密地生活在一起，居住的隔间一个挨着一个。

我急切地想看到第一只北极熊，或许是想成为第一个看见它们的人，我耐心地四处张望。

阳光明媚的一天，我透过望远镜发现了两注形迹可疑的喷雾飞快地移动，随后隐匿不见。是错觉还是巧合？没过一会儿，喷雾又从平静的海面上喷起来了，这次喷射得更高。基于我浅薄的知识判断，北极熊没有任何喷水孔，所以它们只可能是……“我们前面有鲸鱼！”我听到谢蒂尔坐在船长椅上大声喊道，他伸出手臂所指的方向，正是我刚刚看到喷雾的方向。

尽管兴奋得不得了，我依然记得《大白鲨》中老捕鲸者们常说的话：“鲸鱼在潜入深海之前，通常会一路前行。”我小心翼翼地转动着望远镜的小轮，睁大眼睛，通过喷雾消失的大概位置，延伸想象出的行进线路。突然，呼吸产生的白雾又一次出现在海面上，两头鲸鱼背部微曲，同步跃出海面，又迅速潜入水中。这是此行首次、也是唯一一次看到这么难得的景象。对我这个工作中的工匠来说尤其如此。

在捕捞区待了约4周后，我们开始返航回到蒙特维的亚。时机刚刚好，两天前，谢蒂尔船长警告我们的事情发生了，海冰正在形成，蔓延速度很快，冰越来越多，越来越厚。这一切都是在盐水温度降至-1.8℃后发生的。一开始，无数冰针聚集成浆状晶体，晶体再转而形成小块浮冰，小块浮冰相接、连锁，最终形成大块浮冰。

在冬季，南极大陆会披上坚固的海冰做成的白色围脖。每年的五六月，这一圈海冰以每天四公里的速度向北延伸。到了9月，也就是南极的深冬，会达到最高峰，即使最结实的破冰船都无能为力。直到来年春天，海冰带破碎，变成数以百万计的浮冰。

早晨我们离开捕捞区时，云层很深，雾散了，神秘的冰山出现了。最好的电影画面！真实的画面！目光所及之处，全是浮冰，将“宝石号”紧紧包围。

我走到船头，走到最前端，鼻子喷出的都是雾，由于船首是凹形，尖尖的主甲板“漂浮”在水面上方的空中。我来到那个特殊的位置，就是杰克使露丝相信泰坦尼克号不仅仅能漂浮，还能飞翔的地方。

我倚着栏杆，探身向下看，冰刀上的钢板有几厘米厚，在冰冻的海面轻松开道。浮冰破碎、浮起，继而被推到一边，开出一条道路。冰与钢板碰撞产生的嘎吱声、刮擦声、吱吱声不绝于耳。“宝石号”震动着、颤抖着，虽然震动得不是很严重，却能明显感觉到。船只时不时地来一次重击，激起浮冰无数。

目光所及之处，皆是结满冰的海面，成千上万的海鸟和海豹栖息在冰上。在中间的某个地方，我相信我可以看到冰水上漂浮着一块板，我抓起望远镜，对准焦距——我看见了露丝！她跪在木板残片上，孤零零一个人，正在哭泣，她抓着杰克冻僵的手，杰克瑟瑟发抖，小臂正放在木板边缘上。微风很舒适，尽管相距甚远，我依然能听到杰克颤抖的双唇在她耳边低语，就在他的血液在血管中凝固，身体沉入海洋深处之前："露露露露丝，尽尽管我我（杰克咳嗽着、牙齿咯咯响，从嘴里吐出一股冰冷的海水）要要要淹死了，我我的心心心将永恒恒……"

南极，南奥克尼群岛附近

2009 年 6 月

水手奇谈——南极洲的阴谋

好奇心一直是解决问题的第一步。

——伽利略·伽利雷（Galileo Galilei）

（1564—1642）意大利哲学家

第一章　简　介

磷虾这个词来自挪威语，即鲸鱼的食物。事实上，磷虾并不仅仅是鲸鱼的主要食物，还是下面诸多动物的美食：海豹、丁公鱼、乌贼、南极洋枪鱼、裘氏鳄头冰鱼、鱿鱼、小龙虾、企鹅、信天翁，以及其他海鸟。简单地说，差不多居住在南极洲的所有物种都直接或间接地以磷虾为食，磷虾占据着重要地位，成为当地动物的食物来源。

据粗略统计，南极磷虾的总重达 5 亿吨，鲸鱼每年吃掉 4300 万吨，从数量上来说，磷虾是地球上最成功的多细胞生物。海豹每年食用 1.3 亿吨磷虾，是鲸鱼的三倍；乌贼消耗 1 亿吨；鱼类消耗 2000 万吨；还有 1500 万吨被海面的海鸟消灭掉了。最后剩下 30% 的磷虾用来繁衍后代，以保证物种的繁衍，让依赖它们而生活的动物们来年不会饿死。这是一个自给自足、功能健全而合情合理的世界。

然而，事情往往就是这样，每当有利可图的时候，迟早就会有人类的出现：在这种情况下，人们逐渐发现磷虾富含 Ω-3 和 Ω-6脂肪酸，具有极高的商业价值。据联合国粮食与农业组织（FAO）称，人类每年会捕捞 10 万吨南极磷虾。与动物们的捕食相比，这只不过小菜一碟，但是经验证明，我们追求利益的贪婪肯定不会仅仅满足在一盘开胃菜上。

为了避免盛宴失控，人们近年来一直在讨论磷虾的商业捕捞是否能长期持续并且不对敏感的海洋生态环境产生大的影响？什么时候开始合适？捕捞程度多大合适？据观察，南极动物们几乎没有替代的食物来源。

国际最大的协会——生物资源保护委员会（CCAMLR）由德国及 22 个国家组成，1982 年就达成约定，旨在关注涉及磷虾捕捞业务的所有人士。

可能是因为这几天读了这些资料，而现在又身处前往南极的磷虾捕捞船上，我想知道我们的挪威客户和我的老板是否会有一丝怜悯之心。毕竟，一个是捕捞船的主人，一个是磷虾加工的部分设备供应商。

我看着平静的海面，内心承受着道德与良心的谴责，时不时出现在视线中的冰山也化身为教堂。我看见一块浮冰上一只漂亮的白色海豹宝宝从船旁边飘过，眼中满含着泪水，用责备的眼神望着我。

又有三块浮冰漂过去了，我看见站着企鹅一家三口的浮冰向我们漂过来，企鹅妈妈看起来很担忧，弓着背，两只翅膀放在小企鹅的肩膀上，保护着小企鹅，小企鹅站在她的脚上，企鹅爸爸穿着黑色的战袍，举起一只翅膀，尖尖的嘴巴一直念念有词，像是对我下着诅咒。要是一个巴伐利亚酿酒师的车夫这样表现我倒能接受，但却从没想过一只企鹅会这样。

我不能太多愁善感了，我意识到人类的自我意识已经冷酷地向这些道德谴责宣战。突然之间出现了一只长着可怕的角和尖牙的魔鬼，试图说服我不要感到良心不安："醒醒吧，斯蒂芬！如果你的老板和客户不和这些动物抢食物，其他人也会的。你想赚钱养活你自己，对不对？吃或者被吃，这就是生活。所有关于濒危动物的统计和活动纯属浪费时间。就像过去的几百万年一样，一个物种灭绝了，另一个物种将会出现，不管有没有你的帮助，它们会自我调节的。"

魔鬼离开的前一秒，像神探科伦坡（Columbo）一样最后一次转过身来，重申了一遍观点："永远记住：鬼才管呢，与我何干，让冰河世纪开始吧。"

随后，他消失不见了。

烟消云散之后，可爱的小海豹和企鹅一家也消失在视线里了。而刚刚魔鬼站立的地方因为局部变暖，一大块冰已经融化，海平面上升了几毫米。

"好吧，这就是生活。"我这么想着，耸了耸肩，心中不再感到一丝内疚了。

也许有些残忍，我不再遭受良心的折磨，况且，我也无暇考虑拯救地球的问题了。第二天一早，我就要投入工作了。

冬日的太阳还未露面，船员们就已经撒下渔网。船员们不是早起的鸟儿，在 6 月，冬季的太阳要十点半才升起。

"宝石号"拖着网行驶了两小时后，捕获物就储存在船上的两个不锈钢罐中。倒计时开始。接下来的 4 小时内，30 吨磷虾要进行粉碎并加工成油。

第二章 技术问题

到目前为止，一切准备妥当，万事俱备，只欠东风。设备的控制器程序已经通过测试，设备启动前的准备工作正在进行。现在，见证几百万投资效果的时刻到了。尽管没人说出口，现场气氛却很紧张。每个甲板上，气氛紧张得像是接到鱼雷威胁一般。

工厂中我们所负责的部分准备工作非常顺利。蒸汽机持续产生超压蒸汽，控制阀控制着蒸汽量，炉内温度逐渐升高，转子开始旋转，我们准备开启冷却水循环，这是工艺中至关重要的一环。

虽然我不是拿破仑式爱炫耀的人——拿破仑为了表彰自己的英雄壮举，将帽子歪着戴，一只手紧贴在胸前工作服暗襟上，昂首挺胸，洋洋自得——不过，我相信，如果你即将接通地球上最大的冷却水循环系统，也会略微炫耀一番。

为了更好地理解我们独特的冷却水环境，我们得发散思维。在陆地上的生产设施中，一开始要将冷却系统的水从独立的罐子中抽到工厂循环系统，再继续循环。现在，我们在南极的一条捕捞船上，根本没有独立的罐子，当你四下观望一阵，会发现这并不成问题，你已经被2000万平方公里的冷却水所包围，实际上我们是漂在冷却水上面。我们并不担心未来几周冷却水不够用，倒是有点担心会淹死在其中。

当我们想象着SMS公司最新的年刊上可能会出现的一则讣告时，才意识到事实上有多担惊受怕：

“SMS的员工在此悼念两名同事，他们在项目实施过程中，淹死在设备的冷却水中。”

我们好似听到亲爱的同事们在葬礼上窃窃私语："他们真是笨死了！"那个"马后炮"亚力克（Alec）接着说："我就说嘛，迟早有点儿什么事儿发生在他俩身上。"

至少有一名同事在葬礼餐会上试图理解我们的死因："好吧，你能告诉我有谁会那么笨吗？"他一面吃着加了两片腌黄瓜和一些欧芹的芝士卷，一面问谈兴正浓的哀悼人群。他摇了摇头，嚼着满嘴食物继续说道："淹死在自己的冷却水中，不可思议！"

唯一感到欣慰的是，想想工作地点的独特性，在南极海上啊，作为旅行者在有生之年达到了巅峰啊！遭遇命运打击的英雄不能就此堕落，我们会高唱人类联盟合唱团的歌来向我们的老板表示对职业失败的歉意："我只是普通人，总是会犯错……"

除了我们的胡思乱想和同事的喋喋不休之外，单就冷却水而言，启动环境非常合适。而且，-1℃的水温简直是完美，并且还不要钱。

因为大部分生产设备都在"宝石号"的底舱，也就是水位线以下，很容易获取冷却水。我们想要的是你通常不愿意在一艘船上看见的东西，船体上直径500毫米的一个孔，再从孔中向外插一根吸水管。此外，我们需要一个耐海水腐蚀的泵，来接入地球上最大的冷却水循环系统。

很高兴，这些要求都满足了，吸水管与船体相交处的缝隙也密封好了，这样就大大降低了我们在冷却水中被淹死的可能性。

想要对冷却水循环系统的尺寸有个概念，您需要知道两个基本知识：第一，如果不考虑风、潮汐和地球旋转这些因素，所有的海平面都是齐平的；第二，尽管各大海洋有不同的名字，它们并不像五星级酒店的游泳池那样被分割开，北冰洋、大西洋、印度洋、太平洋和南冰洋的海水是相通的。就像生活中其他的碰撞和冲突那样，比如雷暴雨聚集在我们头顶，或潮湿的空气团升到更高的大气层形成非常大的云，却遭遇了冷气团，这就引起了运动。

除了打雷和闪电以外，在一个海洋和另一个海洋之间的过渡带，当各种温度和含盐量的水混合时，会有很多事情发生。冷水的密度更高，因此冷水下降，热水上升，全球规模的循环流动也开始了。

这一切的源头位于冰岛和挪威之间的格陵兰群岛。在北大西洋，海水含盐量高，温度较低，海平面下降。一股冰冷的暗流形成，一路流向南大西洋。在那里，遇到与其含盐量相同、温度相同、在南极北部圈内流动的南极绕极流。就这样，南极绕极流将北大西洋的海水与温度更高一些的印度洋和太平洋的海水混合。因为这种混合，以及涌流、湍流和风的因素，温度高的海水海平面上升，加之日光照射，海水温度进一步升高，这时，它已经达到赤道地区。一股温暖的表层流形成了，通过太平洋返回，穿过印度尼西亚和澳大利亚西北海岸之间的海峡，沿着好望角流向中美洲海湾地区，墨西哥湾暖流由此得名。欧洲温和的气候全归功于它，随后暖流返回北大西洋。这股表层流将大部分热量散发到空气中，准确地说是风将感觉舒服的热量带到了欧洲，地球的循环至此结束。

几百万年前大陆迁移之后，这条地球传送带就已经迈上了轨道。如果发生微小的变化，结果会怎样？我们在 1997 年得到了答案，这要归功于那个举世闻名的“小男孩”，他的名字叫厄尔尼诺。

人们将流向南美洲西海岸的寒冷暗流称为秘鲁海流，温度稍微升高一点点，就足以影响四分之三的灵敏的世界气候：浮游生物会死亡、鱼群离开、渔民空手而归；珊瑚白化、大量的珊瑚开始死去；地震横扫大陆；沿海地区发生洪涝灾害；沙漠降雨，雨林干旱。

这种世界末日一般的景象，不胜枚举。

让我们还是回到七大洋的温盐环流。环流的过程中，每秒钟水流量为 4000 万立方米，难以想象吧。直观对比一下，仅仅流动 55 秒，就抵得上北莱茵河一年的耗水量。

正常来讲，弱水三千只取一瓢，应该说不会造成多大危害。更确切一点，我们每小时只需要 160 立方米，我们计划用海水将设备的各部件冷却之后，再将这些水抽回到大海中。我们这个小型冷却水循环系统就此结束了。那么让我们开启“宝石号”底舱的设备吧。

我们知道一台难对付的海水回转泵有多吵，站在绿色启动按钮前时都戴上了耳塞。当我同事按下绿色按钮时，出乎意料的事情发生了——没反应！我们茫然地相互看了一眼，取出耳塞，捏了捏鼻梁，陷入沉思。

情况很清楚，设备出现故障。就像在家，你正看着电视，突然，整个屋子没电了。我们打着手电摸索着走到保险丝盒处，所有的过电流保护装置都显示“正常”。好吧，我举的这个例子太过简单。

接着，我们怀疑泵的过滤器出现问题，并做了检查，结果显示：排除。我偶然瞥见流量计，显示 0 立方米/小时。我稍作停顿，脑海中将基本情况汇总了一下，想到：“也许还有一个控制冷却水导管的手动阀没有打开呢。”正当我准备将这个特别愚蠢的想法告诉同事的时候，职业直觉告诉我如果泵没有启动的话，流量计就不会有任何数据显示。

我有些不好意思地继续寻找答案。

很快，第三个念头闪现在脑海中，泵的接入管上温度计显示 -0.8℃，我兴冲冲地跑去告诉同事，想让他知道，遇到问题的时候我是何等的聪明。“省省吧老兄，这很明显啊！水管与南冰洋连接，南冰洋的水温本来就在零摄氏度以下。”

当我正在想象着自己抽中了签，穿上潜水服，拿着碎冰槌和喷淋融霜装置，跳进冰冷的海水中的景象，听到我这位读过大学的同事高声说：“因为海水平均含盐量为 3.5%，所以它的冰点并不像含盐量只有 0.1% 的淡水那样为 0℃，而是差不多会低两度，在 -1.9℃ 左右。而 NaCl 含量为 356g 的普通饱和盐水溶液的冰点为 -21℃，沸点是 108℃。”他说话时两只手放在肚子上叠成教堂尖塔的形状。

我好似被电击一般，大脑迅速处理与当前情形相关的信息。

事实 1：冰冻警报解除！冷却水泵不可能结冰。

事实 2：水泵还是不工作。

事实 3：不论是我想象中的“冒冒失失地”潜到船下，还是同事教育性的演说，对于我们寻找问题的原因并没有什么帮助。

结论：很显然，至少这一次是这样，失败来临时，理论和实践没多大差别。

甚至连总机械师约翰（《潜艇风暴》里的那位）也帮不了我们。当然，作为机械工程师，我们即使身受酷刑，也不会将全部希望寄托在匆匆赶来的电气工程师的手上。我们带着一把像是从靶场拿的黄色小螺丝刀，耐心十足，将配电盘上 5000 个泛着金属光泽的端子重新紧固，一个一个地……时间慢极了，感觉像过了一年。

终于完成的时候，我们异常恐怖地发现，电气工程师又一次回到第一个端子上，轻轻地拉了拉，检查细线的机械性能……根据经验，我明白，与一位电气工程师争论工作中双手同时使用是徒劳无功的，所以我们让他继续检查第二个端子……

4999 个之后，他向我们道歉，拍了拍工作服口袋，解释说他忘记带万用表了。

正当我准备冲出去帮他拿一个时，他将两根手指粗的主电流分配的铜线放在舌尖上，随即机器平台上的灯泡全亮了，而他的眼珠从眼窝中突出来，头发根根竖起，耳朵里还冒着青烟。从他吐着白沫、抽搐的嘴角挤出一句话：“电压足够我们的水泵启动了。”至少我是这么理解他这句口齿不清的话。显然，我们不能等到他口齿恢复之后了——他花了 4 天时间才恢复。

我们称赞电气工程师的努力和机智，事态却毫无进展。我不禁踢了水泵一脚——说实话，我是踢了三脚，愤怒地离开了，一气之下，连喝了两杯咖啡。

我再次回到现场时，从管路缝隙中瞅见我的同事，他带着满脸难以抗拒的无辜表情，正跪在水泵旁，轻轻地抚摸风扇罩，为我的粗鲁行为不停地向水泵道歉，试图说服水泵——拜托了，拜托了，快点启动吧。我不禁感动得热泪盈眶。

终于，他站起身，坚定而自信地按下了绿色按钮，奇迹并没有发生。又连续试了 25 次以及 3 分钟的长按，显然水泵并未接受他那令人心碎的道歉。后来我们一起诅咒供应这台该死的海水泵的承包商，依然于事无补。我们有点黔驴技穷了。专家解决问题，天才防患于未然。

在我们年轻的职业生涯的黑暗时期，明白了三件事：没有这台水泵，生产就无法进行，也没有任何备用设备，最近的水泵供应商并没有出现在柳暗花明处。时间一分一秒地消逝，我们的压力也越来越大。我们面临这样的现实情况——已经在罐中存放了

2 小时的磷虾，再过 2 小时就要开启自毁系统——将会腐烂，变成毫无利用价值的粉红色黏糊糊的肿块。

我们深信当前的问题已经不是技术层面的问题了。只要能给出可能的解释，什么怪异的点子我们都能接受。为了有效利用剩余时间，我们决定听从直觉的安排，“一颗红心，两手准备”。我的同事继续留心寻找技术原因，而我思考除技术现象以外的事情。

首先，我问自己如果我们不能加工磷虾，谁可以从中受益？很简单——当然是竞争对手！挪威的 Saga Sea 号，波兰的 Dalmor II 号，日本的 Fukuai Maru 号，韩国的 Dong San 号。这些拖网渔船也在捕捞磷虾，而且和“宝石号”处于同一片海域。有没有可能我们秘密实验项目的信息传到他们那儿了呢？使用一种新型磷虾加工技术，彻底改变市场，对竞争对手的商业运营造成负面影响，这可是我们客户的目标。

或者，可怕的某地区磷虾黑社会，利用国家潜艇搞破坏，或许他们也想分一杯羹？“太对了，就是这样！”想法在脑海中逐渐定格。提到磷虾业务，那可是关系到几十亿美元啊！最重要的是业主拿到的那张珍贵的磷虾捕捞许可证，对国际市场有巨大影响力——磷虾许可证！

我似乎感觉置身于特工 007 之中，听见机关枪齐发，热血沸腾，此时布维尔（Pam Bouvier）正从险恶的桑切斯（Sanchez）及其荷枪实弹的手下手中逃脱[1]。这样，詹姆士·邦德化名蒂莫西（Timothy D.）或者斯蒂芬·T. 唱着由纳拉达（Narada W.）作曲并出品的同名动作片主题曲，只是歌词稍作修改：

“我拿到了磷虾许可证。

---

[1] 《007 之十六：杀人执照》中的情节。

你知道我为你倾心。

（合唱：磷虾许可证）

哦……哦……”

60秒后（可惜没有007中的布维尔，但足够让我兴奋不已），我来到指挥台见“宝石号”的船长谢蒂尔。我一个箭步冲过去问他在过去的几小时，他的雷达是否发现任何异常，他显然没有发现，为了证明他的话，还向我展示了他的航海日志，在“特殊情况”的栏目下方什么也没写。他笑着向我保证，如果有潜艇，肯定逃不过他的眼睛。

因为我幼时备受呵护，遇到陌生人时总会产生戒备心理，我死死地盯着他的眼睛看，又一个念头闪进脑海：“毫无疑问！他是黑帮的同伙！他作为船长，位置很关键，肯定收了不少贿赂，因此他隐藏了潜艇的雷达信号。”我发誓要是我错了，会吞下一顶巨大无比的帽子。[1]

我想唯一让冷却水泵及时运转的机会是我和我的同事必须战胜船长，取得“宝石号”的指挥权！

由于南极和德国的时差，我们无法将这个大胆计划通知布茨巴赫的总部。四周危机重重，所有的电话已经被监听了，我们不得不见机行事，孤军奋战，速战速决！

然而，突然之间，我的阴谋论也瓦解了。谢蒂尔看着我说：唯一能在不被雷达发现而袭击渔船的是水中的鲸鱼和海豹，还有水上的海鸟，但它们不像磷虾一般成群出现。

从指挥台回到引擎室的路上，我将谢蒂尔提供的信息在脑中

[1] 在西方，“如果不是这样，我就把帽子吃掉”是很常见的一句话，用来表明说话人对自己的判断十分自信。

过滤，并试图从混乱的思绪中理出头绪。见到我的同事之前，我就已经产生了另一个怀疑。从长远看，这个怀疑有点不太可能，太匪夷所思、太荒谬、太疯狂了。或者也有这种可能？这个念头本身就很离奇。

隔着老远，我就看见我的同事咬着牙，摇着头。看来他从技术的角度寻找原因未果。我从他不抱希望的表情看得出他同样也没有期待我给他带来好消息。“适者生存”，当我严肃地问他是否同意我的这个观点时，他格外惊诧。我稍作停顿，给他反应的机会。

他很茫然地问我：是不是暗指我们搞不定这台机器，要考虑重新找工作，而不是寻找问题的原因？

“恰恰相反，”我低声说着，走近他，将一只手搭在他的肩上，“你能想象这条理论同样适用于动物吗？动物们能不能形成更高的智商？能不能进化到理解复杂的技术流程，从而知道干扰哪个部位能阻止整个生产设备运作？”

他目瞪口呆地盯着我，就好像我刚刚问他猪在冬天要不要往南飞。我必须承认我的推测很不理智。

他醒过神来，闭上张大的嘴巴，眼神游离在虚幻的世界中，问我：“所以你认为鲸鱼和海豹搞了破坏？这是你刚说的内容？太荒谬了！”他不禁笑起来，“还有，你认为这些愚蠢的动物们是如何搞破坏的？”

我给他一些时间，让他消化一下我刚刚告诉他的疯狂想法，也让他那意料之中的反应慢慢平息。他平静下来后，重重地咽了一口口水，仔细看了看我，似乎看出我不是在开玩笑。

他说：“好吧，我们来杯咖啡吧，边喝边聊。”

“没问题，但是同时我们要想想那些动物可能发生怎样的变化，我们应该考虑周全。”

第三章　为什么进化改变了这些动物？是如何改变的？

亲爱的读者，尽管您心里会暗自揣测：我们在工作时有太多的咖啡休息时间，在此我还是想借此机会澄清一下这个问题。

众所周知，这是一件令许多老板生气的事情——我不确定我的老板是怎么想的，因为我总是在外出差，他看不到我喝咖啡。从比较公正的角度看，有这种心态的老板虽说不上愚蠢，大多也是目光短浅。不过，事事有限度，每个工作日两次、最多三次咖啡休息时间足够了。不过这种休息并不是坐着将脚跷到工作台上，啃着三明治那种传统意义上的休息。

我更喜欢称这种休息为“创意 5 分钟”，五分之四的时间都是在讨论工作（这是老板们都不愿意承认的一个事实）。例如，同事之间相互协调下一步该干什么，或者相互讨论如何更好地处理目前遇到的问题。

相互之间交流意见的作用不可小觑。且不说这 5 分钟会不会全部用完，更别提人为地延长休息时间了。有时咖啡才喝到一半，你忽然灵光闪现，立即就想去试试。

才休息了 2 分钟，我们就确信如果我们做了足够的研究，从整体上调查问题，才能解决冷却水泵的问题。不是为了做事而做事，弄清楚关于动物的基于直觉的想法，我们决定使用系统的策略，一步一步来。我们不得不抓住敌人的尾巴，不管是谁，他一定做得很巧妙。

感谢现代科技，使用三个 W，在广阔的网络世界任我遨游。我按下了电脑的开机按钮，等待电脑开机的时候，我想：“操作电脑和操作潜艇一样，一旦你打开第一扇窗，所有的问题就开始了。”

首先，我们想找出过去是否有动物故意阻碍或实际阻止了人类计划实施的具体攻击案例，因为我们的问题发生在一艘船上，那么就集中调查海洋动物。我们搜到的结果都是这三个词——本能、随意、无知。

我输入第一个搜索关键词："动物对渔船的破坏"，轻轻一点回车，确实与破坏有关，但是和动物们无关。我搜到一本书《水下代理》（《Agenten Unter Wasser》）的出版通知，作者迈克尔·荣格（Michael Jung）在书中描述前特工和德国国防军突击队员——蛙人弗里德里希·胡梅尔上校（Major Friedrich Hummel）的英雄事迹。

仔细阅读才发现与动物有一些关联：就像你预料的特工那样，线索巧妙地隐藏在他的姓氏中。胡梅尔[1]"二战"时在西班牙南部海岸摧毁了一整个舰队。

当我输入第二组关键词："鲸鱼、海豹、技术技能"，突然我同事说"白鲸！"

"谁？"我心不在焉地问道，敲了一下回车键。

"你知道的，亚哈（Ahab）船长和他猎杀白鲸的故事，还有海员伊什梅尔（Eshmael）和满身刺青的鱼叉手奎格（Queequeg）。"

"到底这些虚构的人物和我们的泵有什么关系？"我果断地打断了他。依我的观点看，他的话跟本案风马牛不相及。

"作者赫尔曼·麦尔维尔（Herman Melville）。"博览群书的

---

[1] 在德语里是大黄蜂的意思。

同事告诉我，除了作者自己当过海员之外，他的这部代表作是受到一艘捕鲸船沉没的启发创作的，那艘船在遭遇一只巨头鲸撞击后沉没海底。我根本没注意听，他说完之后我只记得两个词“巨头鲸”和“撞击”。于是我很快打开了第二个搜索窗口，输入“白鲸”，但是我根本没期望这个世界闻名的白鲸故事能提供什么线索。

1841年，这本小说问世的十年前，麦尔维尔遇到舵手欧文·沙斯（Owen Chase）的儿子，使他对鲸鱼造成的船难产生浓厚的兴趣，当时年仅16岁的威廉·亨利·沙斯（William Henry Chase）将他父亲的一本书送给了麦尔维尔。他父亲是一艘美国捕鲸船上被巨头鲸袭击而沉没后的幸存者，后来麦尔维尔写下了这个举世闻名的毁灭性的故事。我们将注意力转移到楠塔基特岛的艾斯克斯（Essex）号上。

1820年11月20日，与赤道平行，太平洋的中间，鲸鱼交配的区域，艾斯克斯号的警卫喊出了大家盼望已久的消息：“它在那儿喷水！”波拉德（Pollard）船长命令船员将四艘小船放到海里。

正要捕杀之际，一艘小船遭到一头巨型鲸鱼袭击，波拉德船长命令所有的小船返回，惊恐万状的船员们使劲儿划船，他们亲眼见证了这头被激怒的鲸鱼为了捍卫自己的领地，如何两番撞击大船，以至于船板破裂，海水渗入船中，重达238吨的艾斯克斯号就这样沉没海底了。

从沉船上抢救出来的东西很少。船长仓促安排捕手们把一些饮用水和压缩饼干转移到救生艇上，驶往三千英里外的南美洲海岸。此次历程的起点是深海中央，历时93天，21人中仅有8人幸免于难。饮用水和压缩饼干吃完之后，他们破了禁忌——吃掉了饿死的同伴。

接着我又点开了一些链接，发现虽然这是最著名的捕鲸船遭袭击的事件，但是却不是唯一的。历史上还有大量相似的例子：1835 年，普斯号（Pusie）被一只战斗鲸鱼袭击；三年后，将军号（Two Generals）被袭击；1850 年，风中奇缘号（Pocahontas）遇难；第二年，也就是《白鲸》出版的那年，在 31 年前艾斯克斯号遇难的同一片海域中，安·亚历山大号（Ann Alexander）也遭到袭击。

“哎哟！疼！”这是我试图想象一头鲸鱼用脑袋撞击船体的第一想法，那得把几厘米厚的橡木板撞得粉身碎骨呀！

“为什么到了 19 世纪中期，鲸鱼袭击渔船的报道就没了？之后难道没发生过吗？”这是我那位善于分析的同事的第一反应。

我接过话头：“换句话说，那之后发生过什么变化？”他又道出了一个事实，国际捕鲸业的全盛时期一直持续到 20 世纪三四十年代。

“当然！”我灵光一闪，“19 世纪末之后，造船就不再使用木头，而是用耐磨钢，比木头硬多了。”

我这位业余航海家同事说：“太对了！”我接着说：“如此一来，鲸鱼们就要头疼了。”

我们的脑细胞瞬间激活了，一个想法接着一个想法，随之而来的是一连串的研究：从抽象的想法到奇异设想和哲学痴语，促使我们快速找到了解决方案。“老板，这杯咖啡又喝得很值啊，意义重大啊！”

当人们后来改用钢材建造渔船，被追捕的鲸鱼认识到，即使脑壳再硬，也不可能穿透几厘米厚的钢板。有史以来第一次，鲸鱼在人类面前感到有心无力。但是，它们也不想就此简单放弃。

它们只有一个机会（如果将物种灭绝考虑在内，就有两个），为了防止最坏的情况发生，它们必须做出改变，迅速改变！进化论也说了，适者生存。不能适应环境变化的生物将最终走向灭亡。那么，鲸鱼们应该做何改变呢？

“更坚硬的脑壳！”这肯定是大多数头脑简单的鲸鱼们的第一想法，它们还希望头上再长点什么出来。“像犀牛，头上长着锥形的角。有了这个角，刺进钢板中的机会将会大增。”希望如此渺茫。

然而，根据鲸鱼过去从陆地动物演变为海洋动物的过程来看，身体方面的进化需要等待几百万年，它们不可能等待如此漫长的时间。别无选择，只能再想辙。它们的脑袋不能只用来吃饭和撞船，更重要的是思考。鲸鱼必须学会使用大脑，为了生存，它们不得不好好思考，像人类一样有复仇的概念，不从正面迎击敌人。简单地说，它们必须变聪明点，三思而后行。

而且，它们大脑的重量使这种进化变得可能。人类的大脑平均重量只有1.3公斤，而鲸鱼的大脑足有9公斤。除此之外，智力增长的条件也是具备的，纽约西奈山医学院的两位精神病学家艾斯特尔·德尔·古特（Estel van der Gucht）和帕特里克·霍夫（Patrik Hof）在学术期刊《解剖学记录》上发表了一篇科技文章。通过研究一头成年座头鲸的大脑，科学家们发现一种神经细胞，这种细胞同样存在于人类的大脑中，主管学习过程。所谓的梭形细胞在大脑皮层形成复杂岛屿，形成与思维过程相关的部分。这些模块结构负责神经元之间快速高效的交流。

令科学家们更为惊奇的是，早在3000万年前，这种细胞就已经出现在鲸鱼的大脑中了，但在1500万年前才在人类的大脑中出现。

“多么奇妙啊，”我暗自想着，“这么多年来它们对自己的秘密武器浑然不觉，竟也能平静地活下来。在这点上，鲸鱼似乎比我们人类要先进几百万年。”

看了看手表，时间不多，得加快进度。是时候总结分析我们的发现了，并基于结果提出合适的策略，这要求有交错思维。记住：到目前为止，磷虾已经在罐中存放 3 个小时了，还有不到 1 个小时，它们就要腐烂，变得让人倒胃口了。要不惜一切代价阻止此事发生。

经过研究，我们一致认为鲸鱼具备理解技术相关性、推导单个程序以及将程序各个击破的所有能力。

“一切都暗示着，我们遇到了某种状况。”我意味深长地跟同事说，他正坐在我旁边，陷入沉思，刚刚他还通过观察孔向海里看了一阵子，此刻，他咬着下嘴唇，门牙从嘴唇上咬下了一块皮。我轻轻推了推他，问他是不是还在地球上呢，他转过脸看我，大拇指托着下巴，食指放在鼻子上，他说：“假设你说得对，我们是遇到了某种状况，那么我们应该找出鲸鱼是如何获取技术知识的，它们如何在这么短的时间里获取到的呢？毕竟，从 1850 年到现在，也不过 160 年。”

“这点时间对于进化而言，就是一眨眼的工夫。”我补充道。然后，就好像划船比赛的准赢家在比赛的最后关头折断桅杆输了大赛一般，我们都默然无语。

“蛙人！”他脱口而出，吓我一跳。我又完全不知道他要说什么。

“众所周知，鲸鱼能轻轻松松游很远，彼此相隔数百公里也能交流。想想吧，可能早在 19 世纪，鲸鱼就已经开始建立全球信息网络，那时它们意识到时间不多了，要赶紧开发智力。”

他停顿了一下，像一名老师看着茫然不知的学生那样看着我，他接着说：“这是基于它们的神经交流系统——声呐传递低频率范围的声波。如此一来，高效的经验交流就开始了。”

“类似我们喝咖啡的创意5分钟。”我接着说，对他的聪明反应我感到有些无地自容。

“对极了，毕竟，我们生存在一个自私的世界，每个人都为自己，时不我待呀。等待绿色和平组织的救援或者缓慢的进化显然行不通，唯有奋起反抗，喊着口号‘我这么做是因为我能做！’”

“你怎么那么确信鲸鱼从它们的信息网络中受益了？”我问道，感觉自己又完全投入了，“你不会是相信……”

“是的，我是相信，”他回答道，把每个词都说得很慢很清楚，“这个网络使鲸鱼将之前从蛙人那里得到的知识进行共享。伪装得很好，谁会怀疑鲸鱼是间谍？大西洋的鲸鱼能自由观察运转中的技术、工序和行为模式。通过声波，将了解的信息传递给其他大洋的同伴们，而它们的同伴也将周围有用的信息传递过去。这个全球网络保证了每头鲸鱼的知识水平一致，一致进化了。”

我要被骂了！我惊奇于他所说的话，想叫他一起再喝一杯咖啡。

第四章　鲸鱼和海豹的反击

时间至关重要，我们也得做出改变，必须在没有创意5分钟的情况下迅速想出更多的内容，我们出奇制胜地做到了。我问他鲸鱼怎样将获取的知识用在咱们的冷却水泵上？

“这点理所当然啊，”他立马回答道，“但是我还是想提一下，它们唯一可能的袭击区域是水下，船体在水下，蛙人也能在不经意之间轻松破坏，像鲸鱼一样。”

“‘宝石号’的船体上还有什么凸出去了?”我立即抛出这个问题，确保灵感不至于枯竭。

“除了舵叶和船的螺旋桨，唯一凸出去的是……”

我故意打断他的话头，想表明我们的怀疑是一致的：“我们冷却水泵的开放式接口……”他又抢着说：“……目前不知道什么原因不工作。”

就像两只站在浮冰上的北极熊，我们都眉开眼笑。听到消息说为了防止极地冰雪的融化，工业国家已经极大地减少了 CO_2 的排放，一开始还几乎不可思议的理论——动物会对我们搞破坏——逐渐变成现实。这些都有意义吗？看似如此。

为了防止骄傲自满冲昏了头脑，我迫切要求尽快找出鲸鱼是如何试图对我们造成破坏的。

“你一直说的是鲸鱼，”他轻声说，“我们真的那么肯定只有鲸鱼吗？其他的海洋动物呢？我们究竟有多少敌人?”

我吃了一惊，点了点头。“兄弟，你说得太对了，我还没想到呢，要考虑和研究的实在是太多了，太狠了！我们没有多少时间了。”

“不要失去理智，”他试图安抚我，挽起袖子看了看表，“理论上还有一小时，我们兵分两路，你负责弄清楚动物们是如何造成破坏的，我试图找到更多南极动物的信息。”

“但要集中在那些有正当理由妨碍我们渔船的动物们身上，”我给出了节省时间的建议，“比如，那些以磷虾为主要食物的动物们。”

尽管时间紧迫，我们还是有条不紊地开始工作了。仅仅二十分钟后，我们就为这个开放性问题汇集了一些有用的答案。下一步，就需要拼凑碎片，呈现总体计划，希望有意义。

“你先来，”我说着，充满期待地看着他，“然后我会告诉你我是如何看穿敌人的诡计。”

“听听，听听！看起来你对自己的查询结果深信不疑呀！”他装作印象深刻的样子说。他不再调侃我，开始陈述他的结果。他又一次想到了进化论。经过演变和进化，某些物种就以摄取磷虾为主食。一方面，因为磷虾数量之多，似乎取之不尽，用之不竭；另一方面，是因为磷虾的繁殖速度惊人。

这也是为什么进化论使得须鲸用双颌吃磷虾，而不是牙齿，经过几十万年的进化，须鲸从上颌向下长出400根须板，结构坚韧。当须鲸张大嘴巴游过磷虾群时，吸入了大量的水分，这不是它们想要的。一旦它闭上嘴巴，舌头就会将磷虾顶在须板上，形成一张过滤网，将水和磷虾分开，将水排出。嘴里只剩下不掺杂质的猎物了，可以直接咽下去。

无独有偶，进化论同样在食蟹海豹身上起作用，食蟹海豹90%的食物是磷虾。它的牙齿表面有管状的间隙，当它闭上嘴巴，上齿与下颌间像七巧板一样纹丝合缝。海豹在吞下磷虾之前，将摄入的水通过仅仅2毫米的窄缝挤出，与鲸鱼的须板有异曲同工之妙。

第三个磷虾杀手是黑眉毛的信天翁，这是信天翁中个头最小的一种，翼展2.5米。它的翅膀非常出众，是进化和空气动力学的完美杰作，即便在风暴天气，也能在波峰上滑翔数小时，无须停歇。就这样，信天翁用其独特的鸟嘴摄取接近海面的磷虾，将摄入的水从鼻孔里喷出。

除了依赖磷虾生存之外，还有一个理由促使信天翁加入对抗渔船的战争中。它们可以为大量的信天翁遇害者报仇，有的信天翁撞上捕磷虾的渔船下的深海长绳钩上，掉进水里，不幸淹死。

我对他的研究进行总结，“我们总共要对付三种动物，须鲸、食蟹海豹和黑眉毛信天翁。好吧，很好的一个群体，”我开起了玩笑，“我们要对付的不是不莱梅镇的音乐家[1]，而是南极洲的破坏者。”

“别开玩笑了，”这位非常不耐烦的同事厉声说道，“告诉我你找出来的破坏阴谋。”

“好吧，和你不一样，我走了一条捷径，”我淘气地说，双手环抱后脑勺，“我没有上网查询，我坐下休息，闭上双眼，想象自己变成一条鲸鱼，正在寻找破坏冷却水水泵的主意，就像人类一样，我在大海里畅游，我变成的那头鲸鱼想向大自然学习。我想做实地调研，将免费得到的知识为我所用。正当我睁大眼睛游过一片暗礁时……”“说正题！”他打断我，由于鲸鱼的固执天生，我并没有听他的，继续说道：

“当我潜入暗礁，看到一头鲨鱼，有一条小鱼在它肚皮下游动。我很好奇，游到这奇怪的一对儿附近。我看清楚了，小鱼实际上不是游泳，而是明目张胆地将自己贴在鲨鱼肚皮上，看起来非常奇怪。我想知道鲨鱼有没有发现有东西抓着它。科学家们称这种小鱼为鲫鱼，在德语方言里，人们习惯叫它‘船的底座’。这让我们又想起了进化论，第一个背鳍进化成吸盘，从而使鲫鱼能吸附在大型海洋哺乳动物身上。”

我说话的时候，他一直不停地用手敲击着桌面。我没有按他

---

[1] 《不莱梅的音乐家》是格林兄弟的一部童话，讲的是四只不幸的弱小动物到不莱梅镇去做音乐家的励志故事。

说的加快速度，他肯定已经意识到赶一头鲸鱼是没有意义的。

“我心里这么想着，看着眼前的这特殊的一对儿，鲨鱼游向‘宝石号’，而我这头鲸鱼就学会了这条小鱼的做法。”

“我想我明白你的意思，”他打断我，“但是为何鲸鱼要吸附在‘宝石号’的船体上呢？”

“鲸鱼不是吸附在船体上，而是待在那儿，待会儿我再告诉你。记住啊，当我变成一头鲸鱼，我不仅仅能观察水下世界，还能询问我的海洋伙伴有何妙计对抗人类。”

“你这个王八蛋！”他像着了魔的杰克盒子似的跳起来（杰克盒子的设计理念取自一款常见的整人玩具，即打开盒子弹出小鬼的装置），拍了一下我的胳膊，“继续啊，再接着讲！”他快速说着，满脸期待，屁股挪到椅子边上了，双肘放在桌面撑着下巴。

“有了鲸鱼这层外衣的掩护，我从一只喋喋不休的海豹那里知道了不少事情，海豹一直说个不停。三天前，在南奥克尼群岛延伸到海里的妮维雅冰川（Mount Nivea）上，召开了一个简要会议。会议议题是‘冷却水泵的运行’，暗号‘堵塞密封’。”

“堵塞密封？”他重复道，额头的皱纹形成了一个大大的问号，“什么乱七八糟的？”

“别急。”我带着鲸鱼特有的镇定继续我的叙述。

“这头海豹告诉我，参会的动物肯定特别多。每个都是双鳍或者双翅撑地而立。海豹将肥肥的身躯贴在冰面上；信天翁在冰川的边缘上站成一排，用鸟类的视角观察着下面发生的一切；鲸鱼在冰川入水处伸出脑袋。每个物种各就各位。”

“就像你所做的调查那样，”我借机夸了夸他，“对抗人类的成员有须鲸、食蟹海豹和黑眉毛信天翁。由于鲸鱼非凡的忍耐力和超大型的大脑带来的智力优势，理所当然地充当了三支特殊军力的领袖。它们的组合代号是SALT——海军、陆军、空军。它们的头号雄性首领脑袋特别大，毅力非凡，它是总司令。因为它那不同寻常的、希望头上长角的愿望，人称斯汀（Sting）。"

"哎……哎……等等，"他打断我，"别告诉我斯汀这个角色就是之前意识到脑袋不足以撞穿钢铁船体的那个笨蛋。"

"当那只海豹给我讲述这些的时候，我也是这么想的。世界太小，或者说，海洋太小。"

"你还发现了什么？没完没了啊！"

"那只海豹告诉我鲸鱼有一支无敌舰队，两翼有超速海豹护卫，虽说是归鲸鱼统领，但是却有自主发言权，而信天翁由于天生的禽类脑袋，只会奉命行事。全体鲸鱼和海豹一致认为，它们不能没有空军的支持。与海军相比，信天翁特有的优势在于它们能在海面上，甚至在'宝石号'的甲板上充当侦察机。人们不会怀疑潜伏的信天翁特工（UAA），毕竟，每天在渔船上看见海鸟就跟看见风和海浪一样平常。"

"真不错！我从没想过一头鲸鱼能有这么机智的谋略。"他感慨道。

"耐心点儿，好戏还在后头呢。舰队布置完毕，所有的动物都无异议，斯汀接下来想谈谈自己的破坏计划，这时，一头自以为是的海豹插嘴了，顺便说一下，她应该是安捷（Antje）❶的侄女。"

"真的吗？我们的电视明星安捷海象的侄女？两年前不幸去

❶ 安捷是德国汉堡动物园的一头太平洋海象的名字，数年来，她一直是德国电视频道NDR的吉祥物，于2003年去世。

世的那头海象?”他又一次打断了我的话。

“没错，像我刚刚所说，海洋太小了。好了，我们接着说，那头爱出风头的海豹提了一个激进的建议，很简单，就是破坏捕捞磷虾的渔网。听说她还目中无人地说，因为海豹经常跟着渔船吃白食，人类不会起疑心，只有像她这样的海豹才能胜任这项艰巨的任务。”

“聪明的亚力克（Alec）海豹有没有告诉你她要如何破坏渔网?她会不会像《X战警》里的休·杰克曼（Hugh Jackman）一样，从她的鳍中抽出6根收缩的骨爪?”他开了个玩笑，他对任何形式的骄傲自大都很反感。

“那头海豹肯定自吹自擂，她拥有流线型的身材，非常擅长游泳，是海豹中耐力最强的潜水高手。她像箭一般轻快，还有适应水动力的圆形嘴巴当前锋，能准确无误地冲进网眼。她身体微微呈现锥形，皮肤光滑，速度飞快，所以网眼很快就会被她撕开。据说这头海豹还吹嘘说自己是英雄家族的后裔，听说她的爷爷和外公在“二战”时期为瑞典海军服务，在艰苦的训练阶段，人类让它们去测探鱼雷，还学会了遇到敌方潜水兵时向瑞典渔船的船员发出警告的本领。”

“哇!”同事满脸嘲弄地说道，“这头海豹太高调了，斯汀首领什么反应?”

“据喋喋不休的海豹称，斯汀异常平静。很有远见的一个角色，外交高手。听说它举起鳍，对海豹表示感谢，拒绝了这个提议。它的决定应该是基于不久前企鹅汇报的信息，企鹅告诉斯汀，为了防止渔网被撕破，人类在很多年前就已经开始使用芳纶渔网。这就是为何被渔网困住的企鹅、海豚和海豹再不能脱身，只能悲惨地死去了。

鉴于这条有价值的消息，试图破坏渔网显得非常危险，甚至可以说毫无希望。还有，所有在场的动物们应该记得斯汀在会议开始就强调不论动物还是人类，‘堵塞密封’不会造成任何伤亡。”

“好吧，我放心了，”他略带挖苦地说，“斯汀打算如何破坏我们的冷却水泵呢?”

“我也是这么问那头海豹的，她很快回答道，斯汀的计划是一头鲸鱼或者海豹潜到‘宝石号’的船底，用一个鳍堵住管口，这样，自吸泵水管就不通了，泵不工作了，没有冷却水也就意味着没有磷虾加工了，多简单啊!”

“听起来是那么回事，它眯着眼睛，似乎想起了什么，它们的名字叫什么来着? 就是你之前说到的把自己吸附在鲨鱼身上的那条小鱼。”

“你很细心很聪明啊，”为了加强他的记忆，我说道，“背鳍上带吸盘的小鱼名叫鮣鱼，鲸鱼和海豹都没有吸盘的。”但是我有点太操之过急了。

“经过一番到‘宝石号’船底的实地调查，斯汀敏感地意识到，自吸管的末端是用圆锯切割而成，非常直，而鲸鱼和海豹的鳍呈一定角度，类似于飞机的机翼，因此自吸管的笔直末端实际上不能被鳍密封死。而且，斯汀还考虑到，如果这么做了，那头鲸鱼或者海豹就只剩下一只鳍游泳了，毕竟，它们不能像鮣鱼那样吸附在船体上前行。有了这个不利因素，它们就不能保证与渔船等速，由于水流的阻力，破坏者将会脱离自吸管，冷却水泵又要开始启动了，行动就失败了，斯汀不想冒这个险。听到这里，所有的鲸鱼、海豹和信天翁肯定地点着头，掌声雷动。

多亏了斯汀的天赋和敏锐的个人管理，大家又都统一意见了——堵塞密封行动必须一举成功。”

“然后呢？”他问。

“什么意思？”

“照你的说法，斯汀应该还有替代方案啊。”

“它当然有取胜法宝，我听海豹向我说着斯汀计划的口气，就意识到所有在场的动物都认为斯汀是个天才。当它在会上说起替代方案时，掌声雷动。就像大选后不久总统在办公室确认自己当选一样，斯汀自信地举起两只鳍，让欢呼的群众保持安静，开始详细描述它绝妙的替代方案。提醒你一下，据说它那光滑的面颊顿时沮丧起来。”

“出乎所有动物的意料，斯汀修改了会议开始时的一个说法，希望备受折磨的鲸鱼和海豹知道，是什么使得斯汀这么做。它一向说话都字斟句酌。”

“尽管你还没告诉我斯汀修改了什么说法，”我这位老练的同事打断我，“我想他立即修改了应急计划的执行，也许是那头全能型海豹的意外出现使他改变了主意。”

我又一次被他的聪明推理震到目瞪口呆，我可不想看起来像个肤浅的白痴，于是我无视他的观点，清了清喉咙，不让他看出我的诧异，接着讲我的故事。

“让人家惊恐的是，斯汀修改了‘堵塞密封’零伤亡的说法。遗憾的是，为了保证任务的百分百完成，必须牺牲一个，仅此一个。

底下议论纷纷。健硕的鲸鱼们低声说着；信天翁也在叽叽喳喳，紧张地扇着翅膀，这支空军看起来非常混乱。海豹们安静地猜测着斯汀说牺牲一个，到底指的是谁。是它们鲸鱼中的一员？或者剑走偏锋，要牺牲一个人类？

‘不过话说回来，’这头海豹很随意地说，‘谁会考虑人类呢，他们也不会考虑动物们啊，听到企鹅说的没，他们用芳纶渔网。’

尽管做了声明，斯汀又一次试图用双鳍安抚警惕的群众。大家安静后，它故意拖延了几秒继续后面的话，它的言语清晰，很有说服力，每个在场的动物都知道再没有 B 计划了，他开始一脸严肃地讲述技术细节。

去‘宝石号’探险时，斯汀注意到 DN600 不锈钢冷却水自吸管内径 598 毫米，壁厚 6 毫米。不圆度的平均缺陷为 14 毫米，海豹跟我说，斯汀强调了一遍不圆度，同时向浮冰上的海豹投去短暂而审慎的一瞥。

为了使大家全面理解整个形势，斯汀让所有在场的动物们想象一根试管，锥形橡胶塞密封。鉴于塞子的灵活性，塞子把管口塞得很严实。

斯汀又稍作停顿，当它的听众们有足够的时间想象塞住的试管时，它又向海豹那边看过去。然而，这一次，它非常仔细地看，仔细看每头海豹的外形，一个接一个……

这头海豹还说，斯汀的眼神意味深长，让很多海豹们心神不安，它们紧张地用双鳍在水中沉浮，局促不定地四处张望。

像过了几个世纪一样漫长，斯汀终于用深思熟虑的一番话结束了这压抑的气氛，它指出，要说起肥胖的锥形身材，每只海豹的外形都差不多。它们身手敏捷，擅长游泳，能像鱼雷一样准确无误地击中目标。据说斯汀也承认当然存在一些小区别，有一只海豹的体型比别的海豹更好。仅有少数海豹天赋异禀，能将身体的优势发挥到极致。天生我才必有用，它们人生的唯一目标就是将特殊才能和自我奉献的勇气有朝一日投身于大家共同的利益，并为此感到无上荣耀。它并没打算表扬在场的海豹们的个人才能，这项英雄壮举只能由一只海豹来完成：最优秀的那个！幸运的是，就在它们当中。

听到这番模棱两可的话，周围死一般的寂静，大家连大气也不敢出，连在水面上跳舞的风和浮冰都屏住呼吸，没有海浪敢在这个时候撞击伸进海洋中的冰舌。

尽管每个在场的动物都能猜出谁将为此事做出牺牲，仍然提心吊胆。大家似乎都想知道接下来会怎样？显然，大家都在等待一个征兆，等待那只毛遂自荐的海豹将注意力吸引到自己身上。尽管没有公开点名，但现场的寂静让她压力巨大，无法喘息。如果她不想让自己出洋相，这头被斯汀巧妙而间接提到的海豹，别无选择，只能立即自己站出来，尤其是她刚刚才吹嘘过自己的技能——尽管没人要求她这么做。于是，得到命运垂青，她的‘资格’完全符合斯汀的计划。完美契合，天衣无缝。或者，在这件事上，可以称之为‘海豹和自吸管’。

实际上，除了那只海豹，所有在场的动物都松了一口气，称心如意。非常不幸地，她还不能对这个锦囊妙计提出任何反对意见。”

“所以，如果我理解没错，”我的同事说，为了强调他的推理能力，他将一只手的手指捏在一起形成锥形，伸到另一只窝成圆柱形的手中，“那头海豹自杀式地将自己投掷到我们的冷却水管中，这样就像是试管塞子那样紧紧地堵住水管。”

“就是这样的，伙计，‘堵塞密封’。你还记得要将一根非绝对圆形的管子百分百密封是很棘手的事吗，而且还会破裂。海豹高速冲进管子，尖尖的面部直击目标。当她锥形的身体突然击中导管斜口时，身上层层的脂肪受到野蛮的挤压而凸起，将不圆的密封唇边完全密封。太简单了，对不对?"

"斯汀真是了不起啊，它策划了整个破坏计划。那只自大的海豹也是相当不容易。那你知道她是如何将在场诸位的注意力吸引到自己身上吗? 还有她用什么方式表示赞成的?"

"当然! 听说她忧郁地考虑了一阵子，一句话也没说，悄悄地从浮冰上潜入水中，执行自己的最后一次任务。她清楚地知道需要做什么。她没有任何办法从棘手的问题中解脱出来，亚洲人会说她只有这样做，才能维护自己的尊严。面带微笑，从容面对死亡。说真的，代价太大了。"

"这么一个自我标榜的英雄，如此不体面地退场，告诉了我们什么?" 他问道，他那仔细观察的神情告诉我他已经找到问题的答案了。

"嗯，或许一个人最好不要在同伴面前多嘴多舌，报应来得很快。"

"而且，这个故事还告诉我们，" 他急匆匆地补充我的观点说，"暗箭伤人的告密者有可能披着友善的外衣。"

"你到底想说什么?" 我很认真地问道。

"我真的有必要向你解释吗，亲爱的伙计? 这位披着鲸鱼外衣在海洋里四处游动，阴险地利用自己的优势，从头脑简单的海豹口中刺探秘密的人?"

"哦，现在我知道了。" 我不屑一顾地摆摆手说道。他肯定认为我在装糊涂。尽管我貌似知道这种不合作的诱惑力，我也只是后来才意识到我内心深处在寻求表扬。

"想象一下，" 我不假思索地说道，眨巴眨巴眼睛，觉得自己真是聪明绝顶，"我从海豹口中探秘的时候，我对它真心表示感谢，还大方地许诺下次请它好好吃顿鱼。但是，当时我太忙了，我还有非常重要的事情要办，当然，我说的是修理冷却水泵。”

“你是个出色的人物，伙计！让我们假设现在知道问题的原因了，”他说，沉浸在任务成功执行的喜悦中，将跑偏的话题又拉了回来，“我们应该赶紧想出如何把海豹从水管中弄出来。”

“如果我们转动冷却水泵的方向会怎样？”我感觉自己像吉罗·吉尔鲁斯[1]一样，头顶灯泡的钨丝发光了，“不像平常那样从海洋中抽水到设备中，临时将剩余空气抽出，自吸管中的塞子会压缩空气，”我手舞足蹈地自信地说道，双拳握紧对击，“如此一来，就会产生很大的附加压力，”我又打开拳头，手掌相对，好似有一个西瓜在双掌中间慢慢长大，“最后，压力会变得如此之高，以至于海豹塞子像动物鱼雷一样被抛出来。”为这非凡的计划和对成功的确信而沾沾自喜，我咧嘴大笑，还夸张地用拳头击了一下舱顶。

“好，”他说，不为所动，看了看表，“如果我们想保住工作，真的要快点了，”他边说边用手指敲着手表的玻璃面，“再过 5 分钟，就满 4 小时了，你很清楚后面会发生什么。”

“我现在赶去楼下不锈钢的储罐那儿，从窗户向里边看看磷虾是不是已经开始腐烂。你去找电气工程师，他得换接线电极，还有，”当他半个身子已经冲出门外时又急匆匆地补充道，“留意一下戈兰（Goran），尽管已经晚了，我想我们还是应该将我们的计划通知他一下，他毕竟是业主方的项目经理。”

“行，行，首长，会照办的！”看着他一溜烟消失在门框处，我赶紧回答道，很快，我和他一样绝尘而去。首先，我想去找戈

---

[1] Gyro Gearloose，卡通动画《米老鼠》系列中的一只山雀发明家。

兰，但这并非易事，船上犄角旮旯太多了，迷宫一般的通道、楼梯和梯子。

事情比我想象中要容易。我在去上层甲板的路上，和他撞了个正着。这并不是巧合，他也在找我们。他，用典型的戈兰方式，扬着眉毛，问我为何 SMS 所供设备还不能运行?

我向他做了简要介绍，在此期间，他一会儿眉毛高耸，一会儿眉毛低沉，随后我热情洋溢地告诉他，整件事的解决方案掌握在他的电气人员手中，只需将两根细小电缆的接线互换即可。“没问题!”我边说边扭动耳朵，以此加强我的观点（这是我 8 岁时就掌握的特技）。

您肯定已经注意到我采用一个很舒适的策略。无可否认，一个容易预料到但也特别容易被多数客户所接受的策略:“犯错的永远都是不在场的人。”

戈兰的回答是一个好客户的回答，但绝不能传到我老板的耳朵里。概括一下，他说，当了 37 年的渔船项目经理，碰到过不计其数的怪人，听到过各种胡说八道，但是从来没听过这么一则水手奇谈。

“目前为止，这是最棒的一个!”他总结道，笑得像精神分裂似的，似乎把我当成愚笨的学生。他拍着我的脸颊，摇着头，将我推到狭窄的过道一侧，快步走上楼梯，去往机器甲板，他的笑声在冰冷的钢铁墙内长久地回荡。

不管您信不信，我非常骄傲。至少在那一刻。一个旱鸭子，第一次出海，却能讲出老水手听过的最棒的奇谈故事。很快，我就变得沮丧起来。戈兰丰富的经验和他的快速反应使我的希望破灭，寄希望于他的电气人员用一把从打靶场拿来的黄色小螺丝刀来解决我们所有的问题看来无望。

我闷闷不乐地走回渔船办公室，颓然坐在电脑前的椅子上。电脑显示器上还显示着鲸鱼和海豹行为建议的链接，鼠标在查询按钮旁边闪烁。我仔细回味着戈兰的话，考虑要不要追上他，说服他相信我们的故事，这样做是否有意义。不，我同事此时肯定在引擎室碰到他了，如果他单独说服戈兰会更好。

我正庆幸我采取的重要战略——遏制措施保住了我们公司的名声时，戈兰所说的“水手奇谈”又出现在我的脑海中。我听过却不知道其准确含义。

“水手奇谈”，我在电脑中输入这几个字，轻击回车键，衷心希望我同事马上回来，带给我两个愉快的消息。第一，储罐中的磷虾还没有腐烂；第二，戈兰很赞同我们的故事，即便这个故事对他而言简直是天方夜谭。

第五章　峰回路转

没有期待发生什么变化，我只是发现搜索引擎的速度比我同事快多了。

水手奇谈是指水手们讲述的号称是他们经历的故事。将帆布绑缚在帆桅上所用的麻绳是用旧绳子编制而成，因为在渔船上纺线是一件非常枯燥乏味的工作，水手们就相互讲述自己的经历。众所周知，他们的故事半真半假，处于真实与幻想之间。尽管语言和情节都很单调，却令人难忘。

有趣而多样的消遣可能是对手们愿意纺线的真正原因吧。

顺便说一句，在头脑发热时，我差点忘记告诉您。设备运行受阻是因为上游部分有问题，不在我们的供货范围内。在主要产品未就位之前，我们的机器就无法开启。也就是说在出海的前三周，我们只能耐心等待。

鉴于现在的航海技术，很幸运没有受到船长摆布，我们没有接到谢蒂尔让我们去纺线的工作，我其实挺伤心，大量的水手奇谈应该是正常海上航行的必要部分。

还有，既然我们谈到这个话题，最著名的当代水手奇谈的讲述者上了“橘色小老鼠”[1] 的节目后声名大噪。尽管毛发蓬松的蓝胡子船长和普通的航海鼠海因（Hein Blod）在旅途中经历的故事仅仅只是白日梦，依然在小孩和成人中备受欢迎[2]。

我的水手奇谈终于要到尾声了，衷心希望我的这份好心不会让我在老板和您面前失宠失信，我只不过是打发时间而已。好了，我要努力了。我同事刚刚在召唤我，设备的实施过程快要开始了。正如您知道的那样，不锈钢储罐中的磷虾马上就要表现出最不受人待见的一面：变成毫无价值的、粉红色的、黏糊糊的肿块。

第六章　土拨鼠日？[3]

迄今为止，一切进展顺利。设备的调度程序和控制器程序测试完毕，开始生产产品前的准备工作。到了见证几百万欧元价值

---

[1] 这是一档德国少儿节目，让人们发笑的同时向人们传递一些信息。节目自 1971 年起一直播放。

[2] 蓝胡子船长和航海鼠海因是德国作家沃尔特·摩尔斯（Walter Moers）笔下的两个卡通人物。

[3] 土拨鼠日，又可称为土拨鼠节（Groundhog Day），是北美地区的一个传统节日。每年公历 2 月 2 日为土拨鼠日，美国和加拿大许多城市和村庄都会庆祝。根据传说，如果土拨鼠能看到它自己的影子，那么北美的冬天还有 6 个星期才会结束。如果它看不到影子，春天不久就会来临。这个节日的意义是迎接春天的到来。

的时刻了，尽管没人说出口，现场异常紧张。在每一个甲板上，都感觉像是接到了鱼雷警报一样。

尽管气氛很紧张，我们这部分设备的准备工作井然有序、毫无障碍。锅炉持续产生过度压力，通过调节阀将压力减到需要的数值上，炉内的温度逐渐升高，转子开始旋转，我们开启冷却水循环，这是整个工艺中至关重要的一环。

我们知道难对付的旋转海水水泵的吵闹声有多大，塞着耳塞站在启动按钮前，我同事按下按键后，我们所期待的结果终于发生了……

南冰洋，南奥克尼群岛

南纬 60. 12°，东经 46. 37°

2009 年 7 月

丹　麦

小美人鱼

工作使我们远离三种罪恶：无聊、恶行和匮乏。

——伏尔泰（Voltaire）

（1694—1778）法国哲学家、作家

小小国家

如果一个矮个子虚张声势，假装自己比实际要高大，人人都会回避他，称之为讨厌的矮子。如果一个人超越自身，变得很伟大，会得到人们的赞许，称之为真英雄。一个国家真正的面积比它自身所承认的要大得多，那该怎么称呼它呢？在我找到更确切的词描述这种怪象前，暂且称之为“谦虚”吧。

我指的是丹麦，指的是（注意！那是它希望我们相信的）一个小小的、漂亮的、斯堪的纳维亚半岛南部的国家，就在我们德国的家门口，每年夏天成千上万的德国人带着装备来到这里消夏。

从最南端的法尔斯特岛（Falster）到最北端的斯卡恩（Skagen），丹麦全长不过 368 公里。从西边日德兰半岛的布洛万角（Blavands）至东边的埃特群岛（Ertholmene）也仅有 452 公里。埃特群岛又称克里斯蒂安群岛（Christiansø），是三个小岛中主岛的名字。事实上，您在此度假时，可以慢慢悠悠地睡觉、吃早饭，还能轻松地去这个国家任何您想去的灯塔，并有足够的时间探索这些灯塔，还能在晚饭前回到度假小屋享用晚饭，这说明我们认为这个国家很大是相当错误的想法：法国很大、印度很大、阿富汗、墨西哥和坦桑尼亚都很大，但是丹麦——绝不是！

我说的这个小小国家丹麦，从根本上说是一个超凡的国家，在很多方面甚至让世界上最伟大的国家都显得微不足道，实际上它的不凡超出了它的边界。如果您怀疑，我一点儿也不生气，请听我娓娓道来。

从地理角度来说，丹麦面积43094平方公里，远远小于其他国家，在197个国家中排名第130位。到目前为止，大家普遍认为丹麦很小，没错。

让我们假设您正在丹麦消夏，您不想在海滩闲散，计划穿上绑带运动鞋、背上帆布背包、拿起手杖，沿着丹麦边界走完一圈。丹麦这么小，您肯定觉得问题不算大。于是您开始行进，快乐地吹着口哨……

假设您一天走50公里，一周7天。除了能呼吸大量新鲜空气，脚底磨出许多水泡之外，还会无法向您的老板交代，因为您要花148天才能将丹麦7382公里的边界走完。由于您只请了14天的假，回家后会在您的邮箱里发现一封“立即解雇”的通知。您会突然拥有大把的时间，接下来可以再绕着德国边界走一圈了。我现在可以告诉您，以同样的速度行进，您只需花120天就能走完德国边界。尽管德国比丹麦大八倍，国土面积在197个国家中排第61位，领先丹麦69位，但是走完德国边界所花的时间还是少了28天。

揭开谜团：国土面积如此小的丹麦，边界怎么可能比德国长1300公里呢？很简单：丹麦由1419个小岛组成，而德国只有几十个。其中一个丹麦小岛是格陵兰岛（注意，这里就是俗称小小国家的丹麦大幅延伸之处）。没错，格陵兰岛！世界上最大的岛在地理上属于北极北美大陆，这点不错。然而，政治上来讲，就像法罗群岛❶一样，格陵兰岛是丹麦王国的很大的部分。丹麦面

❶ 一部分岛屿隶属于丹麦的一个海外自治领土。

积 43094 平方公里，加上 220 万平方公里的格陵兰岛，再加上 1396 平方公里的法罗群岛，丹麦国土面积排名将从 130 位提升到第 13 位，丹麦将会超过沙特阿拉伯、印度尼西亚、秘鲁、南非和哥伦比亚，而且比德国大六倍！当然，这仅仅是从政治角度来说。

让我们再回头简单看看它的边界总长，从政治角度增加了格陵兰岛和法罗群岛后，丹麦的边界长度排全世界第四。全长 52586 公里，仅次于加拿大（252684 公里）、俄罗斯联邦（57670 公里）和印度尼西亚（57546 公里）。好了，谁会猜到是这样呢！

然而，丹麦人并没有夸耀其国土大小和边界长度，而是聚焦日常生活的基本问题。比如，他们基本为全民都提供了工作机会，根据欧洲之星的统计，2008 年，丹麦在欧盟中失业率最低，仅为 2.7%。就创造就业机会的措施而言，丹麦是全球的榜样。

丹麦政府给每一位游客，不管老少，提供了免费进入所有文化遗址的权利，这也同样了不起。在首都哥本哈根，所有十个公共博物馆都是免费的！我至今到访过的约 60 个国家中，想不起来有哪个国家如此大方。在土耳其东南部的安塔基亚，古称安条克，我亲眼看见被称为梵蒂冈基督教最古老的教堂——圣彼得大教堂门票折合 7 美元。

大多数政府没有那么慷慨，却在历史某个时刻花大量纳税人的钱修建和维护纪念性地标。我们德国柏林的布兰登堡大门、法国巴黎的埃菲尔铁塔、英国伦敦的塔桥、希腊雅典的卫城、比利时布鲁塞尔的原子球塔、意大利罗马竞技场都耗资巨大。丹麦呢？丹麦人展现了智慧和远见，向全世界证明了盈利原理——“通过最小的努力，取得最大的效果”，这点同样适用于首都的地标。

自 1913 年落成之日起，“小美人鱼”（1.25 米长）就已经证明，吸引的游客如过江之鲫。象征之物的尺寸无足轻重，有哪个去哥本哈根的人不去看看小美人鱼呢？几乎不可能。

身形娇小的小美人鱼取得了与德国柏林布兰登堡大门、巴黎埃菲尔铁塔、罗马竞技场等地标性建筑同样的存在效果。与这些庞然大物之间存在决定意义的区别是它所需的维护费用却很低。除了在过去半个世纪内两次被游人砍掉脑袋、一次被卸掉胳膊、还曾被刷满油漆、扔进大海之外，小美人鱼并不需要人们劳神维护。

对小美人鱼定期维护，只需要一位有奉献精神的退休老人，拿一块柔软湿润的抹布，将海鸥留在她身上的屎嘎粑擦掉，否则她在每天来来往往的游客所拍摄的照片中会显得很不雅观（没人敢说小美人鱼看起来屎粑粑的吧）。

面对这种谦逊，我在想到底是什么成就了哥本哈根小美人鱼的成功？也许是这座雕像令人心碎的历史，它起源于著名的丹麦诗人汉斯·克里斯蒂安·安徒生（Hans Christian Andersen）。安徒生的生卒年为 1805—1875 年。据说安徒生一生仅深爱过一个女人，无奈他深爱着的莉葆·沃依特（Riborg Voigt）已经与他人订婚。与现在相比，这样的事在当年肯定很麻烦。为了给这段悲情画上句号，安徒生伤心之余写下了童话故事《小美人鱼》，而他的挚爱莉葆给他写了一封情意绵绵的告别信。安徒生将这封信放在羊皮口袋里，一生都挂在心脏的位置，死后才被人们发现。

三十年后，哥本哈根雕刻家爱德华·艾瑞克森（Edward Eriksen）受人之托，要将这个小人物打造成丹麦首都的地标。他选择了当时居住在哥本哈根的著名芭蕾舞演员艾伦·帕丽斯

(Ellen Price) 作为小美人鱼的原型。然而，她太害羞了，不想在这位艺术家面前一丝不挂地摆姿势，艺术家的妻子依琳 (Eline) 不得不顶替她。

当我与小美人鱼间隔适当距离，欣赏她那简单的美丽时，暗自想着，哥本哈根人应该非常高兴，艾瑞克森的妻子即便是结了婚，身材也没有走样，具有极高的欣赏价值。不然的话，将会是一只相当肥胖的海牛躺在石头上作为丹麦的地标，而不是温婉可人的小美人鱼了。

看着小美人鱼，我想，丹麦人非常谦虚谨慎，花自己钱的时候非常节制，这个观点总算有所佐证；花别人钱的时候，却异常大方。我不由自主地想到了丹麦人约恩・乌松 (Dane Jorn Utzon) 以及他在离家万里之外的大手笔。1957 年，这位知名的建筑师一夜之间变得世界闻名，他中标了悉尼歌剧院的设计。两年后开始施工，乌松的预算是 350 万美元。然而，基石铺完不久，预算的钱就花光了。澳大利亚不得不再筹资、再筹资、再筹资……

最终，项目在长达 14 年的工期和多次追加投资之后，总成本高达 5700 万美元，这差不多是乌松先前预算的 20 倍。但是，他给了澳大利亚人一座 20 世纪初最独特、最著名的建筑之一。不幸的是，当费用节节攀升时，没有人会对此真正感兴趣，超级保守的新南威尔士州州长罗伯特・阿斯金 (Robert Askin) 尤其如此。他希望乌松修改设计方案，但是这位丹麦人深信他的妥协会毁了他的作品，拒绝妥协。

阿斯金根本不想听到反对的声音，将乌松逐出该项目，指派一群年轻的澳大利亚建筑师快速、低成本地完成此项目。

当歌剧院全面对外开放，评论家和艺术家去欣赏歌剧时，发现这群年轻的建筑师犯了巨大的错误，负责人才不得不接受一个现实，乌松的担忧应验了。在我继续这个故事之前，让我们追溯到 1964 年，我想请您记住最后一段。

好了，让我们假设迈克·福尔摩斯（Michael Holmes）的流行歌曲《眼泪不会说谎》不是 1974 年问世，而是提前 10 年问世。让我们进一步假设，当时该歌曲已经风靡全球，而且奥托瓦尔斯也已经是一名明星喜剧演员了。那么很可能持怀疑态度的阿斯金会听到奥托改编的歌词，“Danen lugen nicht”（丹麦人不会说谎）。他或许会对乌松的异议给予更多的信任，悉尼歌剧院可能也会得到应有的设备和音效，评论家、艺术家和观众也会百分百满意。

比乌松建造这个伟大作品还早 30 年，在世界的另一端，丹麦的比隆德，有位奥尔·科克·克里斯蒂安森（Ole Kirk Christiansen）就已经在思考使用另一种可供选择的建筑材料。这位家具木工认为特别重要的一点是，不仅乌松这样的大男孩可以用这些材料建房子，他还想通过玩乐的方式培养小朋友们的天赋，于是木砖诞生了。17 年后，木砖演变成矩形的塑料块；九年后，也就是 1958 年 1 月 28 日，他为此获得了一项专利——备受欢迎的乐高积木诞生了。这个丹麦建筑许可上的名字“Leg Godt”（玩得好），从此开始了从比隆德小镇走向世界的成功之旅，不仅为孩子提供了创造性的消遣，还夺得世界建筑纪录，理所当然，最后被写进了《吉尼斯世界纪录大全》。

故事差不多结束了，您也累了。我们长途跋涉、开阔视野，穿越时空，见证了伟大建筑物的构建，现在吃点儿点心，犒劳一下自己吧。什么比较合适？我推荐一种典型的丹麦食品，也许你们当中有些人起先并不认为这是丹麦所有，而是德国版的《青蛙木偶秀》！幕布拉开，瞎子厨师将所有的食材丢到锅旁边或者丢过肩头，拿着锅铲摇摆，他唱着："smorrebrod（美味小三明治），smorrebrod，pom pom pom pom……"

准备美味小三明治的过程很简单，拿一片面包，全麦的、褐色的，也许是小麦和黑麦做的，撒上厚厚一层黄油和配菜。全凭个人喜好，配菜可以是鱼、肉、奶酪、冷肉、鸡蛋或黄瓜，或者什么都放一点，合理搭配。最后，再加一点美乃滋[1]、奶油酱或炸洋葱，您的美味三明治就做成了。您可以在丹麦特色快餐店或餐馆买到。价钱嘛——3 美元至 17 美元不等。

丹麦这个小小国家多么朴实无华呀，国菜就是美味三明治，一块黄油面包而已。

丹麦 卡伦堡

2008 年 7 月

[1] 一种西方甜酱。

海上航行，乐趣多多

说实在的，我的方向感很糟糕。导航系统简直就是我的福音，没有导航，我的一些客户不知要等多少天才能见到我。

到目前为止，不管老板派我到欧洲的哪个偏远角落，只要轻轻按一下启动键，一个极富魅力的女声就会准确地将我带到家门口。她会提前给出提示，告诉我什么时候在什么地方左转、右转、直行，避免我抓狂；在环岛上她告诉我从哪个出口出；遇到堵车时，她会及时告诉我绕行路线；在她最终说出："您已到达目的地"之前，会告诉我所需要的时间。

然而，尽管开着导航系统，我个人的迷路记录高达 480 公里，不可思议吧。(我知道难以置信，但是我对天发誓，确有此事!）这是我一年半前去拜访一位丹麦客户时创下的这个纪录。(快点，快点问我!）"喂，斯蒂芬，告诉我，你怎么会这么白痴?"

事情是这样的，从家出发前，我在导航系统中输入了目的地，但是我没有注意到这位女士将街道名称指定为靠近奥尔堡(Aalborg）北边的一个城市，而不是我想去的丹麦南部城市朱尔斯迈德（Juelsminde)。她一路引导我向北，最终我迟到了 5 个多小时。

我没有为自己的错误懊恼，而是有意识地思考一些无关紧要的事来打发时间，比如我给导航中的这个女士取名为苏西。她的声音很性感。您肯定记得德国版电视情感节目“相亲”（德语叫“Herzblatt”）。节目里，有个叫苏西·穆勒（Susie Muller）的人在每一轮问答后总结每一位选手的回答，帮助他们做出决定：“那么，汉斯·约尔根（Hans Jurgen），三个之中谁会是您的约会对象？一号约瑟法（Josefa），自给自足的乳类素食者，有自己的生态农场；二号真诚的克拉拉（Klara），您肯定是她的第一个男人；三号奥尔加（Olga），链球运动员，她偶尔会比较粗暴。来吧，汉斯·约尔根，是时候做出您的决定了。”

调查之后我发现，该节目开播19年后，在2006年，Grundy Light 娱乐公司将其停播。这也是为什么我相信苏西·穆勒可能在一家导航系统生产商那儿找到了一份新工作，因此可以对我以及其他成百上千的驾驶员说话。可不是吗，她做得多好啊！（如果您没什么印象，这儿有个链接 www. susi - mueller. de，何不看看呢？）

苏西不仅告诉我什么时候用指示灯，什么时候加速或踩刹车，在枯燥的路途中，她还激起我的性幻想。我喜欢体验不同的欲望。我迷茫地看着周围，自言自语道：“真该死，这个国家的这部分看起来很不一样。多新鲜呀！您真的走的是同一条路吗？”至少这时我知道苏西想再一次证明“条条大路通罗马”，而且她每条路都知道。

几天前这种情况再一次发生了，当我从一个丹麦客户那里返回时，去时860公里的路程，我确信我没有乘坐轮渡到丹麦最大的岛屿西兰岛。我如此肯定是因为在苏西的指引下，我经过了一条无比漫长的桥，难忘的大贝尔特桥，全长13公里。这是欧洲最长的桥，代表丹麦的最高海拔，两个巨大的桥塔入海27米深，高出水面 254 米。

所以，您可以想象当苏西突然告诉我 5 公里后，将要到达轮渡码头时，我是多么吃惊。啊？什么？轮渡？一开始我以为她和我开玩笑呢，很快我发现我排在长长的汽车队伍中，慢吞吞地向一艘泊在码头的白色大船挪动，汽车一辆接一辆地消失在敞开的船首门内。

我登上一艘渡轮，紧随着我前头那辆车，几乎快撞上它的后保险杠了，我感到异常吃惊和紧张。到达售票处后，我从金发女郎手上拿了一张票——嘿！她和我的性幻想对象苏西长得惊人地相似。在我的要求下，她给了我一张收据作为差旅费报销凭证，我回报她一个大大的微笑，慢慢地松了离合，很爷们儿地踩下了油门，又紧紧跟着前面汽车的屁股。一阵金属撞击声响起，“叮当、叮当”，不是我撞它的后保险杠发出的声音，而是一段锡板铺的坡道，过了这段坡道我到达了船内。

在下面，有五六个穿着亮黄色安全背心的人挥着手、开着对讲机，负责让每辆车都紧挨着排列，那势头像是要把 4 公里的交通堵塞缩短到 2 公里一样。

广播指示我们换到抵挡，关上引擎，拉上手刹。安全起见，这听起来空洞的通知来回播放，所有乘客要离开汽车，在长达 45 分钟的航程中，严厉禁止待在甲板下部。

我非常好奇上面等待着我的是什么，抓起笔和本子，下车锁车门。我根本没想过其他人可能去了哪儿，大步流星地往前走。尽管依稀感觉忘记了什么，也没有时间仔细想。

我穿过狭窄的、长长的没有舷窗的通道，低沉的脚步声在走廊中回荡；走过几道装有厚重铁门的上下楼梯（我猜是防洪闸门）。从我微微蹒跚的步伐来看，轮船应该是离港了。

途中除了一名拿着一把大菜刀、神色惊慌的菲律宾厨师（他可能误认为我是移民局的官员）和一名瘦削的、胡子拉碴、身穿油渍斑斑的制服、手拿大扳手的男人以外，我一个人也没碰到。其他旅客去哪儿了？真有点儿毛骨悚然。离开苏西后，我毫无方向感，只能硬着头皮前进。我决心每过一段楼梯再往上走一层，最终肯定会出去，不是船长室，至少也是有舷窗的甲板。总之，在水面之上。

我一层一层往上走，机油味儿也渐渐变淡，门明显变薄了。不是最开始那种厚重的全金属型，也没有完全密闭，看来我的计划奏效了。

问一个小问题：您是否有过这样一种感觉，就是滑冰两小时后，换下溜冰鞋，随后的一段时间，仍然感觉自己还穿着溜冰鞋？当我推开最后一道金属门时，就有相似的感觉，仍然感觉手臂对推开厚重金属门力量的记忆。随着重重的撞击声，我跌倒在渡轮服务区的地面上，这时我已经顺着楼梯爬到了用餐区。这是乘客欢乐的场所，大家奇怪地看着我，似乎我头上坐着一只呱呱叫的青蛙。

恢复镇定后，我发现对面墙上有一幅镶框的照片，是高角度鸟瞰拍摄的，照片显示一艘白色的大型渡轮畅游在海面上。看了照片的标题，我才知道我登上的这艘渡轮叫 FS Schleswig Holstein，142 米长，由 Scandlines 船舶公司所有，航行路线被称为“鸟径”，连接罗比和普特加登，也就是丹麦洛兰岛和德国费马恩岛。

据说，该渡轮满载时可以安置 1040 人，我是其中的一位。除乘客外，还有 40 名船员和服务人员。在 980 米长的汽车区，汽车紧挨着停放，还有 625 米长的火车区以及 118 米长的整辆火车。暂且忽略舷窗外的景色，我会很容易将自己想象成在比利时奥斯坦德的某个“带地下车库的购物中心”。

我对这艘船充满好奇，想知道它为乘客提供什么服务，于是走到咨询台询问。桌子后面的年轻人留着中分头，还蓄着蓬松的小胡子。就像小孩第一次圣餐礼时做祷告那样，他热情洋溢地回答了我的问题。他一口气背出了 FS Schleswig Holstein 上的全部设备和设施：一个旅游纪念商店、一个香水店、一间自助餐厅、一家小酒馆、一家咖啡馆，一家牛排餐馆，一间最大可容纳 24 人的会议室，一个举办特殊活动的沙龙（因为渡轮行驶时间的限制，可能不会超过 45 分钟），一间婴儿更衣室（适用于刚出生的婴儿），一个儿童小乐园，成人赌博机，汗淋淋的卡车司机用的淋浴房，一间残疾人洗手间，一个阳光甲板，当然，还有一台自动取款机。

这位摇摇晃晃的年轻人说了一大串，脸憋得通红，一面大口喘气，一面冲我微笑。他还告诉我一个事实，一旦渡轮离开 3 公里的边界，就到了公海，可以买免税商品了。换句话说，课税重的斯堪的纳维亚人将会得到难得的便宜机会，在渡轮靠岸之前尽情购买。

我在购物中心逛了一大圈后，享用着一杯从咖啡店打包的“卡布奇诺”。看着海鸥在微风拂面、阳光照耀的甲板上盘旋，稍作休息，我往海里吐了一口水。听到酒吧里传来一阵喝啤酒的人群的欢呼声，我知道渡轮刚刚已经进入公海：“海上航行，多么欢乐，海上航行欢乐多多，还能看见丹麦人趴在船舷呕吐——吼啦嘿嘿嘿，吼啦吼吼吼，吼啦嘿呀，嘿呀嘿呀吼啦吼……”

突然之间，人群中一阵骚动。船长大声地敲响了船上的铃，急促地宣布道：“哪个笨蛋将所有的防洪闸门打开后没有关上，大家必须迅速离开渡轮！船马上就要沉了。”

一分钟前，人们还在买香水和香烟，悠闲地喝着咖啡，吃着热狗，咕嘟咕嘟地喝着酒，唱着歌；一分钟后，气氛变得异常紧张，大家急促地走来走去。尤其是在连接甲板和长廊以及楼梯的门口，乘客们互相推搡着。从乱糟糟的说话声中，我依稀听到这么一句：“斯文，告诉我，您真的记得我们的车停在什么位置吗?”斯文迅速自信满满地回答道：“当然啦，梅特，跟着我就是，这边，E4 号停车甲板，第二排左边，非常靠前，11C 停车位。”

多亏了斯文和梅特，我终于记起来不久前离开我的车时，我到底忘记了什么。我还想起多年前在法兰克福机场，我是如何花大半天时间找遍每一层每一排每一个停车位，寻找我的车。我想强调一下，这种事情稀松平常。当它发生在一些脸皮薄的人身上，不好意思承认，也许会将迟到的原因归咎于他人：“亲爱的，你回来路上还愉快吗?”

“怎么这么问? 当然愉快了，亲爱的。很棒，除了该死的飞机又晚点两小时。”

那次我也忘记将停车位的号码记下来，忘记将停车区的字母和停车位的数字写在我的车票背面的小格子中。我一面找，一面暗暗对自己发誓，这种蠢事以后绝对不会再发生。伙计，我错了！

重新评估了形势后，我稍稍缓和，告诉自己法兰克福机场的停车场里的车，比这艘 142 米长的渡轮上的车要多多了。这艘渡轮周围没有其他的停车场，而是被水围绕，最多 2 个小时就能找出来。于是我加快脚步，通过狭长的走道，上下楼梯……

我还没走出 3 分钟的路，就听到空洞的扩音器中强有力的声音在厉声播报通知："车牌号为 FB－ZW－621 的车主赶紧滚到您的车旁，停在您后面的车也想离开甲板。"

看见了吗，这就是把车停在机场的巨大好处：您爱找多久找多久。如果您想坐在马路牙子上休息或者走回到机场咖啡馆坐坐，抑或打车回到家恢复精力第二天再来找的话，您都不会妨碍任何人。没人会赶您走。重点在哪儿？您绝对不会妨碍任何人。而在渡轮上就不一样了。汽车不仅左右紧挨、前后也紧挨着停放。说得更明白点儿，如果您不幸把车停在后一排，您前面那辆车的车主又恰好不能立马找到车的停放位置，您就得被迫等待。我就是"前排"中的一员。

第一次播报后，又过了 2 分钟，熟悉的声音再次响起。这一次听起来更加咄咄逼人，用了一种强调语气，想让我明白没有任何时间开玩笑了："正在跑来的保安已经不能控制乘客的混乱局面。同时，暴徒们正拿着星形套筒扳手和千斤顶，声称首先要对车牌号为 FB－ZW－621 的车施暴，然后就轮到车主那个笨蛋——要是他真有胆出现在车旁。"

我胆战心惊，握着手机，只要我的嘴巴和鼻子里没插针头，我就能说清楚。我想告诉老板，我可能会比预计时间晚回公司，一群暴徒正在计划先毁掉上了伤害险的公司车辆，又痛击了我这个买了健康保险的员工。正当我准备拨号时，听到了微弱的声音，好像是喇叭声。我停下来仔细听。没错！我真不敢相信自己的运气，想都不用想，我抬起脚，大步流星地朝着喇叭声走去，那声音听起来像音乐一样动听。我一溜小跑地穿过狭长的走道，上下楼梯，碰到了菲律宾厨师和满身油渍的机械工人，推开一道厚重的金属门，像一位在沙漠里快渴死的冒险家，步履蹒跚地来到停车甲板。我直接落入气愤的暴徒之手，他们用星形套筒扳手和千斤顶迎接我。

正当人群要扑过来时，一个人认出了我："伙计们，等等。这不是刚才那个奇怪的家伙吗？那个头顶上坐着一只呱呱叫的青蛙的怪家伙?!"

抓住这一幸运时刻，我像连任的总统一般，举起双手感谢等待我到达的每一个人，感谢鸣笛的人。有了他们对我听觉上的帮助，我才能在10分钟内准确定位我的车。

在心情无比酣畅快乐之际，我最终做了一列汽车的领队。我进了车内，再次向人群挥了挥手，双手握住方向盘，调整座椅，在后视镜中调整笑容，转动打火钥匙。说真的，我享受每一分每一秒。同时，我的苏西立即说道："您到达标记路线后再开始导航。"

"嘿，为什么突然之间是这种鲁莽的口吻?"我质问地回复她。意料之中，她没有回答我。要不就是她在短暂的海上航行中也丢失了方向感，这点不大可能；要不就是她在发脾气。慌乱之际，我忘了问她是否想加入我的冒险。"妇人之见！"我默念着，摇着头，吱吱嘎嘎地从舱底开上坡道，衷心希望赶紧到达有路标的地段。

丹麦 回家途中

2008年7月

言必信，行必果

劳动人民总是在思考什么工作既舒服又简单，这也许是人类的天性。比如，我们来看看木工的生活。在不远以前，天真的人们想去做学徒工，人们会告诉他进入木材行业能够谋生："来吧，孩子，别那么傻！考虑考虑，木材行得通！"

在文艺复兴时代，有谚云：木头不会向刨子寻求帮助，金属也不会找锉刀帮忙。迷茫的人们站在街头，幻想被残酷的现实摧毁。放心吧，他无须在没有协助的情况下干活。人们迫切需要新思路。

"没问题！"广告高度肯定和赞扬最新技术成就："工具！"它们会帮助那些被堆积如山的工作折磨的员工变成多面手的工作机器。至少厂家是这样承诺的，他们告诉客户，也就是我们雇员和老板，使用他们的"工具"，工作效率将提升好几倍。换句话说，在时间严重不足的情况下，可能完成更多的工作，更快捷，更高效。

"耶！太棒了！"我听到我老板欢呼雀跃，围着桌子欢快起舞。"要做的事情很多，我们赶紧弄这几个地方吧。"

不瞒您说，我不擅长一心二用。真的，我很可能永远也学不会这点，不过我尽一切可能掩饰这个缺点，尽量不为人知，尤其对我们老板。尽管我有这个缺点，我敢再问一次先前问过无数遍的问题：“过去我们的（工作）世界是如何运转的?”我的意思是，在一个我们对“木材行得通”深信不疑的年代，在手机、邮箱地址、数码相机、平板电脑、数据管理软件出现之前，没有这些在我们职业生活中必不可少的工具，怎么可能建造幼儿园、摩天大楼、化工厂、大教堂、火车站和桥梁？没有 CAD 系统、图像编辑软件、扫描仪、彩色激光打印机、电脑小窗，在个人能力所能及的范围内，怎么勾勒出诸如科隆大教堂、吉萨金字塔、泰姬陵、埃菲尔铁塔、帝国大厦这样宏伟的建筑典范?

让我们想想当时亚洲最复杂的寺庙建筑群之一，比如吴哥窟的修建。没有幻灯片，负责建筑师如何将自己的观点呈现给客户？他们在 1000 年前开始修建时，缺了当下在项目经理中备受追捧的 Excel 进度列表，吴哥窟的项目经理如何控制工作进度呢？没有数码相机，怎么用文件证明分包商所犯的错误呢，这是 21 世纪项目现场经常出现在索赔报告中的证据？怎么记录未完成项列表（LOP）或者会议记录（MOM）?

从前，我指诺基亚时代之前，出差的商务人士怎么可能向办公室的秘书、家里的妻子还有等在机场出口的情人传递紧急信息：他已经到达偏僻的小地方，正在排队等行李？没有 Outlook Express，从前的职员如何传递预约行程、损毁报告、将下次会议的邀请发给隔壁办公室的同事呢？人们可能会用 Word 吗？我指真的用嘴说的词语？人们真的会相互交谈吗？在没有送至、抄送、暗送和发送按键时，是否也这么平常地将重要的和不重要的事情通知所有同事和上级、所有亲戚、朋友、远的和近的熟人？如果是，他们怎么做到的？是发传真或者邮政信函吗?

换句话说，如今所发的邮件数量与前互联网时代相当吗？在我的记忆中，从来都没见过一个邮递员被迫骑着负载很重的骡子从一个邮筒赶到另一个邮筒，每天派送大量的信件。远非如此，现代的邮递员都骑着轻便的自行车。

老板让我前往丹麦，执行一项重大合同，担任项目经理的左膀右臂时，所有这些想法涌入了我的脑海。他一面要满足客户要求，一面从一个会议赶赴另一个会议，同时还要管理分包商。他的同事和他本人还想将我改造成多面手，最终以失败告终。为此，我做了一个大范围的调查。

我选择参与者的唯一标准是要有很多年的工作经验。也就是在此时，我开始向来自不同国家的人士，比如德国人、丹麦人、波兰人、斯洛伐克人、克罗地亚人和瑞士人以及不同职业，比如钢铁工人、工程师、管道工人、脚手架工人、项目经理、焊工、抛光工和负责电气的同事询问同一个问题——在过去，工作是怎么运行呢?

“Wie funktionierte unsere (Arbeits –) Welt eigentlich fruher?”我这么问德国人。

“Hvordan var vores arbejdsliv egentlig tidligere?”我问丹麦人。

“Jak walsciwie funkcjonoalo wczesniej nasze srodowisko pracy?”我问波兰人。

“Ako vlastne fungoval nas praconny svet predtym?”我问斯洛伐克人。

“Kako je funkcionisao nas radny narod jednostalno ranje?”我问克罗地亚人。

最后我问瑞士人：“Wi fungzionierd ussi Buezerweld eigendlig fruener?”

我几乎收到了同样的回答：

“过去的一切都更好！”

“为什么呢？”我问，对这一落入俗套的回答提出疑问。“毕竟，你们装备了如此众多的、精美的新工具，是想要让生活更简单一些。”

他们开始回答我的问题时，我从他们的声音中嗅到了一种怀旧和不情愿的味道。

“好吧，在过去，你在工作上遭受的磨难大多来自身体。确实没错，你得挑起更重的担子，被压得直不起腰来，背部和膝盖疼痛难忍，还要继续前行。然而，如今，疼痛转移到了大脑，精神压力更大。现在，再没人有多余的时间分给任何事和任何人。换句话说，时间不再属于你了。首字母缩写 ASAP（As Soon As Possible）在如今为人们熟知，在每篇日记上都有最高优先级：ASAP——越快越好。”

在受访者中普遍流行又很难说清楚的一个观点是：在过去，人们更愿意承担责任。错误发生时，人们会凭借多年的职业经验对错误进行说明。人们很自然地这么做了，无须考虑事先签订免责合同条款。你兑现了承诺，坚持你所相信的东西。如今，如果你想表现诚实，首先要想想是否能保住你的饭碗。

在过去，人们口头做出决定，恪守承诺！人们信守承诺，说话算数，否则就会受到惩罚。做事的时候不用顾虑重重，总是想着“如果”和“但是”，也不惜成本。然而，今天人们工作时恪守的格言是：要尽量保存书面文件，如果是打电话就查无证据了。

我非常抱歉我不能为您提供更愉快的调查结果，也不想扫了您工作的兴致，我建议做这样一个妥协：就像在过去，不是每件事都美好一样，现在有些事已经很美好了。

我们的项目经理在丹麦现场这样教导我们，不要像末日预言家一样赞扬“美好的过去”，我们再也回不到过去了，让我们展望未来吧。让我们着眼现在，尽管这么做有时并不尽如人意。

“有时候有必要考虑最坏的情况。在计划阶段需要对风险评估时尤其如此，这将会对目标结果产生极大的影响。”我那德高望重的同事清了清嗓子对我解释道。听到这里，我非常惊讶。我那激情洋溢、过分热心的同事继续说道，“施工之前，需要进行头脑风暴，对不利的情况进行分析，并尽可能地考虑多方面的因素，全方位分析情况后，做好最坏的打算，沉着应对。”

听起来太精彩了！此致敬礼！我冷静思考，积极地为头脑风暴贡献力量，我提醒这位已经飘飘然的同事，你必须对这一解释进行研究。根据著名的墨菲定律，如果事情有变坏的可能，不管这种可能性有多小，它总会发生。

下面回到我们的案例中。既然我们谈论的是共同的未来，假设您遇到了最糟糕的情形。在日常生活中我们所热爱的、必不可少的“工作工具”突然消失了，我们的世界还能正常运转吗？我们还能正常工作吗？没有手机、没有电子邮件、没有数码相机、没有平板电脑、没有数据管理软件……一下子全没了。我们的工作效率会大大降低，这样能行吗？没有了这些现代工具，我们这些被发达的微型技术惯坏的科技现代人，是否还能建造幼儿园、摩天大楼、化工厂、大教堂、火车站、桥梁？

不管您怎样回答，有一点可以肯定的是，没有这些工作工具，我们全部都会无一例外地被迫缓慢下来，人会变得更加有耐心。

让我们假设一下，最坏的情形真的发生了。我知道要让您放下新买的手机和心爱的笔记本电脑实属不易，但是我认为这是值得的，深吸一口气，想想这个问题，如果我们突然之间又多了很多时间呢？

“聪明的亚历克（Alec），时间从哪儿来？”您可能会急匆匆地回答。我会提醒您，我们所说的时间，是从使用这些工作工具中节省出来的，至少广告也是这么承诺的，您应该记得。

太多的时间也会带来风险——这一点卡尔·克劳斯（Karl Kraus）在他的诗歌《是的，时间带来大不同》最后两行告诉了我们：

时间杀死我之前，
我乐于消磨时间。

然而，这位奥地利作家并没有告诉我们，如何以最好的方式消磨时间。至少在空闲时，每个人应该做自己想做而且认为重要的事情。在工作中，你我不得不做老板或者项目经理让我们做的事，但是除此之外……

好吧，我将继续尝试变成多面手，这样在保证公司的利益最大化同时，尝试多种可能性，还能牢牢保住工作。您一定要记得，言必信，行必果。我恪守承诺。

丹麦 卡伦堡
2009 年 2 月

土耳其

安塔利亚的清真寺

人们抱怨工作，直到失去工作。

——辛克莱·刘易斯（Sinclair Lewis）

（1885—1951）美国作家

节日快乐

夏日，正值假期。德国这边温度适宜，乌云和时常出现的暴风雨天气却让人们心情沉重。于是内心产生一种强烈的向往之情，我向往阳光、沙滩、海浪，希望早晨套上T恤衫就出门，再也不用看天公的脸色。

在最后关头安排你出差，有什么好稀奇？但是，这次不一样，这位客户提出的出差请求让我喜出望外。他给我老板的邮件是这么写的：

亲爱的×××：

……我们想邀请贵公司的技术服务工程师周一到土耳其的项目现场，大概为期一周。

全包式旅行包含：

LTU航空从杜塞尔多夫飞往安塔利亚的往返专机，安塔利亚位于地中海土耳其海岸（回程时间必须是在他找出我们化工厂的故障之后）。

我们的司机穆斯塔法（Mustafa）将到机场接机（建议您系好安全带，面对滚滚而来的车流最好闭上眼睛）。

下榻本公司旗下的四星级酒店，有丰富的自助早餐。

与我们的工厂经理一起参加欢迎茶话会，简要沟通本周工作。鉴于之前工作交往以及2002年贵公司工程师的自行车旅行时的短暂停留，我们的工厂经理与贵公司的雇员很熟悉。

特别亮点：安排了大量在土耳其工厂的户外行动计划，可以充分享受土耳其的日光浴，了解土耳其文化和语言。我们的员工都非常友好，和他们一起共事，您一定会如沐春风。

所有工作结束后，我们收到贵方实际发生的费用和开销的发票后，会立即支付。

我用了大约 25 秒的时间读完 1 ~ 5 条，几乎与此同时，收拾好了行李箱。我担心客户会改变主意，尽量避免与外界联系。我拿着行李、护照和机票，整个周末都躲在机场厕所里。周一早上刚过 5 点，我就已经准备好开始办理 LT – 0596 次航班飞往安塔利亚的登机手续了。LTU 专机值机柜台前排队的都是带小孩的家庭，有孩子长大搬出去独立了的老年夫妻，还有年轻热恋的情侣。

除了我，各式各样的游客都有一个共同点：行李中装的都是夏天的薄衣服——游泳裤、沙滩毛巾、垫子、通气管、游泳圈和充气垫。除了几个性情乖戾的人以外，我身边围绕着快乐的人群，他们的行李箱拉杆处贴着标签：Taereborg（秦伯格，挪威足球运动员），Alltours（旅游观光）或 Neckermann（德国一家网上百货商店品牌）。他们最关心问题的是：是否带了防晒霜、是否锁了后院的门。而我此时满脑子想的都是腐蚀的焊缝、漏水的管道和松了的螺丝。

扩音器里传来一名空乘人员的声音，宣布登机已完成。舱门关闭并完成交叉检查。安全演示开始："亲爱的女士们、先生们，亲爱的小朋友们……"（这句贴心的问候似乎只能在 Kasperle 剧院[1]、

---

[1] Kasperle 是德国和奥地利的传统角色，起源于 17 世纪，风靡一时，后来成了木偶剧院的代名词。英语中与其对等的意思是木偶剧。

马戏团或者 LTU 专机上听到）不管怎样，它起作用了，突然之间机舱内鸦雀无声。旅客们就像小学生一样，适当坐好、系好安全带、专心聆听紧急情况指示（这点在定期航线中做梦也实现不了）。

准备起飞。

到达飞行高度后，舱内服务开始了，我见到了迄今为止最年长的空乘人员，甚至比英航的“化石”都老。我的第一反应就是跳起来给她让座，无奈安全带阻止了我的冲动。

她把花白的头发扎成一个圆髻，套着发网；圆圆的脸庞满是皱纹，却莫名其妙地惹人喜爱；围裙系在丰满的臀部上，让人不由想起“彼得·克劳斯”的奶奶。她的手臂放在小餐车上，迈着碎步走在过道上，好似依靠助行架走路一般。我的第一感觉是我正在参加 LTU 航空公司的百年庆典，邀请了首航时的唯一还健在的空乘人员。

随后我自己一琢磨，发现 LTU 航空公司让一位“奶奶级”空姐提供客舱服务的绝妙之处了。因为她具有老奶奶那种舒缓的魅力，能帮助恐惧飞行的人们放松情绪，尤其是尖叫的小孩。

总的来说，客舱里的氛围很融洽，小孩子收到了糖果、彩色图画书和蜡笔，还不时被问及姓名；大人们拿到了枕头和花生，甚至驾驶舱的大门都打开着，我上一次经历这种场景是在 1977 年乘坐 Spantax 航空公司飞往保加利亚的飞机。那时，机长还让我坐在他的大腿上！为了告诉我一万米高空刮的都是冰风，他让我戴着他的耳机，用手指甲刮一下挡风玻璃上的冰。这也说明了 70 年代的飞机很落后，当然，当时我并不知道。

舱内服务结束了，大家又变得百无聊赖。我非常惊奇地发现 LTU 还能容忍这么多人聚集在驾驶舱内。小孩有高有矮，每个人都伸长脖子，张口惊视、大声尖叫“哇”。顺便说一下，个子高的那位身高六英尺，秃头、留着小胡子的驾驶员让我又想起了亲爱的保加利亚机长。时光飞逝，他或许已经完成最后一次飞行任务了——我沉浸在孩提时有机会坐在驾驶舱的感激之中。感谢生活，三十年后我还能做个空中飞人。好吧，只是当乘客而已。不过，感觉也不赖。

我目光游离，窗外鱼鳞样的天空，恰似匈牙利地图上隆起的一块。我想起了前几次到土耳其出差，想着博斯普鲁斯海峡和椒盐南瓜子，用门牙咬开外壳后，把瓜子仁吸进口中；我想着千年古城特洛伊和以弗所、烤肉串和肉丸。五年了，我迫不及待地想要回到这个光怪陆离、精彩纷呈的国家。还有人为此行埋单，恰合我意。

刚开始我邻座的人坐着一动不动，突然之间他靠了过来，似乎要亲我的脸。我差点要喊出声来，向空姐奶奶救助，最后，我还是抑制了自己。他长满痘痘的脸离我太近，我娇嫩的脸感觉到他呼出的潮湿气息令人作呕。他在我耳边用低沉的声音问道：“下面那些是白云吗？”

他的钛色金属边框眼镜散发着智慧的光芒，我断定这家伙纯属无聊，想拿我开心，我有些惊慌失措地看着窗外答道：“哦，不是！那些是米其林轮胎先生溜达到巴拉顿湖，放屁放出来的大量棉花。”

一切恢复平静，这种状态一直持续到下飞机，我感到非常开心。我尽情幻想，幻想着土耳其、可怜的焊缝，还有颤颤悠悠地刚刚给我添了1/4杯茶的老奶奶。不是标准要求的1/2，而是1/4。飞机太晃了。

剩下的飞行时间波澜不惊地过去了。时间过得真快呀。最后，当飞机顺利着陆，舱内洋溢着欢乐的气氛。当飞机轮子触到地面，能感受到反推力的那一刻，每个人都意识到飞行员能将飞机停在机场围墙内时，如雷般的掌声响彻机舱，似乎我们从火星返回地球。

受到大家的热情感染，我随众人一起欢呼起来。当飞机向着泊机位滑行时，空姐插嘴说道："亲爱的女士……"每个人都欣喜若狂，像疯子一样尖叫、拍手，根本不给她说下去的机会。

空姐又尝试了两三次，终于成功了，她说："亲爱的女士们、先生们，亲爱的小朋友们（……你们在吗?），我们已经抵达安塔利亚。"（太棒了，这就是我的目的地!）"请待在……韦斯机长率领全体机组人员祝大家在土耳其玩得开心。"（谢谢，千万别告诉我老板!）

十几个皮肤黝黑的女导游等在机场到达大厅外的巴士前，巴士上贴着"空调车"字样，这些巴士将游客送达安塔利亚的酒店或者周边的度假胜地。在一大堆写着 Alltoure，Oger，Neckermann 的牌子中，我找到了我的"导游"：热烈欢迎，SMS。

第二天伊始，工作开始了。

工程师日志（2007 年 7 月 15 日—8 月 14 日）：

05：00

听到提醒人们早晨祈祷的固定叫醒服务，准确地说，我用几微秒的时间从熟睡中惊醒，突然坐直。我的第一感觉：空袭警报！首先映入眼帘的是酒店正对面，更准确地说，与我的阳台窗户齐平的清真寺的尖塔上挂着的四个扩音器。这四个扩音器分别朝着四个方向，保证不仅酒店的客人，还有亚达那、伊斯坦布尔和安卡拉的信徒都能醒来做晨祷。

06：00

叫醒服务的尖叫声，听起来好像有人从塔上掉下去一般，我再也睡不着了，于是跑到游泳池游了几圈。

07：00

我在酒店露台用早餐。人太多了，自助餐厅人群摩肩接踵，发生了一起小骚乱。

08：00

我在酒店大堂与客户司机穆斯塔法见面。他开车速度飞快，简直是个赛车手。那天我去了安塔利亚北边的托罗斯山脉，开始我们短时间的在城市观光逗留，接着沿着3公里长的战斗机跑道（战争期备用，预防一旦安塔利亚机场被炸毁）出城，25公里后到达客户项目现场。

08：30

我与维护部门主管奥努尔（Onur）喝早茶，讨论接下来的户外活动。因为高浓度氨酸和强紫外线光照，最好在所有裸露的皮肤上涂满防晒系数为68的防晒霜，不推荐穿薄薄的短袖夏装。

09：00—12：00

在精馏厂的三层楼进行攀爬活动。

12：00—12：30

在职工食堂用餐，熟悉土耳其菜系，鉴于它们对我的欧洲消化器官的影响，我就要腹泻了。

12：30—17：30

我继续进行在化工厂的户外活动，太阳最毒辣的时刻，防晒系数加倍。

17：30

我因中暑和脱水几近昏厥。返回安塔利亚酒店的途中，穆斯塔法在拥挤的车流中表演车技，我一阵阵头晕目眩。

18：00—19：00

衣服都被汗水浸湿了，我穿着湿衣服，走进空调酒店，感到一阵阵凉意。我像解开尼龙绳一样，把衣服从身上剥下来。我想下水游个泳凉快一下，游泳池的水温高达29℃，未能遂愿。

19：00

我在历史名城中心与客户一起共进晚餐，饭后信步走入热闹的集市。我买了一个小地毯，笔记本上草草记了一笔：下次带老婆来，用她也许可以换回30只骆驼。

20：45

我坐在安塔利亚悬崖的露天酒馆喝着夜酒，欣赏老城港口的美丽夜景。从厕所窗户看出去，景致更加迷人——感谢腹泻。海面上闪烁着渔船的灯光，像是从天上掉进海里的星星。

21：58

一天结束，我疲惫不堪地倒在床上。

22：00

伊斯兰教堂尖塔上的扩音器按时呼唤信徒做礼拜，祷告的人也开始叫大家祈祷了。我刚躺下，用几微秒的时间突然坐直。错了，他不是叫，是尖叫！

22：05

我从洗手间抓起免费的洗发水扔向扩音器，徒劳无用，索性在笔记本上记录——别忘了从项目现场带螺丝和螺栓充当投掷物！

22：30

万籁俱寂，一切归于平静。安详的夜晚。

22：33

我开始腹泻，固定间隔30分钟。

05：00

土拨鼠日又开始了，报告祈祷时刻的人召唤大家做晨祷。糟糕，我已经没有洗发水洗头了。

31 天以后，我登上了飞机。“亲爱的女士们、先生们，亲爱的小朋友们，欢迎乘坐 LTU 航空公司航班，机长韦斯先生带领全体机组成员欢迎大家，祝愿您在土耳其度过轻松愉快的假日。”

土耳其安塔利亚

2007 年 7 月

巴黎一夜

时光流转，2002 年 9 月初，我从伊斯坦布尔开始了自行车之旅。3 周后，我到达土耳其第四大城市亚达那，当时钱包所剩的钱无几，可我依然渴望继续前行冒险，作为权宜之计，我决定当夜住在斯巴达酒店——AK 酒店。从字面上看，它是一家“贵族皇宫式建筑”，实际上它只定义了“酒店”，这个词要追溯到 17 世纪的法国。

今天，2007 年 9 月初，我从杜塞尔多夫出发，计划在伊斯坦布尔逗留，只用了 3.5 小时就到了亚达那，这与骑车用的 3 周形成鲜明对比。应客户邀请，客户埋单，我住进了典型的土耳其人热情的酒店 ——欢迎下榻亚达那希尔顿酒店。

时光流转，2002 年 9 月，我沿着交通拥堵的主路人行道，瞥见了窄窄的楼梯间里开着的一扇门，按照锈迹斑斑的指示牌上的箭头，踩着破旧的地毯楼梯走向 AK 酒店大堂。

今天，2007 年 9 月，客户司机到机场接我，直接把车开到了旋转玻璃门前。门童一路小跑过来帮我卸行李，我看见金色光亮的指示牌，上面有五颗星星，有国际连锁酒店的 H 商标，以及雕刻的“亚达那希尔顿”字样。第二块镶金的板子上写着“亚达那旋转俱乐部”，营业时间为每周二下午 12：00 到凌晨 2：00。

时光流转，2002 年 9 月，一个长着小胡子的家伙，留着折边的发型，脸上满是褶皱，坐在破旧的木制柜台后面，看起来像是刚从阿拉丁神灯里出来的小丑。尽管他注意到我来了，还继续盯着黑白电视，看都没看我一眼。从清晰的声音判断，他在看足球，我清了几次嗓子，没有反应，当我正打算拔掉电视机插头时，他恶狠狠地看着我，一副“该死的，你为什么非要打扰我”的表情。

今天，2007 年 9 月，似乎他们对我的到来期盼已久，一位体贴的、穿着黑色西装、头发向一边精心梳理的绅士，用标准流利的英语在酒店前台欢迎我。他身后的墙上挂着 5 个时钟，每个时钟上显示一个时间，从西到东分别是纽约、伦敦、巴黎、亚达那和东京。

时光流转，2002 年 9 月，我用现金支付房费后，步履蹒跚地走回路边扛起自行车和行李，走在颤颤巍巍的楼梯上，来到自己的房间。阿拉丁的魔鬼点了一支烟，视若无睹，继续看着球赛。

今天，2007 年 9 月，我登记完希尔顿荣誉客会会员卡和信用卡的个人信息后，提着轻飘飘的行李，门童帮我拿着行李箱，走向由明亮的镜子和发亮的木头装饰的电梯，电梯上行速度飞快，一下子就带我来到 14 层客房。

时光流转，2002 年 9 月，小房间的床原来是行军床，房间窄得连再放一张行军床的空间都没有，这对疲惫的旅客来说是件好事。我拧开费劲的水龙头，等流出来的鼻烟色冒泡的污泥变成干净的水后，坐在床垫上，稍微伸伸手就能很舒适地洗手洗脸。混浊不清的镜子上方，两根电线下吊着一只 15 瓦的灯泡。镜子下方脏兮兮的托盘上放着一把梳子（酒店管理人员热情推荐），梳子上沾着很多头皮屑，还有厚厚一丛卷发缠绕在所剩无几的梳子齿上。

这时，我并不打算洗掉沾在身上的灰尘，地上的淋浴器被一群来自欧洲穿着橡胶靴和白大褂的微生物和寄生虫研究科学家占领。他们饱含热情地对我说“一切为了研究”，还解释说这种细菌早在 1652 年就在西方国家灭绝了。

今天，2007 年 9 月，我花了好一阵子才把宽敞的房间打量了一遍，豪华双人床最吸引眼球，能抵上一个舒适的操场，一英尺厚的弹簧床垫，上面铺着印花床单。我跳上床，上下蹦跶几下，发泄兴奋之情。恢复精神后，起身去洗手间……

到了洗手间，原来是间热浴池，足够开个下班后的泳池派对。角落里放着浴缸、淋浴喷头、洗脸池，偌大的空间足够放下一打行军床。浴帽、肥皂、沐浴露、棉签、梳子、牙刷和乳液等卫生清洁用品用玻璃纸包好，放在小篮子里。

时光流转，2002 年 9 月，从没有窗帘的小窗户向外看（窗户不是一般的小，估计是用奥斯曼帝国时期的射击孔改装的），三面都是高耸的灰色墙壁，有两扇小窗户正对着，窗户间挂着一根光秃秃的晾衣绳，只有几个夹衣服的彩色夹子夹在绳子上，看起来像是糟糕的后院中不小心溅到的几块油漆。两只狗的咆哮声传了上来，龇牙咧嘴，在撕开的垃圾袋中搜寻。

今天，2007 年 9 月，14 层全景天窗外的景致让您感觉像是置身于《一千零一夜》，右边是萨帮哲中心的清真寺，淡红色的夕阳暖暖地照耀着。顺便说一下，它有六个尖塔，每一个差不多 100 米高，是土耳其最大的清真寺。左边是宽阔的塞伊汉河，在清真寺和希尔顿酒店之间静静地流淌着，300 米长的安卡拉大桥横跨其上。罗马皇帝哈德良修建了这座大桥，几年前进行了修复，修复后禁止机动车上桥，这座大桥是亚达那最重要的古建筑代表。

时光流转，2002年9月，想象着在这间小屋里可能发生在我身上的事情。邻居向大堂里的小胡子家伙说有一股很强的腐臭味，比后院腐烂的餐厨垃圾的味道还臭——不知何日，他们才会发现我的尸体。

今天，2007年9月，我坐在马桶上充满安全感。卷筒纸的一角折成三角形，从铬色纸巾筒中露出来，纸巾筒上方还安装了紧急电话。

时光流转，2002年9月，我唯一的希望就是在这令人窒息的潮湿夜晚，空气能畅通无阻。房顶的吊扇锈迹斑斑，还有不少凹痕，也许它的前世是福克飞机的螺旋桨。低速旋转时，老古董就发出吓人的咯吱咯吱声，高速旋转时，它随时可能飞向我。

今天，2007年9月，舒展着四肢躺在床上，拿着遥控器，将空调调到理想舒适的温度。

时光流转，2002年9月，我浑身冒汗，精神紧张，像是迷路的丛林科学家。我的思绪跟着吊扇一起旋转，看到两只蟑螂在竞赛，在它们即将爬上行军床之前，我拿起拖鞋将它们拍死了。我闭上眼睛，想着睡着之后哪样东西先掉到我脸上。吊扇掉下来会将我刺死，抑或将我撕成碎片，难道吊扇是那两只被我谋杀的蟑螂的复仇伙伴?

今天，2007年9月，我轻如无物地躺在操场上，尽管身处亚达那，土耳其安纳托利亚的中部，思绪飘向了巴黎一夜，触发这个思维的怕是免费的网络维基百科全书。睡觉前，我只不过想在上面看看我到了哪儿，于是我输入关键词“亚达那”，得到准确无误的答案。然而，再输入希尔顿，一个“巴黎一夜”的链接也神奇般地出现了。或许因为我从没到过巴黎，我很好奇，想看看法国首都和国际连锁酒店有什么关系。

您肯定能理解我的惊奇，当我点开链接，进入拉斯维加斯百乐宫的一间客房，而不是巴黎。这是 2003 年华纳兄弟前任经理的儿子里克·所罗门（Rick Salomon）和金发酒店继承人享受疯狂夜晚之地。一年以后，当这位社交名媛和这位花花公子争吵分手之后，狡猾的里克将链接公布到了网上。他用一部静态 Hi8 手持式摄像机拍了视频，这绝对是限制级的，花 39 美元还能下载。因为画面质量不满意，以及来自影迷的压力，几周前，长达 62 分钟的黑白 DVD 版本问世，取名“巴黎一夜”。

据说两位演员这一觉睡下来获利 2000 万美元。刚开始发行时，两人因付款而争吵。这笔钱最终捐给了慈善机构。由于影片大获成功，我们很好奇会不会有续集或者连续剧，拭目以待吧。

就这样，亲爱的女士们、先生们，综艺节目“今天的人们”（Leute heute）[1] 的放映到此结束了，像平常一样，自信的导演尼娜·鲁格（Nina Ruge）在结尾微笑地说道：“一切都会好起来！”

基于此，我在亚达那祝您晚安。

土耳其亚达那

2007 年 9 月

[1] Leute heute 是一档德国杂志节目，由 ZDF 电视频道放映，主要关于名人绯闻或其他此类的新闻，Nina Ruge 1992—2007 年一直主持这档节目，每次结束语都是那句名言：“一切都会好起来！”

瑞　典

萨瓦沉船博物馆

老板是迫切需要他人的人。

——安东尼·德·圣－埃克苏佩里（Antonie de Saint－Exupery）

（1900—1974）法国飞行员、作家

勤劳的瑞典人

前天，我还在印度尼西亚；今天，已经置身瑞典。我直接从32℃的热带气候来到1℃的霏霏细雨中，尽管气温急剧下降，我并没有感到丝毫情绪低落，这要深深感谢热烈欢迎我的50位瑞典人。当然他们不止欢迎我，还欢迎抵达瑞典首都斯德哥尔摩的每个人。

在护照检验窗口至机场出口，两侧的墙上贴着“欢迎来到我们的家乡”标语和“斯德哥尔摩名人”的超大号照片，他们是夹道欢迎的仪仗队。“名人堂”的第一个人是谁呢，你猜错了，不是皇家夫妇，而是瑞典进入太空第一人克里斯特·富格莱桑（Christer Fuglesang），接着依次为瑞典流行乐队ABBA（尽管乐队的四个人中只有贝尼·安德森是斯德哥尔摩本地人）、瑞典最红的罗克塞特乐队（Roxette）、冰球女神吉姆·马丁（Kim Martin）、手球运动员斯坦凡·奥尔森（Staffan Olsson）、瑞典女子足球队前锋维多利亚·斯文森（Victoria Svensen）、网球金童比约·恩博格（Bjorn Borg），他的照片稍微变灰了。墙上还有一些声名显赫的人物，有些已与世长辞了，有电影演员葛丽泰·嘉宝（Greta Garbo）、民族诗人艾佛特·陶布（Evert Taube）、作家奥古斯特·斯特林堡（August Strindberg）、分类学之父卡尔·林内（Carl von Linne）、外交官拉乌尔·瓦伦贝格（Raoul Wallenberg，他“二战”后在俄罗斯神奇地失踪了），还有所有小朋友们的心灵巫师阿斯特丽德·林格伦（Astrid Lindgren，他 2007 年可能会庆祝 100 岁生日）。照片墙的下一行是电影导演科林·诺特利（Colin Nutley）、时尚品牌创始人克莱斯·博德利（Claes Bondelid）、流行音乐明星德德（Dede）和肌肉男杜夫·龙格尔（Dolph Lundgren）。杜夫·龙格尔扮演的拳击手伊万·德拉戈（Ivan Drago）打倒了意大利种子选手洛奇·巴伯（Rocky Balboa），在 1985 年的世纪大赛中，西伯利亚拳击手在拳击场打死了洛奇的朋友阿波罗·克里德（Apollo Creed）。

永远和蔼可亲的女王西尔维娅（Silvia）和她的丈夫卡尔·古斯塔夫十六世（Carl Gustaf XVI）夹杂在瑞典演员、商人和科学家等各色名流中热情地欢迎您。然而，我没在“名人堂”里找到瑞典宇航员安德斯·摄耳修斯（Anders Celsius）的名字，1742 年，他改变了将冰点设置在华氏 32 度的做法，而将冰点设置在容易记住的零摄氏度。同 1725 年华伦·海特发明华氏温标时以自己名字命名一样，摄耳修斯也以自己的姓氏命名。我猜华伦·海特一定很满意。

即使如此，瑞典总居住人口 900 万，与印度尼西亚的首都雅加达的人口数量差不多，这可能就是我感觉瑞典没有印尼忙碌的原因吧。用数字更具体地说明一下：在印度尼西亚，一平方公里挤着 118 个人，而瑞典，一平方公里才 20.3 个人。如果您将瑞典的人口均匀分布在印尼的国土上，数据差异更大。您在一平方公里只能碰到 0.2 个瑞典人，却能碰到 590 个印度尼西亚人。换句话说，每五平方公里有 2950 个印度尼西亚人，而只有 1 个瑞典人。

您在两个国家陷入人口分布的危险状况迥然不同。在印度尼西亚，我必须倍加小心，才会不被人群踩扁或者被拥挤的车辆轧死。而在瑞典，我遭遇麋鹿的机会更大些，在瑞典总计有4957人曾遭遇麋鹿侵袭，他们显然没有想到一头长着古怪的长耳朵和严重下垂的上嘴唇的冷漠的“河马”，会突然出现在汽车引擎盖前。面临冲撞时，麋鹿的“金鱼眼”中会流露出盲目的忠诚。行为科学家解释说麋鹿站在大街中央不动是因为这个位置春天和盛夏的蚊子及鹿蝇的烦扰要少得多；到了寒冬，它们喜欢舔舐路面上混着冰盐的雪水。

万一我不幸在瑞典或者印度尼西亚上班路上，变成有国家特色的事故受害者，您可能会在我们公司杂志“奇异”版面上读到以下讣告：

SMS的员工哀悼他们的现场服务工程师，他不是从脚手架摔下来，也不是被拽进运转的设备中死亡（这种死亡的可能性在日常工作中很常见），他是……

A：……与麋鹿相撞，去见上帝了

B：……被一辆载着7个人、4只母鸡、3只鹅的摩托车撞死了。

回到瑞典的活力人生中，回到欧洲最特别的首都之一斯德哥尔摩，这里宏伟的建筑和周边迷人的群岛散发着一种和谐的力量。最重要的是，这里的人们熠熠发光。我的天哪，我在欧洲从没见过长得如此美丽、如此健康的人们（西班牙酒百加得Bacardi广告的演员除外），所有人的表情都透露着“从未如此简单！”

距离出发还有几个小时，我把行李寄存在主火车站。稍后我将搭乘阿兰达特快列车去机场，直奔离这里不远的历史名城中心斯德哥尔摩老城。我想利用这半天的时间近距离感受一下斯德哥尔摩这座小巧但非常出名的城市。首先，我想看看这里的人们。

那是一个极好的周六早晨，天气非常冷，太阳低低地落在铁青色的天空，温柔地照耀在砂岩色建筑物的外墙上、港口的船只和水面上，船只在水中轻轻荡漾，窄窄的胡同两侧的高墙挡住了太阳光，光影婆娑。

因为我天生体温恒定，很难适应瑞典的寒冷，决定到温暖舒适的咖啡馆观察窗外的年轻生命。我点了一杯“卡布奇诺”，冻僵的手指慢慢复原，饶有兴趣地看着窗外走过的人们，他们头发染成金色，淡粉色的面庞从竖起的衣领和围巾中露出来。

我满心欢喜，全身都暖暖的，为这杯“卡布奇诺”支付了可观的费用后，我又一次走进寒冷中，嘴里吹着ABBA乐队的歌曲“舞会皇后”，步伐轻快地走向老城北端的皇宫。到了那儿我才发现，比起国王路德维格二世（Ludwig II）童话般的巴伐利亚城堡——德国新天鹅堡和林德霍夫宫的华丽，瑞典的皇宫与乌克兰的监狱在同一水平。

几辆喧闹的大巴车带着一群日本游客来到这儿。我环绕着这座庞大的北欧贵族的地堡照了几张相，算是到此一游的证据吧。让我高兴的是，我找到了吓坏日本人的不二法门。每当我拿出相机，至少有一个人怀疑地看着我。实际上，研究西方人也是亚洲民族的运动之一：“他到底在拍什么?”日本人想着，用特工般的眼神紧随我的相机。这位眯缝眼实在没搞懂我在拍什么，于是拿出了自己的相机，站在我身后对角线的位置，向我拍照的同一方向也拍了一张。当然，这个动作没能逃过旅行团中另外59个人的眼睛：“该死，福冈君比我先拍到斯德哥尔摩的照片，肯定是张很出众的照片。”他们的表情出卖了他们，纷纷都拿出相机，对着我最初选定的角度，为了确保与福冈君拍摄角度和拍摄内容一致，上下左右狂拍一阵。当然这也没能逃过另外27名日本旅游团游客的眼睛。由举着旗子的导游带领着，一齐快步走向我们所站的位置（错了，他们实际上在跑），拿出相机，一阵狂拍。看来“雪球理论”在日本人身上也奏效。

我走到安全距离，对着一群黑头发人群和相机拍了一张照片，随即将我的注意力转到皇宫的数十扇高高的窗户上，这让我立即想起电影版《约翰娜·斯比丽》。

我看见二楼的一扇窗户的窗帘微微拉开，出现的不是海蒂（Heidi）、克拉拉（Clara）或者严厉的管家洛特梅尔小姐（Rottenmmier），而是女王西尔维娅（Silvia）的可爱女儿，女王储维多利亚（Victoria）和玛德莲公主（Madeleine）饱含着泪水请求我将她们从金色牢笼中救出来，把她们带回美丽的自由家乡。我毫不犹豫地抽出宝剑，骑着白马，礼服随风飘荡，奔向守门将士，从此我们幸福地生活在一起了……

瑞典人除了长得很健康，还能说一口流利的英语，这绝对不是神话：语法正确，词汇量丰富，甚至能准确地发“th”音，从舌头和门牙之间发出像天鹅绒一般轻的音，不像德国人发出不协调的“se”音。

80%的瑞典人都掌握了这门国际语言，这并不仅仅是年青一代的专利，坐在沙发上的学龄前儿童、出于信仰拒服兵役者、劳动者、失业者、家庭主妇和退休人员，都在电视机前接受潜移默化的教育。简单点儿说，整个民族抓住机会，在日常生活中接受再教育。曾经德国人也拥有这项权利，但是他们依赖于节目的配音，在1930年起拒绝了这项权利。

我看到的唯一坏处是，国外的影响太多，以至于对他们的爱国主义产生了奇怪的影响。还没到下班时间，我在斯德哥尔摩的同事尼尔斯（Niels）会说："斯蒂芬，I'm Fin（n）ish（本意是我干完活了，但是英语发音与'我是芬兰人'一样）。"平时，他总是埋头苦干。我问他是否明天早上又变回瑞典人？变回一个很好的、勤奋的瑞典老人？

瑞典斯德哥尔摩

2007 年 11 月

人总会犯错

1998年，瑞典首都斯德哥尔摩被欧盟评为欧洲文化之都。斯德哥尔摩以独特的魅力，吸引着四方游客，由此可见一斑。遗憾的是，我只有半天空闲，游览要有个优先顺序。这么多选择摆在面前，要做出抉择实非易事。

天气很冷，11月的天空湛蓝湛蓝的。秋高气爽的日子，我决定去看看斯德哥尔摩老城。如此一来，我不得不将游览瓦萨沉船博物馆的时间推迟到下次到斯德哥尔摩出差的时候。

我对瓦萨沉船博物馆感兴趣，并不仅仅因为它是一家世界闻名的博物馆而已，更重要的是，这家博物馆背后有个激动人心的故事，这个故事所记录的基本算是瑞典最大的一次错误，同时也强调着胜败一线之差。瓦萨博物馆的展品显示的最惊心动魄的一面是一个失败的民族如何走向成功，取得国际的认可。这正是该博物馆的独到之处。故事像生活中的许多事情一样层层展开，起初是一个伟大的构想，人们热情高涨地将构想付诸行动；然而，关键时刻到来时，项目失败了，人们需要对失败的教训消化吸收。

许多年之后，人们又提出一个新构想……就瓦萨而言，这不是凤凰涅槃重生，而是“水上滑铁卢”。

“决不放弃”是诠释瓦萨博物馆历史的最好格言，它的历史可以追溯到 400 年前。

1625 年，瑞典国王古斯塔夫二世·阿道夫（Gastav II. Adolph）提出了一个大胆的构想，他想建造一艘瑞典海军中最强大的战舰，构想最初就是如此。

人们砍倒 1000 棵橡树当作建筑材料后，在荷兰造船师海力克·哈勃特生（Henrik Hybertsson）的领导下，在斯德哥尔摩海港开始建造瓦萨战舰。工程雇用了 400 名工人，有木匠、雕木工、油漆工、上釉工、缝帆匠、铁匠和不计其数的商人。

经历了两年的时间，战舰建好了，重达 1200 吨，桅顶到船底之间高达 52 米，船头至船尾长达 69 米。它有三个桅杆，足够撑起 10 只帆。唯一的难题是阿道夫国王迫切希望在船上架设数量巨大的大炮。他想凭借这些大炮，射击波兰的敌人。他攻击波兰的理由是那是一群天主教徒，不需要更多的理由，国王认为仅此一个理由就足够了。他想一共架设 64 枚大炮，这是有史以来瑞典配备大炮最多的战舰。尽管在 17 世纪，他们只能拿所谓的运输图做参考，根据以往的经验，这种参照还是很有帮助的。

最后关头，构想颠覆了经验法则。瓦萨战舰装配的上部结构很不寻常，不是传统的一个炮甲板，而是两个。为了避免较高的负载，保证战舰在水中的稳定，战舰的底舱要加装很多石头。到底需要多少呢？没有人知道。

最后一次握手庆祝后，负责清洁的船员基本上完成了保洁工作，瓦萨成为人类有史以来最强大、最雄伟的战舰。

1628 年 8 月 10 日，历史性的时刻终于来临了。战舰航行前的准备工作就绪，瑞典历史上最伟大的事情即将发生，一切看似完美无缺。太阳与国王齐辉，穿着制服的海军上将激情四射，造船者们却有意往后退缩。人们挥动小旗欢呼雀跃，微笑的皇后拿出香槟，庆祝丈夫的伟大构想变为现实，乐不可支的丈夫鞠躬道："鉴于我们高贵的门第，我将为战舰受洗，赐予它'瓦萨'这个美好的名字。"

船员们的自豪感爆棚，在那特殊的历史时刻，空气中弥漫着自由的气息和海水泡沫的味道。军乐队吹起了号角，演奏着水手之歌。国王一声令下，士兵将最后一根系泊缆割断。礼炮声响，高大的战舰从干船坞晃悠悠地穿过叠梁门，冲入洪流。带着巨大冲力，浮动的城堡滑出海港，驶入大海。

瓦萨战舰一出港就扬帆起航了。这时，船长下了命令："伙计们，扯帆。"不幸的灾难发生了，大量的海水从打开的大炮隔板灌进来，瓦萨战舰开始下沉。

我们可以想象这一刻，如果不是历史最重大的时刻，也是航海史上最重大的时刻之一。你能看见人们困惑的表情和瞪大的双眼，听到后排的窃窃私语："哼！一开始我就知道不成功，没人听我的，要是我有发言权的话……"

瓦萨战舰的处女秀，同时也是最后一次航行，不到一海里就完结了。成千上万的目击者站在码头，冷漠地盯着瓦萨战舰，慢慢沉入冒泡的深海，被斯德哥尔摩的水中坟墓吞没。

国王是第一个从震惊中恢复的人，他气急败坏、脸涨得通红、脖子上的动脉血管快赶上花园水管一般粗了，他在甲板上直跺双脚。他怒不可遏，朝着海军上将、造船师、木匠……每一个参与建造的人怒吼。然而，无济于事，大家无视他的尖叫，相互对视一下，清了清嗓子，耸耸肩，全然不明白错在何处，吹着口哨回家了。为什么？毕竟，人总会犯错。难道这明显的失败工程背后有人蓄意而为？

随后的数年里，人们多次尝试打捞沉船，均无功而返。最后他们采用了解决问题最快的办法：视而不见。这个不难：正所谓“眼不见，心不烦”。

随后的300年里，几乎什么也没发生。时间治愈了巨大的创伤，让自尊心严重受挫的民族渐渐淡忘了耻辱的记忆。时间也带来了一个人，用无畏的勇气和新颖的构想帮助这个民族恢复沉寂的自尊，为民族赢得迟到的赞誉。

英雄的名字叫安德斯·弗兰琴（Anders Franzen）。从很早开始，他就深深着迷于位于斯德哥尔摩的父母家附近的沉船。他细致研究，仔细观察思考。几年之后，这位个人沉船研究员渐渐弄明白一件重要的事情，通常在盐水中吃光木头残骸的船蛆，在波罗的海的苦咸水中并不存在，而是存在于斯德哥尔摩附近海域。这是解决问题的关键所在。

从20世纪50年代初，他就开始寻找瓦萨战舰，终于在1956年找到沉船位置。5年后，也就是1961年4月24日，连同14000个松散的木制品，沉船被打捞上岸。这是个巨大的拼图游戏，人们希望将这座漂浮的皇宫恢复并完美地保存下来。

又过了39年，1990年卡尔十六世·古斯塔夫（King Carl XVI）首次将瓦萨战舰向世人展示，这架瑞典战舰无意之间变成了时间机器，在为它而建的博物馆中找到了栖身之地。每个参加过与之有关工作的人突然间都明白了：瓦萨的沉没相当于时间的凝固。1961年打捞上来的目前公开展示的瓦萨，基本就是17世纪完好无损的遗迹。每一个打捞上来的物品都是历史的见证，骸骨、船员的私人物品、船体和设备、装饰、雕刻等都保留了95%的原汁原味，这是一笔特殊的艺术财富。

如果您花点时间仔细想想整个故事，简直匪夷所思。那时候，当斯德哥尔摩海港发生的一切流传开来，全世界的海员都取笑瑞典人，如今笑声平息了。今天，瑞典人为瓦萨战舰骄傲自豪，全世界的船员都心怀嫉妒，瓦萨是唯一保存完好的 17 世纪战舰。如果瓦萨的 64 架大炮为其带来灾难和伤害，它肯定不会完好无损。现在，全世界的人们都来看它，带着欢乐和平静的心情，来到斯堪的纳维亚最兴旺的博物馆。然而，问题还没有答案，造船师在那时是否就预见到未来了？他们或许早就想到有朝一日，声名远扬，为家乡带来无上的荣耀。

如果您亲身来到瓦萨博物馆，发现故事和我所述不符，请您原谅。您也许还记得在故事一开始我就说过，我没有足够的时间去参观博物馆，我要去斯德哥尔摩老城，去看年轻貌美的女孩。您也许想知道我的决定是否正确，我是否看到了我想看到的，让我这么告诉您吧，那是一个美好的秋日，人总会犯错。

瑞典斯德哥尔摩

2007 年 11 月

芬　兰

扔手机大赛

生活的艺术在于个性和工作的完美结合。

——路易斯·德·利昂（Luis de Leon）

（1528—1591）西班牙作家

奥卢，你好

“斯蒂芬，你的下个出差任务是去奥卢。”我的老板告诉我，事实上，他是通过电话告诉我的。奥卢？奥卢？奥卢？我翻来覆去地想着这个词。

“周一出发，赶紧准备，细节明天谈，我这里有点忙。”他略带歉意地解释道。我来不及询问，电话那头就传来嘟嘟的声音，对我而言这个声音就是出发的信号。

“最后一遍，所有去往奥卢的旅客”呜呜呜呜呜呜……音高在上升，呜呜呜呜呜呜……继续上升，听起来像喷气发动机的声音……呜呜呜呜呜呜……事实上我的思绪比我实际出发的日子还提前四天飞到了奥卢，飞到地球上的某个我想象中的地方，我想应该是世界的另一端，太平洋的中间。

在浩瀚的太平洋上的某个地方，有一座珊瑚岛奥卢。很快，我们公司的短程蒸发器将要运到那里提炼棕榈油。

抑或奥卢是夏威夷火奴鲁鲁上一个工业区的名字？在欧胡岛的南部海岸，茂密的棕榈树林边上？同样，这里是棕榈工业的便利区域。

没关系，不管是上面哪个地方，都能让我离开德国十万八千里。初步估计，我要去的这个地方，想象中日期变更线的子午线与赤道相交，在波利尼西亚与密克罗尼西亚大三角海域。我就要去那儿工作了，千载难逢的机会去趟南海。

想象很丰满。我已经看见自己在每天下班后，穿着夏威夷衬衫和草裙在沙滩上扭着屁股，伴随着阿弗珠网沙槌、吉他和尤克里里琴演奏的音乐，与夏威夷岛上的女孩跳舞；为了纪念火山女神的妹妹，美丽的舞蹈女神，我满怀感激地为她高歌一首托尼·马歇尔（Tony Marshall）在20世纪70年代的南海颂歌，或许您还记得，歌词是这样的，“波拉波拉岛，你好，塔希提的波拉岛，你好……”

我只想将这个调子用在我的目的地奥卢上，稍稍修改一下歌词，旋律不变。

“Ola，Ola，Hey，
Ola in Oulu a yeh
夏天的凉风吹过我的天堂（合唱：Ola in Oulu a yeh）
在这里，安装工们都很欢乐……”

夹带着泡沫的海浪在白色的沙滩上干涸，弯弯椰子树上的羽状树冠前后摇摆，一片茂盛的棕榈树林上，奥卢的天空一望无际，映衬出金黄色工业厂房的轮廓，在夕阳的照射下闪耀着金色的光芒。我心驰神往。

“Ola，Ola，Hey，
Ola in Oulu a yeh”

然而，有时候，（旅行）梦毫无价值。从杜塞尔多夫机场离开前的一刻，仅一个四字母的单词就触发了我的异国烦恼，我从登机信息显示屏上清楚地明白了一个事实：

旅程：1980公里
飞行时间：2小时35分钟

飞机居然只用两个半小时左右就能在我的工作地点降落，居然只有短短的不到2000公里。在欧洲最北边，芬兰的北部，奥卢。

瑞典在左边，俄罗斯在右边，再往北450公里就到了挪威的北角。不是靠近赤道的太平洋海滩。我们客户的施工地点是在波的尼亚湾，靠近北极圈，距离最近的棕榈树有数光年之遥。我满心失望，不过一会儿就过去了。

去不成太平洋了。事实上，我以前已经去过很多次了，现在我正在去往一个新地方，一个我从来没探索过的国家。这里人杰地灵，产生了很多名人，有F1赛车手米卡·哈基宁（Mika Häkkine）、F1赛车手基米·莱科宁（Kimi Räikkönen）、滑雪运动员马蒂·尼凯宁（Matti Nykänen）和诺基亚的创始人弗雷德里克·依德斯塔姆（Fredrik Idestam）。诺基亚是全球最大的手机制造商之一，不要把它与毫不知名的芬兰小镇混淆，1865年，依德斯塔姆先生创立了公司，完全没有想象力地借用了小镇的名字。

这次旅行，我来到了新的国度，可以说是最有名的手机铃声的发源地——诺基亚铃声原曲的发源地。这是由西班牙音乐家弗朗西斯科·塔雷加（Spaniard Francisco Tàrreg）的吉他作品改编而成，他比电话发明者亚历山大·格雷厄姆·贝尔（Alexander Graham Bell）要早得多。在这个国家，哪怕是在大白天，开车时也得打开车灯。它是欧洲植被最丰富的国家，拥有一千多个湖泊。事实上如果芬兰环境部门没有统计错的话，这个数字完全被低估了。

据推测，总共有187888个湖泊，而且只有水域面积在五英亩（2个网球场那么大）以上的湖泊才纳入统计范围。

因为芬兰拥有广阔的森林（占国家领土的82%）和水域（占国家领土的16%），芬兰的自然覆盖率仅次于德国，但是适合居住的地方太少了。这里为谈情说爱创造了绝佳条件——一片漆黑，冬天寒冷又漫长。芬兰人口几乎从没有超过五百万。

根据一项国际学校成绩的对比调查，这些芬兰人比八千万德国人还聪明。从两国的直接对比，您就能推断出芬兰人更喜欢学习，而不太愿意生孩子。

比如，采访的芬兰人中有99.8%的人知道PISA是国际学生能力评估计划的首字母缩写，而63%的德国学生坚定地说这是每三年进行一次的研究。芬兰人更愿意探究比萨斜塔的倾斜度。我们停顿一分钟，好好消化一下这个信息。

从出生之日起，芬兰人的成长键就被设置成快速前进键。伴随芬兰孩子长大的不是三轮车和头盔，而是滑雪板（男孩）和溜冰鞋（女孩）。双胞胎用雪橇，这在芬兰很常见。

小学生就已经会用这样的句子“Turhan aikaisin talvihorroksesta herannyt siili kierteli kajaanilaisen omakotitalon pihamaalla myohaan keskiviikkoiltana”，这句话的意思是：“看见一只提前结束冬眠的刺猬，在卡亚尼的一个独栋住宅的院子里漫步。”他们能流利地朗读，正确无误地书写（佩服！）；而我们德国人还在努力搞清楚一个事实，那就是尽管我们有拼写改革，我们写Ubermabig这个词时仍然写“b”，而不是“ss”。

但是，让人欣慰的是芬兰人也不是超人，他们也有怪念头。非常亲民的念头，实际上，也都付诸行动了。这一点只怕足以抵消他们学业上的领先。这是芬兰式的阴阳平衡，有时很疯狂，令人深深着迷。

在芬兰，约有40个另类的世界锦标赛。只有少数使用常规的运动器械，比如球。球是用于在哈瑞萨米尔举行的泥地足球锦标赛上，比赛地点远在芬兰北部的沼泽地里。

每年青蛙呱呱叫的时节，来自全世界的260支队伍进行比赛，看谁能在齐腰的泥地中将球扔进网中的次数最多。在滑不溜秋的泥地里踢球可不容易，四处充斥着抽吸的声音，停下不动的人就会深陷泥沼。

在每年8月举办的扔手机世界锦标赛上，全场关注点不是球，而是手机。同您预料的一样，扔手机大赛的世界纪录持有者是一名芬兰人，米克·蓝皮（Mikko Lampi）将他的诺基亚手机，连带手机电池一起扔出了大约95米。为什么这个比赛在芬兰南部的萨翁林纳举行，而不是在手机之都诺基亚小镇呢，您只能猜测。专家传闻称诺基亚董事会担心其最大的竞争对手韩国三星会对芬兰扔手机锦标赛做负面宣传，比如使用这样的口号："买一部三星手机，替换用完就扔的芬兰产品诺基亚。"

还有一件事，只怕除了芬兰人没人会知道。想想芬兰的森林覆盖面积，也很容易想通。诺基亚早期是造纸企业，发展平稳后，于20世纪初开始投资橡胶靴的生产——很意外吧。他们又一次取得了成功。

最重要的问题，也是最难解决的问题，如果诺基亚的创始人知道国人用他的产品进行扔手机大赛，会不会在九泉之下不得安宁？他可能也会感到骄傲。提醒一下，芬兰已经将扔橡胶靴正式纳入团队运动。其主要赞助商诺基亚·杰克奈特（Nokian Jalkineet）原是一名橡胶生产商，如今从诺基亚分离出来，为锦标赛提供投掷设备。这是他独特的营销方式。

要在这种规则下当世界冠军，您需要将8.5码的橡胶靴扔出47.5米，约为扔手机世界纪录的一半。根据国际扔靴子协会的规定，差不多有 180 名运动员向远处扔长筒橡胶靴，气体力学对此项运动造成了巨大的障碍。即便如此，男子最高纪录达到 67.31 米，女子接近 50 米。

在芬兰中部城市松卡哈维举办的世界锦标赛中，女子扮演着至关重要的角色。准确地说，女性由男性扛着，多数情况下是由丈夫扛着。不管是抱着、骑着还是背着，只要他们能尽可能快地通过 250 米的由沙地和水坑组成的障碍场地就算胜利，前提是女性不能着地。

如果妻子过重或是在热身运动时临阵脱逃，丈夫也可以背起自己的母亲、姐妹、邻居的妻子，甚至是任何一名女性。只要这名女性年龄超过 17 岁，体重超过 49 公斤，就符合比赛的要求。

上一届背媳妇世界锦标赛的冠军是一名 45 岁的律师米耶蒂宁（Taisto Miettinen），这位芬兰人只用了 1 分 45 秒，就成功地扛着娇妻克里斯提娜 · 海坡琳（Kristiina Haapalainen）冲过了终点线，她在比赛中紧紧地抓住丈夫，两条腿缠在他的脖子上，从他后背倒垂下来。

在黑诺拉举办的世界桑拿浴锦标赛以悲剧收场，比赛自 1999 年起就开始举行，年复一年，人们屁股挨着屁股坐在木凳上。比赛场内温度高达 135℃，通过定期喷淋保持稳定高温，不允许选手用手触摸身上的皮肤，坚持的时间最长者获胜。

世界桑拿浴锦标赛一直持续进行，直到 2010 年，俄罗斯选手弗拉迪米尔 · 拉蒂任斯基（Wladimir Ladyschenski）在决赛中出汗而死，与此同时，他最大的最执着的对手，连获 5 次桑拿冠军的考克宁，因皮肤严重烫伤脱落而住进了拉赫蒂的重症监护室，比赛才宣告停止。

芬兰的卡拉 OK 世界锦标赛没有桑拿浴锦标赛如此狂热，却也热闹非凡。雪橇精英在芬兰西部的穆尔蒂亚为了冠军头衔打得热火朝天时，卡拉OK比赛的热度却降到了冰点，立即淡出人们的视线了。

厌倦了漫长冬季和皑皑白雪，希望走出懒散，喜欢炎热夏天和热情雨水的人们，如果有变成水中慢跑冠军的冲动，可以每年7月底到芬兰中部小镇佩泰耶韦西。所有喜欢水且在潮湿闷热的气候里经常被蚊子叮咬的人们，可以到佩尔科森涅米参加世界杀蚊子锦标赛报仇雪恨，体验一下以牙还牙、以眼还眼的快乐。亨利·派拉帕（Henry Pellonpaa）5分钟内徒手干掉了21只蚊子，夺得杀蚊子比赛的冠军，荣登吉尼斯世界纪录。

不管人们参加的是哪项世界锦标赛，结局都是同一首歌，那就是女王乐队的“我们是冠军，我的朋友，我们将奋战到底，我们是冠军……”它将人们紧紧地团结在一起。比赛严格公平，所有比赛的组织者的整体目标都是让所有参赛者心生欢喜！然而，我十分怀疑光屁股坐蚁丘的世界锦标赛也能如此。

按照芬兰旅行手册提供的知识，您可能会说我正在前往一个非常吸引人的国家，一个人与自然和谐共生的国家，一个理智与荒诞愉快融合的国家。

我的老板派我在2011年8月24日至27日出差的目的地奥卢也是如此，这里每年举行空气吉他世界锦标赛，今年的比赛时间为8月25日和26日，太巧了！一边拧螺丝，一边摇滚！“芬兰，见到你很兴奋！”我对着椭圆形玻璃大喊，飞机下的岛屿和海岸景观徐徐在我眼前展开。

“芬兰（Suomi），我来了！”我按捺不住兴奋。这次我没有让思绪飘飞到太平洋上的萨摩亚岛，也没有飘到美丽的泰国苏梅岛——苏梅岛的名字听起来像是附近的小岛。

我顿时醍醐灌顶，不管从理论还是实际上，这纯属一派胡言。这一切不是老板告诉我的，而是导游手册弥补了我的知识缺口。我尽量驯服自己那发散的想象力。Suomi 是芬兰语，在芬兰之外的地方，Suomi 指的是芬兰，从芬兰语翻译成英文而成。有时候如果您确切知道想去哪儿，或者更精确点儿，您的老板派您去哪儿，那生活该多简单啊！总之：

Ola Ola, hey,

Ola in Oulu a yeh……

芬兰 奥卢

2011 年 8 月

英　国

甲壳虫乐队

公司有意识地培训员工，授予员工以工具和信任，员工可以做任何事情。

——汉斯·奥拉夫·汉高（Hans - Olaf - Henkel）

（1940—）德国高层管理人员

人是习惯的产物

据说，人长大成为左撇子还是右撇子，早在母乳时期就决定了。如果母亲抚育小孩时主要用右边手臂，宝宝的左手就不可避免地被夹在母亲腋下，而右手就能够自由地抓住世界。如果宝宝主要躺在妈妈左侧手臂上，那么被夹住的就是右手，将来就很可能变成一个左撇子。

然而，“左手服从右手”的规则并不是放之四海而皆准的真理。以交通法则为例，在不同的国家，开车时具体走道路的哪一侧也不尽相同。在德国人眼中，习惯在左侧道路行驶的英国人，简直个个都像疾驰在英伦小岛上的魔鬼司机。对德国人而言，那是一个完全颠倒的世界。不过也没有什么大不了的，英国的道路四面环水。习惯欧洲大陆交通规则的司机，想在英国找到路，会胆战心惊的。

不管德国人还是英国人，不管方向盘在左边还是右边，有一点可以肯定的是，无论在道路哪侧行驶，您习以为常的，还是您所在国家的交通系统。

我到达英格兰东北部的蒂赛德机场时，一辆租来的大众高尔夫正候在那里等待我的驾驭。两小时前，我在德国一路开着自己的车前往科隆波恩机场，大脑已经将运动模式预设成右侧模式，现在要毫不犹豫地切换成左侧模式。

我从车窗外往车内看的第一眼时，我的担忧就变得真实起来。面向前进的方向，方向盘不在左侧，而在右侧。坐定之后，我感觉手忙脚乱。换挡杆、手刹、后视镜、储物箱、收音机，为什么就连副驾驶座位都不是在德国我所习惯的那样了，也就是说，副驾驶座位不在驾驶座的右侧而在左侧。门把手、安全带很快就清楚了，迎面而来的交通，却没有变。谢天谢地，踏板没有参与到这场混战之中，离合器、刹车踏板和油门踏板的位置和我们德国的车一样，从左到右，依次排列。

时间在深思中流逝，我正试图强迫自己熟悉这辆停靠在英国机场租来的小轿车向我展示的全新世界，我在惊讶中不断调整自己，准备迎接停车场外的动感世界。我简直不能相信，我将要驰骋在这样一个地方，在这里所有司机都习惯左侧思考和左侧驾驶。让我伤心的是，这辆租来的带有英国车牌号的小汽车，是那么不显眼，根本不会引起成群结队飞驰而过的驾驶员们的注意，他们肯定会有一种“他认识路”和“他就在家门口”的感觉。相反，如果是德国车牌号，很可能会让机警、善于观察的驾驶员仔细考虑：“注意！保持车距。前面是个难以改变右侧思考方式的家伙，他随时可能进行疯狂演习！”

我坐在那里，不得不承认，在英国也一样，光有理论是不行的。所以当我用左手将车倒出停车场时，立即像之前习惯的那样，将头转到右侧看后视镜。该死！车门、车窗、英国小汽车。再一次：我慢慢将头转到左边，目光凝聚在车中间方向松开离合器（因为我一点也不习惯这样，这个动作让我感觉脖子好疼）。我神经紧绷、高度警觉地看着车外，就好像整条街都是雷区一样，车小心翼翼地驶出了停车场。

高峰时段的高速路，车潮涌动，在进入之前，有一段进口车道车不是很多，我信心恢复不少。然而，在转过第一道弯时，安全感像肥皂泡一样破灭了。要怪就怪我那改变后的“世界观”和我左侧的路缘线，英国的路缘线是如此粗糙，当我走在上面时车子颠簸得很厉害。为了轮胎和方位判断方便，我觉得把我右侧的路中央虚线说成是我的“救命参考线”一点也不过分。

在到达客户处之前，我还得用左手驾驶 30 多公里，经过十几个环岛……

很快第一个环岛出现在我面前，我的脉搏狂跳，双手颤抖，直冒冷汗，这个环岛大得吓人，四面的车辆经过锐角形的入口车道驶入。

当我卷进顺时针旋转的大旋涡后，我只有三条道可以选择。我本能地决定走右侧车道，因为，至少在德国，这条道是所有新手、妇女和老年人慢行的车道。但在英国不是这样。紧跟在我身后的司机龇着牙、大开车灯、狂按喇叭，让我明白右侧车道是超车者和加速者的专场。

谨守英国法律，我将车并到了中间车道，然后转了一圈、二圈、三圈、四圈，我开始意识到至关重要的一点，就是在进入环岛前要明白需要走哪个车道，以便安全准时地从正确出口出来。

我转了最后一圈，备感荣幸，凭借积累的英国环岛的一点驾驶经验，穿过道路两旁的大量指示牌，我努力寻找正确的出口。

多亏了我旁边的驾驶者反应迅速、灵活闪避，在最后关头我终于从正确的出口出来了。通过这个出口，我到了第二个环岛，进入 8 字路，这种样子的路径在英国比比皆是。

我快速地、毫无障碍地通过了前三个交叉点，随后，一个骑摩托的人出现在我右侧，疾驰而过，差点与我的机动车盖撞上了，这把我从左—右—左的视觉习惯中拉了出来，英国的交通规则和我的习惯完全背道而驰。

当我驾车毫发无伤地驶入客户的公司大门时，不止我一个人觉得这是个奇迹。我的客户也一样，看见我到来后，他们松了一口气。可以理解，对于左侧思考的人来说，看着习惯右侧思考的人在英国驾驶的第一天，那肯定就如地狱一般……

晚上，我再次毫发无伤地将车开到了酒店停车场，那里才是安全天堂。

接下来的几天，我在前往客户公司和晚间返回酒店的路上，全力关注左侧车辆，除了奇怪的路缘线，基本没有问题，在我看来，路缘线占据车道太多了，每次我的轮胎撞上并碾过它时，这不是什么稀罕事儿，我就明白了为什么英国的租车公司（请慎重考虑他们习惯右侧思考的客户）没有给他们的车辆装毂盖。

第二天晚上快到达酒店停车场时，我又一次毫发无损地安全抵达，愉悦之情开始在我心中膨胀。我感觉我已经掌握了，事实上是内化了，在英国道路上左侧驾驶。一些必要的操作已经成为我的第二天性了，我感觉余生行驶可以在英国道路畅通无阻。

次日，我走出美丽的乡村风格的酒店，吹着口哨，扬扬得意地走进洒满阳光的停车场。那是个周五，小鸟们喳喳叫，快到周末了，客户那边的工作进展顺利。总之，那是个很棒的早晨，我可以拥抱全世界。我径直走向我租来的车，车后几英尺的地方，几个穿戴体面的女士和先生们正在聊天。当着他们的面，我打开后备厢，把行李放进去，关上盖子。确信会成功，我向左侧（！）走去，走到车门处。拉开车门时，我像某个终于达到目的的人一样，微笑着坐好，关上车门，目视前方。我抬手握住方向盘，该死的，一定是小偷昨晚将它偷走了！我狂躁地四处看看，目光落在仪表盘上，我的思绪又一次过山车。首先，“感谢上帝，方向盘还在！”其次，“该死的，我坐在副驾驶！”再次，“那些女士和先生们看见我这么笨拙的行为了吗？”

他们肯定笑一阵，还会带到办公室当作笑话来讲：“嘿，大家听着啊，您不会相信今天早上我们看到了什么……”

我急中生智，打开储物箱，弯下腰，脸都贴到储物箱的门了，双手在里边翻找，我感觉像要爬进去似的，好像正在找什么重要的物件一样。我在租车文件、道路地图、刮冰机和几张皱巴巴硬邦邦的用过的纸巾等物件中发现了《操作指南》。我走出副驾驶，摇晃着“马戏道具”，轻快地绕过车头走向驾驶位。我对自己的马戏表演很满意，把书又放了回去，握住方向盘，转动打火钥匙，驶出停车场，习惯已经深入骨髓，顽固不化了，我无奈地摇摇头，差一点就并到右侧车道了。

英国 米德尔斯堡

2006 年 5 月

想　象

我平生第一次与利物浦这个城市扯上关系，是在小学五年级的一节英语课上，我朗读这段文字："迈克来自伦敦，苏珊来自牛津，约翰来自利物浦。"这是我们自己编的笑话，欢乐多多，搁在现在，这些笑话一点都不搞笑。德国恩格尔地区有谚云："Liver（ne）pool em Jade，als em Somme dauernd bes zum Freybad zo fahre"，字面意思是："最好后院有个游泳池，不要一个夏天都去公共浴池。"25 年过后，我再次和利物浦邂逅。

我们的客户在距离市中心几百米靠近默西河的地方开了一家化工厂，那儿就是我的目的地了。

抵达利物浦机场，我乘坐出租车，到达航站楼。这时我意识到此行除了要修好客户设备的任务外，将会是一次通往过去的有趣的音乐之旅。透过窗户，我看到机场建筑物上用大字写着"约翰·列侬机场"。

原谅我，我刚刚撒谎了。我真的很喜欢降落在利物浦机场这个主意，它营造了很好的气氛。然而，汉莎航空没有提供杜塞尔多夫直飞利物浦的航班，我只能飞往曼彻斯特。这个问题不大，因为利物浦与曼彻斯特毗邻，机场外有辆租来的运动款小汽车正候在那里。周末的时候，我就驾着这辆车，驶向利物浦市中心。

我没有直接到利物浦，也就是说，我没有走直接的路径——

离开别根海特的酒店，穿过别根海特隧道，到达默西河的对岸；相反，我一早就将车停在轮渡码头。在一个古色古香的售票厅，我从一位女售票员那儿买了张票，她很漂亮，美得像空姐一样。我登上的渡轮，就是那艘因 Gerry & The Pacemaker 乐队（与甲壳虫乐队同期）的一首歌而闻名遐迩的渡轮。当渡轮带着我随着默西河上的波浪起伏时（顺便说一句，这是北半球流速最快的河流），船上的扩音器里响起了：

“渡轮，穿过默西河，
因为这是我热爱的土地，
我将留在这里……”

怀着对其他乘客的歉意，我旁若无人地跟着唱起来：

“全世界的人们，
他们似乎微笑留下，
我们不在乎你叫什么，小伙儿，
我们永远不会拒绝你。
渡轮，穿过默西河，
因为这是我热爱的土地，
我将留在这里……”

音乐之旅全面开启……

我在国外一般习惯步行去感受异国风情。到达利物浦的历史名港艾伯特码头后，我禁不住那看上去滑稽有趣、黄蓝绿相间的观光巴士的诱惑，决定乘坐巴士观光。车的设计很吸引人，车身上写着“奇幻之旅”，轮毂上写着“甲壳虫之旅”。宣传海报则向游客承诺，两小时乘坐巴士纵横穿行利物浦，将再现 1967 年甲壳虫电影“奇幻之旅”的经典场景。经验丰富的导游会为我们讲述甲壳虫乐队以及他们居住城市的历史。这一切只需要花费 12.5 英镑。

我是最后一个上车的游客。在一群年龄各异的游客中，我发现只剩下一排空位，坐下后，车门关上了。巴士一开动，导游愉悦的声音就从扩音器中响起："女士们、先生们早上好，我叫亚历克斯。"他身上有股烟味。就像排练过一样，我们齐声答道："亚历克斯早上好。"快乐是如此简单，一大早，变化无常的英国天气也很应景，湛蓝的天空，没有一丝云彩，耀眼的阳光洒满大地。

过了几个红灯，我们计划的第一站，是在利物浦郊区韦弗特里一个特别不起眼的小巷。那是一栋红色连排房屋，装饰着漂亮的鲜花盆栽，亚历克斯在屋前神色庄重地说道："我们到了，12 Arnold Cove，乔治·哈里森（George Harrison，甲壳虫乐队成员）的出生地，请大家都下车吧！"

似乎我们每个参观者都对该民居的建造做出了个人贡献一样，我们依次站在入口处摆着姿势照了一张相。可怜的亚历克斯连着说了 52 次"看，我在这儿"，不遗余力地照了 52 张相，典型的旅游团行为。同时，他告诉我们，老乔治除了担当甲壳虫主音吉他手，给世人留下了伟大的歌曲遗产之外，他还是蒙提派森的联合制片人，他将冥想技术从印度引入西方，留给世人精彩的讽刺作品，如《大脑的生活》等。对此，我们应该对老乔治心怀感激。

我伸展双臂，练习生活中关于积极思考的最重要的一课：我一面吹着《始终看到生活的积极面》旋律的口哨，一面疯了一样前后摇晃着脑袋。我观察着那些已经让亚历克斯照过相的人们，他们站在乔治故居邻居的窗台边，踮起脚尖、伸长脖子、好奇地向里张望，有的人甚至把别人撑起来或者吊着窗台向里观望。他们大概希望透过窗帘看到——哇！真的是乔治·哈里森的邻居啊。

要是我哪天出名了，吸引来自世界各地成群的游客到 Merode Paradiesstrabe 58 号（德国北莱茵州杜伦郡）参观，我想在此时此刻，我将为每天到来的看客们造成的不便，向我妈妈和我从前的邻居们道歉，尤其是要向邻居勃绕太太（Mrs. Broßler）和克莱茵太太（Mrs. Klein）道歉。不用说，我会支付你们窗帘加宽加长的费用。（请大家回到巴士上！）

下一站，亚历克斯带我们来到伍尔顿区。巴士停在 Menlove 大街 251 号前，正好停在约翰·列侬（John Lennon，甲壳虫乐队成员）长大的那半栋半独立房屋面前，当年约翰·列侬住在伯母米米（Mimi）和叔叔乔治家里——据亚历克斯介绍，约翰的父母早年离异——就是在这所房子里，约翰度过了生命中快乐的 18 年。

当夜幕降临，
黑暗笼罩大地，
皎洁的月光是我们唯一的指引。
但我不会害怕，不会感到彷徨，
只要你一如既往，伴我同行。
亲爱的，亲爱的，请不要离开我，
此刻请留在我身边，
一如既往，伴我同行。

我们全部以凸窗为背景，留下珍贵的剪影后，继续前行。这个窗户可能是英国被拍摄次数最多的窗户吧——据说，约翰·列侬就是在那扇窗户后面的房间里学会弹吉他。(请大家回到巴士!)

坐在左侧位置上的游客非常幸运，下行几个街区后能有机会目睹约翰·列侬和保罗·麦卡特尼（Paul McCartney，英国音乐家）第一次见面的那栋建筑。(请不要下车!) 亚历克斯继续向我们介绍，那是 1957 年 7 月 6 日，是英国流行音乐史上最重要的日子之一。

突然，巴士停在了利物浦郊区的一条狭长的弧形道路上。(请大家都下车吧! 我们依次下车时，我以为会看到白色蒸汽雾从散热器格栅的缝隙中渗出来，或者听到亚历克斯号召最健壮的人和他一起顶起巴士，以最快的速度换好轮胎。但是，没有发生这种事。)

相反，亚历克斯指着深红色的不是那么漂亮的锻铁门，两侧的水泥柱上都有涂鸦，他说:“好了，这就是著名的草莓田昔日的入口。”

我透过大门上 S 形的装饰看到一块庭院区域，局部长满了灌木丛。亚历克斯继续介绍，几年前救世军（国际性宗教及慈善公益组织）经营了一家孤儿院，这里也是儿时的约翰·列侬和朋友们玩耍的地方。我站在那里，紧紧抓住锈迹斑斑的铁柱，想象着孩子们在庭院中嬉戏，巴士司机将车门开着，车上音响中飘来《永远的草莓田》这首歌:

“让我带你去追寻，
因为我要去草莓田。
世事都很虚幻，
没有太多东西需要去牵挂，
唯有永远的草莓田。”

(请大家都上车吧!)

我们的下一个目的地坐落在美丽的连排住宅区。(请大家都下车吧!)因为要去的地方是一个小胡同，巴士很难掉头，只好步行前往。当我看着成排的屋子，想起了我最喜欢的笑话:

甲乙两个邻居在一个居民区聊天，这里的房子全都长一个样儿。

甲说:“嘿，你前不久是不是给你的起居室重新贴了墙纸吗?你买了多少卷壁纸?”

“9卷。”乙说。

两周之后，他俩在街上碰到了。

乙问:“你给起居室贴了墙纸吗?”

“当然，”甲声音低沉、略带恼怒地回答，然后补充道:“我才用掉6卷。”

乙耸耸肩，答道:“我也是。”

我们终于在保罗·麦卡特尼出生的那栋房子前面停了下来，你很容易就能看出，这里居住的都是中产阶级家庭:戴着头盔和护膝的小朋友们在街道上骑着自行车，父母们开心地打理着屋前花园里的玫瑰丛。

这种连排房屋的楼梯或前门通常是个人定制的，以作为区分的标志。这一点不仅适用于英国，德国也如此。除了屋顶管道喷漆不同，街道上的房子没什么两样，这家喷成红色，那家喷成黑色，还有蓝色、绿色、灰色。您说这是不是一种经济而巧妙的区分方式呢!

“当我发觉自己陷入苦恼的时候，

圣母马利亚来到我面前，

说着智慧之语：让它去吧。
在我黑暗的时刻里，
她就在我的面前，
说着智慧之语：让它去吧，
让它去吧，让它去吧，让它去吧，让它去吧，
轻轻说着智慧之语：让它去吧。”

(请大家都上车吧!)

与麦卡特尼家坐落的街区相比，丁格尔港口周边区域似乎有些单调，这是林格·斯塔（Ringo Starr，甲壳虫乐队成员）的出生地。准确地说，这是当年的旧址。我不知道是否是概率问题还是别的原因，这条荒凉的街道上仅有一栋房子的窗户未破，无须用木板或柳条箱挡住窗户。很快，亚历克斯就解释道，这栋房子和周围的房子将被拆除，新的大楼会在这里建成。如果哪位读者想亲眼看看林格的出生地，最好快点儿去。只要您赶在挖掘机和破碎机之前到那儿，您就不会错过什么。

“昨日，烦恼离我远去，
现在却重回故地，
哦……我怀念昨日。”

然而，约翰·列侬和保罗·麦卡特尼的故居依然充满活力。到了 Smithdown Place，亚历克斯兴奋地宣布道：“请大家都下车吧?”

像我当时一样，这个地名很可能谁也联想不起什么。没关系，我认为 Smithdowm Place 是很多人耳熟能详的一首曲子的一部分。是的，您肯定会想我不是在骗您吧？好吧，那么，在接下来几天需要专心致志，不能耐心听完这首迷人的曲子的人应该跳

过后面四段。大家一起跟我唱：1、2、1、2、3、4……

“便士街道总在我眼前浮现，在我耳畔萦绕，
背景是一片湛蓝天空下的市郊，
我一坐下，它就在我的脑海中激起记忆的浪涛。”

仔细看看歌词，您会开始意识到便士街道讲述的是感情丰富的“我”，在一个阳光明媚的日子，想起倾盆大雨的日子在公交车站等待朋友的时光。他打发时间的方式是，观察周围发生的寻常和不寻常之事以及周围的人群。尽管没有提到姓名，即使您不是甲壳虫迷，您也会知道这个“我”指的是青年约翰·列侬，正在等待的朋友是保罗·麦卡特尼。

便士街道歌曲的第一节讲的是一个理发师贴着所有名人的照片，所有路人都把头伸进理发店向他问好。一位银行家出现了，很奇怪的是他在雨中从来都不穿雨衣：

“便士街道总在我眼前浮现，在我耳畔萦绕，
路边小摊的炸鱼和炸薯条，
夏天一到，它就在我的脑海中激起记忆的浪涛。”

第二节和第三节，讲述的是一位消防员，口袋里放着女王的照片，他喜欢清洗他的消防车（“那玩意儿干净得不得了……”），一个漂亮的护士在环岛中隐秘的一角，警惕地用罂粟换取钞票。

最后一节，理发师正在给一位顾客刮胡子，银行家正在等着剪头发，这时，消防员从瓢泼的大雨中冲了进来。“莫名其妙，”看着感情丰富的“我”，邀请我们再一次加入合唱，唱出合唱部分：“便士街道总在我眼前浮现，在我耳畔萦绕……”

荒唐的是，亚历克斯告诉大家，这首经典的黄金唱片中提到

的所有事情都不是发生在便士街道，而是发生在 Smithdown Place，也就是我和其他游客刚刚下车的地方。

出于寻找真相的好奇心，我向亚历克斯问道，为什么甲壳虫乐队把这首歌取名叫《便士街道》。亚历克斯用他干巴巴的英国方式说道："好吧，Smithdown Place 往北分成 Church Road 和 Cronton Road，西边是 Westgate Road，东边是 Plattsville 和 Allerton Road，南边分成 Carsdale Road 和 Elm Hall Drive。"

然后他问我如果把歌词改成"Plattsville Road……"或者更糟糕的"Elm Hall Drive"，《便士街道》的歌曲会不会依然朗朗上口、风靡一时？众所周知，这样的事不必发生，甲壳虫乐队和他们的歌迷们都很幸运，Smithdown Place 西南分出的一条街道就叫 Penny Lane 这个好听的名字。"请走这边。"亚历克斯说，一眨眼，就带我们来到了下一个目的地。我们一起转方向，漫步在传说中的便士街道，亚历克斯鼓励我们跟着唱道：

"便士街道总在我眼前浮现，在我耳畔萦绕，
背景是一片湛蓝天空下的市郊。"

(所有跳过上几段的朋友们：一首歌在脑海中来回萦绕的危险已经结束了。)

回到车上(请大家都上车吧!)，亚历克斯宣布我们正在前往此行最精彩的部分，同时也是"奇幻之旅"的终点。他推荐我们自行前往甲壳虫乐队的发源地卡文俱乐部。按照他的观点，那是必经之地。

巴士停在利物浦市中心的一条主路上。主路分叉出窄窄的马修街，两旁是多层楼房，马修街通向俱乐部。告别之前，亚历克斯为我们提供了更多关于甲壳虫乐队和他们成名之地的信息：比

如，1970 年为了建造购物中心将最初的酒吧拆除了，今天您只能在这间重建的世界闻名的地下室酒吧里安静地喝杯酒，离开之前，他最后一次请求我们："请大家下车吧！"

"谢谢您，亚历克斯，"我们齐声对他说，感谢他带我们度过精彩的两个小时，依次下车，站到人行道上。

尽管我真的喜欢这次导游之旅，但是我终于能独自步行，再一次用最喜欢的方式在陌生的城市中探秘。我大步向步行街走去，在人群的推搡下，走向卡文俱乐部的入口。我决定在旅行团的其他游客之前先进去，他们肯定会很快跟上来的。

我晃晃悠悠走下金属螺旋楼梯时，闻到了一股地下室酒吧常见的陈啤酒和冷烟的味道。尽管外面阳光灿烂，我仍感觉自己像是犯罪影片的临时演员，在红灯区里，随时会有两个"大力水手"模样的人为了大胸的女服务员而将对方门牙打掉，相互撕打着从酒吧里滚出来。

我平安无事地到达了底部，面前等待我的是一间昏暗的、低顶的拱形地下室，巴掌大的地方，有一个吧台，屋内边上还有几张木桌。我在最前端发现了英国最有名的地下室酒吧的镇店之宝：由几块地板拼成的单阶舞台。1961 年 2 月 9 日，甲壳虫乐队在这个舞台上进行了处女秀。

除我之外，还有十几顾客。人们一边交谈，一边抽烟、喝着看起来很倒胃口的啤酒，很快，旅行团的游客们也陆续进来了。

我在吧台点了一杯啤酒，拿到手的是无泡沫的液体，像一杯晨尿。不过，至少是凉的，我端着啤酒，挑了张桌子坐下，看着荒废已久的麦克风孤零零地立在舞台中间，似乎是甲壳虫乐队最后一次现场演出后遗忘在台上了。我闭上眼睛，喝了一大口酒，很意外地发现，喝起来还真有那么点儿啤酒的味道，很快我就神游进入昔日的时光。我看到约翰·列侬 、保罗·麦卡特尼、乔治·哈里森和皮特·贝斯特（1962 年，他的鼓手身份在甲壳虫乐队成名前夕被林格·斯塔替换）站在台上，我清晰地听到他们的声音，环顾四周，我看见地下室酒吧中挤满了跳舞的歌迷，我看到他们跟着歌曲的节奏欢快地跳舞，身体里散发出的热情在拱顶凝聚成汗水洒落下来。

我做着白日梦的时候意识到，回到这一切实实在在发生的那个时候，我还得耐心地再等十年，这个地下酒吧才能重见天日。然后，再等 37 年才能看到那些木板的复制品，木板代表着甲壳虫乐队通往音乐世界的阶梯。

回到现实，作为甲壳虫乐队的发烧友，我决定接下来去位于艾伯特码头的历史名港内的甲壳虫乐队博物馆听听所谓的“甲壳虫乐队的故事”。

别担心，我不会向您赘述各种各样的展品，也不会向您列举博物馆的每个独立房间，让您心生厌烦。我只想向您展现其中一间屋子——也就是最后一间。请跟我来……

现在，请试图想象，想象进入别墅的一个半圆形屋子。主色调是白色，墙面刷的是白色，地上铺着一块白色地毯。细长型的落地窗户，挂着白色的薄窗帘，将一缕缕等待将此刻平静的气氛变得完美的淡黄色温暖阳光挡在窗外。

一扇窗户旁立着一把吉他，旁边是一把节奏吉他，另一侧是一架白色的钢琴。钢琴后面的凳子空空如也，却能听到一缕轻柔的音乐，如此熟悉的音乐，请尽情地想象。

墙上挂着真人大小的肖像画：各种年龄、各个种族的人脸，有男的、女的、儿童和婴儿，有白皮肤，有黑皮肤，请尽情地想象。

周围的一切就是和谐的组合——太神奇了！受周围生机勃勃的气氛感染，我的目光经不住在屋子里流连，沿着墙面从窗帘看到大钢琴。钢琴盒盖上放着一副金属边框的茶色镜片的眼镜。眼镜旁边放着一个黑色缎带装饰的黑画框，画框里的照片展现的是约翰·列侬1971年在他位于伯克郡的腾哈恩公园别墅中，静静地坐在这架白色的钢琴后面唱歌；与此同时，他的妻子小野洋子也在这间昏暗的屋子里，她正在拉开窗帘，打开窗户，让明媚的阳光洗净屋内的暗白色：

“幻想世间并没有天堂，
只要去尝试，一切都会可能。
在我们生活的地下没有地狱，
在我们上方只有天空，
想象所有的人，
都生活在和平之中。”

当你的目光在屋内游走之时，你会感到背上起了一阵鸡皮疙瘩。恍惚间，你清晰地听到了音乐响起，与约翰·列侬一起低声哼着这独特的乐曲：

“幻想这世间没有强权，
尝试之后或许，并不艰难。
再无杀戮或者牺牲，
也没有宗教屠杀。”

甲壳虫纪念品商店中有一家星巴克咖啡，尽管从市场的角度看，地理位置优越，紧挨着白色的“想象—房间”，但是它仍然无法阻挡我在安静和沉思中离开博物馆——想象……

“你或许说我痴人说梦，

但我不是世上唯一的一个，
但愿有一天，你能加入我们，
世界就会合而为一。”

当时是下午晚一些的时候，发了大半天的甲壳虫烧之后，我很高兴能在市中心漫无目的地游走。工业城市利物浦和港口感染了我，我试图放松一点，恢复一点能量。周末就要过去了，几个小时之后，就到周一了。客户的机器需要完成修理工作，重新启动起来："最晚周三。"根据我们老板的想象——空想，我周四已经被安排到丹麦的现场了。“我或许说你痴人说梦，但你不是世上唯一的一个。”我想着老板，笑着自己对自己唱道。我非常满足，对利物浦感受颇多，意兴阑珊之际，我想赶快钻进位于别根海特的酒店的床上。

周一早上五点整，我的闹钟无理地尖叫，我兴奋地坐直，下床，连做 20 个俯卧撑后，冲进浴室。被一种强烈的欲望控制，我边冲凉边唱道：

“清晨工厂汽笛嗡嗡响，
打卡机津津有味地进行打卡记录，
霓虹色的太阳照耀着装配车间，
叉车司机炫耀着叉车技术。
是的，然后每个人又都挽起袖子，
我们提高了 GDP（国民生产总值）……”

英国利物浦

2008 年 7 月

猜猜我是谁？

（一个小谜语——不仅仅针对技艺精湛的工匠的谜语）

从我的名字来判断，您可能会认为我来自欧洲。更准确点儿，我来自 1973 年加入欧盟大西洋西北欧的一个岛国。不仅在岛国，在岛国海岸线之外，我也是闻名遐迩。我可以当之无愧地说，从我诞生伊始的 116 年间，我和各行各业的工匠都一起工作过——从事工业和农业的人，以及业余工匠。确切地说，即便是独立的家庭主妇也和我相处融洽。总的来说，我属于多元文化，甚至比玛格丽特·撒切尔（Margaret Thatcher）和匹诺曹（Pinocchio）还出名。

依赖于我的两个最好的特性，我在国际上大获成功。第一，与我那位逐渐被人忘却的同事——“法国人”相比，我更加方便灵活。由于他体格笨重，您只能在德国工业博物馆中的众多展品中找到他的身影，或者在路边的白蓝色路标的黑色符号上（参见德国道路交通法规第 359 条），也能找到这位“大哥”。我免去了丢三落四的工人们的跑腿活。有我在，他们就没必要一趟趟地往返寻找工具箱了。

尽管我有诸多显而易见的优点，许多德国工匠因为他们要求的精确度，却并不喜欢和我一同工作。您知道这是怎么一回事？对德国人来说，万物都需要完美地契合。两个物件儿必须天衣无缝地结合在一起才可以过关。

恕我直言，这确实是我的弱点。心急火燎的工人们，急于恰当使用我的人们，使用了太多的体力，除了“让螺帽变钝”，还会造成严重的损伤。

同德国人不同，英国人更加细心、更有耐心。他们很喜欢与我共事。英国工匠们不慌不忙地根据需要的尺寸，调整我的嘴巴大小。但是，我不明白为什么英国人总叫我“法国钥匙（French Key）”，这让我有些小忧伤，英国人应该最懂我。我的存在主要归功于两位英国贵族前辈的异想天开和独创精神。

一位是英格兰国王亨利一世（Henry I）。1101年，他将自己拇指的宽度定为长度单位“一英寸”。据说，这位国王手脚笨拙，却有着非凡的语言能力，他往墙上贴画时发生了有趣的轶事；确切地说，他的锤子钉在了指甲上，他随即用科隆方言咒骂道：“Minsch deht dat wieh（伙计，很疼）！”亨利不想表现得懦弱，他使劲儿咬住牙忍住疼。他忠实的助手，当时的市政办事员，正在帮他扶着梯子，将Minsch听成了Inch（英寸）。

两百年后，亨利一世的后代，英格兰国王爱德华二世（King Edward II）陷入沉思，用食指将桌子上的几颗麦粒推来推去。他对自己是同性恋的事实毫不避讳（当时同性恋被认为是很不道德的行为）。他略带脂粉气地推麦粒，结果是三颗麦粒连成的长度为一英寸。

就在不那么久之前，长度单位的标准一片混乱。1819年至1947年，光英国的一英寸就各种各样，介于25.400438毫米和25.399931毫米之间，而在美国的调查显示，一英寸为25.40005毫米，虽然只是些许的不同，终究是不同。

萨克森州一英寸为23.6毫米，巴伐利亚为24.3216毫米，奥地利甚至达到26.34毫米。史上最模糊的一英寸出现在巴登，那里的人很大方，为了方便，将小数点后的零头全部抹掉，因此变成整数30毫米（一时间，恶毒的传言开始了，说巴登本地人这么做是为了掩饰他们计算失能）。法国人在处理一英寸的长度时依然很细心，为自由所吸引，他们极大地缩短了巴登的英寸长度至27.07毫米，但是并不称之为英寸，而是称之为“法寸”（Pouce）。西班牙人和墨西哥人称其为Pulgada（英寸）。二者名称相同，南美的Pulgada为23.278毫米，比欧洲西南部的23.2166毫米长0.0614毫米。

天知道当时的装配工人是怎样将英国制造的结构部件装进巴伐利亚的机器中，又运到墨西哥使用。他们是当之无愧的艺术家！

经历了一段时期的混乱，直到1956年才出现了公认的国际英寸长度。不管在世界的哪个地方测量，都是25.4毫米，分毫不差！

法国人早已经迫不及待了，早在18世纪，他们就已经有了独创性的主意，一个国际有效的标准会使全球测量简单很多，还能消除尺寸和测量单位产生的误解。于是公制的创立提出来了。

对此多数欧洲国家拍手称赞，他们在19世纪和20世纪逐渐引进“国际单位制（Syotem International）”，或者简称SI。然而，众所周知，当一项独创性的主意付诸实施时，并不能将方方面面都照顾周全。这一次英国人扮演了麻烦制造者的角色，不过英国人的行为，却成就了我的幸运。如果英国人也同意了，我也许就不存在了。在此让我感谢你们，亲爱的英国人！

我终于要出生了。我变成了拯救多种多样规则的英雄。过去是，现在依然是胜负关键。不管是谁，只要手把手地与我一起工作，就能拧紧任何一个四角的、六角的或者任何一个偶数多角螺母，不论哪个世纪、哪个国家出产，也不论测量单位是英寸还是毫米，都没有问题。我想再次强调，我的出现省去很多往返工具箱的跑腿工作。

根据欧盟的一项官方指令，我应该在 2010 年去世。作为加入欧盟的一个条件，英国在 1973 年承诺，将在 2010 年放弃自己的英制测量系统，包括英寸在内。就像您猜到的那样，这项义务，受到英国人的强烈抵制。毕竟，公制系统是法国人的点子，这个理由就足够了。

英国人于 2000 年发动“公制烈士”运动，这是一场市场商人发起的抵制公制的公共行动，还得到无数名人的支持，比如喜剧演员约翰·克里斯（John Cleese），歌手伊莲·佩姬（Elaine Paige）和作家 J. K. 罗琳（J. K. Rowling）。发起人一路到达欧洲人权法庭，就保留英美测量系统向法庭提起诉讼。

发起人取得了重大胜利，巨大的压力使其变成可能：欧盟工商业委员京特·费尔霍伊根（Günter Verheuge）于 2007 年宣布，2010 年到期的豁免权延至无期限。也就是说，在英国，可以永远使用英寸测量和建造，您肯定知道我为此欢呼雀跃：“万岁！天佑女王，我仍然被需要！”

尽管有些读者现在该怀疑我是谁，我是什么了，但很少有人知道我的父亲，他精通公制和英制系统的差别，他既不是英国人也不是法国人，而是瑞典人。1892 年 5 月 11 日，约翰·皮特·乔纳森（Johan Petter Johansson）在他位于恩科平的车间“生”下了我。好吧，他并不是真的“生”下来，而是将我发明出来。六年后，他又发明了我的哥哥，同我一样，哥哥受到各个国家工匠的喜爱，在我出生前，那些需要修理“水泵”又没有合适的

“管子钳”的人，尤其钟爱我的哥哥。顺便说一下，我哥哥的名字由此而生。

言归正传，再说说我吧，在我注册为编号 SE4066 的专利后，我父亲成立了一家名为百固的公司（B. A. Hjort&Co.）很少人知道这个品牌下的我，这个品牌只是公司名字的首字母缩写。老手们喜欢拿它当代号用，来考考新来的同事是否熟悉行话:“喂，那边的小子，把百固递给我，好吧?”

奇怪的是，即使在专家圈里，我的品牌名称也不那么常见。从 1892 年起，首批百固产品开始在市场上销售，在全世界的理论和实践中都开始使用，甚至连中国人都开始生产我的复制品，在我苗条的身形后半截上还打入了“百固”商标。

现在，“我是什么（或者是谁)?”1967 年罗伯特·连布克(Robert Lembke)[1] 庆祝我 75 岁生日时，在他的同名智力竞赛节目中问大家。竞赛团队被黑色面罩蒙住眼睛后，我作为当晚的明星嘉宾在罗布特·连布克旁边的桌子就座，观众掌声雷动。

罗布特·连布克先生本应该问我:“您选哪个存钱罐?”听到这句话，第一个竞赛团队，纽伦堡的首席检察长，狡猾的汉斯·萨克斯（Hans Sachs）本应该用他出名的开场白[2]开始本轮提问:“如果我假设——尽管您宣称自己是 English（英国人）——但是您不是血肉之躯，我对了吗? 相反，您是一个不锈钢做成的工具，用于拧紧或者拧松螺丝连接? 通过调节机制，您

[1] Was bin ich?”是一个德国游戏节目，演出名人的台词。罗伯特·连布克担任了 337 期该节目的主持人，直到 1989 年去世。该节目的美国和英国版本的名称叫“我的台词是什么?”

[2] 他的开场白是“Gehe ich recht in der Annahme, dass…?”翻译过来是“如果我假设……我对了吗?”

能调节两个卡盘爪的计量器？简单地说，您是不是一把活动扳手?"

"是的，我是一把活动扳手，"当着众多观众的面我弱弱地承认道，咬着牙恨恨地想着："该死的，你为什么要暴露这么多？又没有人问你。罪魁祸首就是你那强烈的傲慢、自豪和炫耀。现在，看看吧，这就是后果，一无所有！存钱罐是空的。别再喋喋不休了，你应该学会克制。"

不过太晚了，如此不幸。尽管我如此巧妙地伪装，今晚的赢家并不是我，英国观众会嘲笑我蠢不可及。

英国 利物浦

2008 年 7 月

德　国

马克特尔小镇

上帝会给不停工作的人，提供更多新的工作。

——玛丽·施莱（Marie Schlei）

（1919—1983）德国政治家

教皇万岁

作为一名职业流浪汉的最大好处，是白天你不用思考下班后该干吗——是该修理草坪、洗车、遛狗，还是和老婆一起去买鞋。你可以将其抛诸脑后：来一杯卡布奇诺，观察一下他人，偷听别人的对话，写写他人的故事，或者去附近看看风景。总之，你可以做所有的事情，这些事你在家做时会感到很内疚：“毕竟，我还有那么多重要的事情要做！”就想象一下家里下水道堵塞带来的烦恼吧。作为职业流浪汉，你不用清理混乱的局面，你可以面不改色地告诉老婆：我是一个虔诚的基督教徒，去看看教皇的出生地是我的职责，尤其是他老人家前几天刚过了 81 岁生日。

奉老板之命，我到德国南部出差时，头一天真的就是教皇的生日。尽管家里还有很多重要的事情等待处理，但他的出生地离我住的地方只有几公里，我有闲情逸致去履行我的基督徒职责，管他呢！

拜托，别把我想得小肚鸡肠，请容我澄清一下事实，即便阿尔多廷的居民都愿意这么说——赛车手约瑟夫·拉晋泽（Joseph Ratzinger）只不过是他们镇上的一个儿子，迈克尔·舒马赫（Michael Schumacher，德国 F1 赛车手，现代最伟大的 F1 赛车手之一）是科尔班土生土长的人，舒米（Schumi，足球运动员）来自科尔班附近一个叫曼海姆的村庄，天主教堂的首领来自美丽的马克特尔。马克特尔离阿尔多廷只有十公里，我们的教皇是马克特尔土生土长的人。就是这样！

下午稍晚些时候，我驱车经过一片连绵起伏、绿树成荫的风景区，朝着“马克特尔”的地标进发。阿尔卑斯山脉的小镇河边，一座尖塔耸立于一片红瓦屋顶的房子中间。巴伐利亚上城区的世外桃源，一片舒适惬意的田园风光，这就是马克特尔的样子。2005 年 4 月 19 日，马克特尔才被全世界一声响亮的“哈利路亚”从沉睡中唤醒。

马克特尔不是用神圣的天使誓言欢迎众多访客，而是用凡间的“Grub Gott”[1] 欢迎大家。一辆辆载满来自世界各地游客的巴士开往代表人类某种信仰的纪念地。然而，我到达后所看到的一切，与巴伐利亚其他的任何村庄没什么两样：一条限速的主路、一个加油站、一个彩票零售店、一个教堂告示牌显示：周日早晨的弥撒举行两次，傍晚的弥撒每两周一次。主路两旁有很多常见的路标，理发店、木匠铺、肉贩和面包店，还增加了一些新的路标，甚至能看到为国际观光者设立的“纪念品商店”“当地历史博物馆”“游客信息”“火车和巴士站”“出生地”“洗礼教堂”“牧师住所”，以及所有巴伐利亚上城区的路标。

受到探险欲望的驱使，顺着教区街道路标的指引，我在主街道上停下车。让我惊奇的是，房子装饰着小旗子，就像回到德国啤酒节期间的家中一样。但是，其他不那么显眼的标记，比如下水道盖孔临时被水泥密封的痕迹——暴露了马克特尔是一个与众不同的地方。还有引人注目的是车库门上频繁出现的标记和文字“保持车道畅通”“禁止停车”。所有这些都是明显的标记，并不

---

[1] 典型的德国南部打招呼的方式，字面上可翻译为“您好”。

是圣灵降临节时由圣灵带来的，而是急剧变化的时代产物。

正如小镇名字一样，马克特尔❶（Marktl）有一个自由市场，当然，在巴伐利亚广场买到的物品您肯定能在这儿买到。市场布置得整洁紧凑，在这个地方，您只需步行就能轻松找到您想要找的地方：一座市政厅、一个药店、一个面包店、一家奇堡商店、祖尔阿尔腾帕斯特酒店❷（确实有路标指引，不过很冷清，似乎顾客和店家头天晚上全部被绑架了一样）。在转角的地方，是一家 Lechertshuber 家族开的艾德卡连锁超市。

狭长的广场一头是一条 S 形道路，似乎没人知道路怎么走。在人烟稀少的地方，不是什么问题，但如果每天要挤进 S 形道路的游客如过江之鲫，麻烦就大了。那些不设法拐弯的人，将与一栋装饰着漂亮的棕色百叶窗的房子的灰泥墙面撞个正着。房子的木制大门顶上有一块深蓝色的搪瓷标牌，上面用古德语写着“Marktplatz 11”。左边是一块象棋板大小嵌进砖墙内的大理石板，用同样的古德语字母写着：Georg Lankensperger 先生于 1779 年在此出生。原来这就是阿克曼转向系统的发明者的出生地。想想他家门口这混乱的路况，倒也合情合理。Lankensperger 先生家的门垫位于 S 形曲线的顶点，这就很容易解释为什么这位聪慧的人发明了一个机械系统，防止马车（还有后来的机动车）冲进他的起居室，而且引导人们安全地绕过障碍物。

门的右侧，另一块相同大小的白色大理石板嵌入墙面，上面写的是：约瑟夫·阿莱士·拉青格（Joseph Alois Ratzinger）于 1927 年在此地出生。原来这就是八十年后被选为教皇的那个人。

---

❶ Marktl 一词源于德语 Markt，而 Markt 译作市场。

❷ 位于旧邮政局。

一栋房子，走出两位伟大的舵手——乔治（George），机动车的舵手；本尼迪克特（Benedict），教堂的舵手——他们都在同样的四面墙内悟道！他们做梦也想不到，21 世纪初，来自世界各地的人们会来参观他们的出生地，甚至愿意为之花费 3.5 欧元的门票。

不论马克特尔的居民为当地的一夜成名应去感谢谁，有一点可以肯定：所有的受益人应该高兴的是，在不久之前，孩子一般都是在家里出生。如今，听闻马特克尔的传奇，成群的客车来到马克特尔中心地带的出生地，而不是直奔乡村医院的接生房了。

马克特尔，这个只有 2500 人居住的村庄，以老练的、外交的方式展现自己，展现出自己独特的魅力。三面旗帜，一面欧盟旗帜、一面德国国旗，以及一面蓝白格子的巴伐利亚州旗，在市政厅外相同高度上随风飘动。当地历史博物馆就在市政厅内，在那里，展示着来自教皇的礼物和神圣的艺术品。此外，也许是为了保持天堂的宁静，也能欣赏到 Georg Lankensperger 发明阿克曼转向系统的历史。

一个四米高的黄铜柱子矗立在市政厅前，尽管柱子看起来像巨大关节的长条形状，艺术家还是成功地将画轴的立体感完美地展现出来。这是一位叫作约瑟夫·迈克尔（Joseph Michael Neustifter）的人创作并献给本尼迪克特教皇 80 岁生日的礼物。教皇于 2006 年 9 月访问巴伐利亚时亲自为这件艺术品揭牌（这就是马克特尔的每个下水井盖孔都用水泥封上的原因）。除了用塑料镶嵌物展现圣经中的场景外，柱子上意义深刻的箴言也是参观者的精神食粮："用您心灵的耳朵倾听。"（啊？什么?）我最喜欢的一句话，也是真的让我思考的一句话是："没有什么事情比被上帝发现更值得。"也许这句话能够解释这句箴言的创造者——

红衣主教拉青格在当选教皇之前为何一直非常低调，甚至遭到绑架。

就像一个不愿被忽视的人，细长的圣奥斯瓦尔多尖塔（巴伐利亚常见的尖塔）在广场的房子中间毅然耸立。门厅有一个陈列柜，展示着2006年接受洗礼的所有孩子的姓名和出生日期。(啊，天哪，那些可怜的孩子不得不在每次家庭聚会上，听着自豪的父母一遍遍讲述此事，直到他们有一天结婚为止，甚至会更久，妈轻抚着子女的小脑袋，含泪的祖母欣喜地拍着手讲述道："……亲爱的孩子，你可还记得，在本尼迪克特教皇接受洗礼的那个洗礼台上……")

教堂里又恢复了暴风雨后的宁静，前一天，在这间教堂举行了教皇的生日弥撒，连电视台都现场直播了这一盛况。我在后排坐了下来，最前面坐着一位女士和一位老妇人，我认为她们是母女俩。几个修女站在大概是德国最出名的洗礼池旁边的过道上，洗礼池被移出博物馆，以"出售"为由回到了原址。那几名修女双手合十，微微低头，她们低声的祈祷声从拱顶上反弹，好像来自神的祝福，洒落到我的身上。事情形形色色，唯有一点相同：在默默的祈祷中，我们看着约瑟夫·拉青格的洗礼池。他出生在星期六，接受过圣礼洗礼。

"信仰上帝的单调苦闷和集市王国仅一步之遥"，这点不仅在圣米歇尔比萨店得到证实，他们提供一款售价为6欧元的"本尼迪克特教皇比萨"，还可以在集市广场上两家紧挨着的面包店内找到证据。家族式的Leukart面包店推出"本尼迪克特教皇帽子面包"，里边有葡萄干和糖粉。竞争对手Winzenhorlein面包店展出的是"面粉十字架的梵蒂冈面包"和"印有教皇画像的光滑榛子威化饼"。这使我想起1978年世界杯期间我收集的威化饼和得宝贴纸。

游客中心用教皇蜡烛、教皇邮票、教皇明信片、教皇珠宝、教皇气球，以及和教皇有关的其他东西来吸引顾客。甚至有教皇日历和教皇书籍上架销售，比如《我的心为巴伐利亚而跳动》(《Mein Herz Schlagt Bayrisch》)，这是本尼迪克特教皇的自传。多么大的承诺啊！连总理艾德芒特·史托伯（Edmund Stoiber）也一定会流泪。我尤其喜爱“马克特尔记忆”这款游戏，这是一个老少皆宜的记忆游戏，上面印有教皇村庄的照片。不过，我最喜爱的纪念品是教皇出生地出售的以1∶87的比例制作的铁路模型组装件——孚尔默产的 H0 型号。

围绕圣父衍生出来的生意异常兴隆，一位年轻的学生在这场“我们是教皇”的发烧热中就顿悟了，他在易趣网拍卖教皇用过的一辆大众高尔夫汽车，卖点是“圣父座驾”，起拍价为 1 欧元。在线赌场“金色宫殿”是最后的竞价者，最终赢得这场拍卖，转了 188938.88 欧元到这位学生的账户。

满怀“教皇消费狂热”，我走向 Oberbrau 酒吧。在教皇出生地的斜对面，海报开头就是个超大的啤酒瓶，上面写着“教皇啤酒”，教皇在商标上温柔地冲您微笑。他用睿智的表情向“迷途羔羊”传递着一股善良讯息：“来自教皇巴伐利亚家乡的啤酒。”马克特尔居民是不是想在教皇选举后，通过酿造这种特殊的酒，向世人指出一条新的神道？

我站在马克特尔的金三角，即教皇出生地、游客中心和酒吧中间，正在思考着平衡消费与精神的行为时，两个老爷爷悠闲地向我走来。尽管他们已经上了年纪，却满脸写着幽默。正当我观察他们拖着双腿走路的样子时，突发奇想，从年龄上看，他们可能是约瑟夫·拉青格幼年时的同学。不知道为什么，我没有勇气上前与他们攀谈。要是我能上前问问他俩该多好，问问他们小时候是否在放学回家的路上与约瑟夫一起翻过篱笆；三个小淘气是否在别人家的花园里偷过樱桃；是否玩过敲门游戏和金杰游戏；课间休息时，是否掀过从身边走过的女生的裙子。

在Oberbrau酒吧再讲一次过去的故事好吗？也许是漂亮的玛利亚含情脉脉地看着害羞的约瑟夫，把约瑟夫看得浑身发毛，转身逃走的故事？谁知道呢。

我期待着这本名为《一个村庄变成教皇》（《Ein Dorf wird Papst》）的书能为我提供一些逸闻杂谈。尽管该书违背了我的原则，但是光书名就足够吸引我在游客中心掏出钱包。没一会儿，我就拿着书在广场的咖啡馆坐下了，急切地翻阅着。除了教皇的传记外，我特别希望找出谁会真正变成教皇？我们当中会有多少人能真正变成教皇？过去我曾坚信这个世界上只有一个人头戴白色小瓜帽，现在我的信仰开始动摇，2005年4月，画报Bildzeitung[1]宣称：“我们是教皇！”我敢肯定我不是唯一一个开始挠着头吃惊地发问的读者：“什么？我也是？”

两年后，我在教皇的出生地马克特尔偶然发现了一本书，一位名叫汉内斯（Hannes Hintermeier）的人在书的封面上宣称：“一个村庄变成教皇！”瞬间，这个狂热的问题再次出现：Joa Kruzifix noa moal！[2]谁是西方的宗主教？整个村庄都是教皇，还是真的整个村庄只有一个人？

虽然这只是商业炒作，我还是花了3.5欧元购买门票，进入教皇出生地寻找答案（糟糕，原谅我！当然，我所指的教皇也特

❶ 现在名为《Bild》，是一本由阿克塞尔·施普林格创办的德国画报，是欧洲最畅销的画报，也是全世界发行量位居第六的画报。

❷ 这是一个巴伐利亚的咒语，大约可以译作“看在上帝的份上！”

指 Georg Lankensperger 阁下）。我皱着眉头，看着阿克曼转向系统和教皇的出生地，像多疑的托马斯一样思考了一会儿，意识到："只有那一个！"我只是不相信在这么小的屋子里，继乔治和约瑟夫之后，会诞生一整个村庄，更别提8000万德国人了。

为了坚定目前极不稳定的信仰，我虔诚地说了一句："Viva il Papa（教皇万岁！）"言毕，我心满意足地往住所走去，心里盘算着下周回家后是不是应该先修理下水道，或者修理草坪，或者遛狗，或者干点别的什么……

巴伐利亚上城区 马克特尔

2007 年 4 月

招聘启事

如果您受到旅行的快乐愿望驱使，在这个不那么重要的部分，我想给您简单提供一些信息，让你的余生不只是感叹“啊，如此美妙的流浪生活”。在您被别人玩弄，以为可以让别人付钱让您周游世界、体验美好事物、同时还能赚钱，而轻率地向我们老板发出职位申请之前，听好了！

如果您下定决心……

• 出差到一个可能让您感染病毒的国家，而这种病毒在欧洲连听都没听过；

并且喜欢……

• 亲自动手实现他人在办公室理论上构思出来的事情；

• 用无比长的螺丝扳手拧紧巨大的螺丝；

• 将手伸进机油里；

• 用含有溶剂的油脂润滑滚珠轴承、传动轴和齿轮，让您手指甲内的脏东西两周都洗不干净；

• 信心满满地把新安装的设备启动按钮按下，但愿它不要发出一声巨响。如果它哐哐作响，糟糕！接下来您就要把它调整好，让它正常运转；

并且如果……

• 您的职业道德确实符合欧倍德公司[1]的格言，“不工作，就不存在”；

• 您能登高爬低，喜欢嘴里咬着工具攀登高塔一样的化工厂。在相似的攀登探险中，埃德蒙·希拉里（Edmund Hillary）还带着一名向导呢；

• 即使客户提出最不愉快的要求，您都不能与他争辩，而是活力四射地“说干就干”；

并且如果您愿意……

• 忽略高速飞行时生理上的困扰，说服自己那不过是一架飞机的起落架；

并且如果您喜欢旅行到这些国家……

• 即使没人绑架您，吹风机或者电动剃须刀的插头与插座根本不匹配，自来水要烧开后才能喝，最安全的做法是把现金放在内裤里；

并且您不介意……

• 工作环境的潮湿闷热，干衣机要一天24小时任劳任怨地工作；

• 穿着工作服走进一家银行，在场的人立即鸦雀无声，用优越的眼神盯着您，心里想着：“可怜的流浪汉！”

并且如果您……

• 不是一个细菌神经质，随身携带消毒剂，摸门把手前一定要全面消毒；

• 光屁股坐在陌生的污迹斑斑马桶上，不觉得恶心；

并且如果，结束疲劳的、漫长的一天工作后……

---

[1] 欧倍德位于德国，是欧洲第二大的DIY零售商，成立于1970年。

• 您认为“美食”是对胃部的重大挑战；

• 您不介意与各种带翅膀的、甲壳类的、毛茸茸的、有鳞的让人毛骨悚然的爬虫共处一室甚至同床而眠，甚至把它们当作美食；

并且在睡着前……

• 像《荒岛余生》中的汤姆·汉克斯一样，怀着深深的孤独感，开始与酒店房间里的灯交谈而不感到郁闷，只不过您的伙伴不是叫威尔逊的排球。

如果您能语气坚定地对上述所有问题回答道：“是的，长官！那就是我一直以来的梦想”，我指的是全部，无一例外！您会突然被老婆推醒，原来这一切不过是周六下午躺在沙发上的一个梦，老婆说：“亲爱的，醒醒。你不是想修下水道、修理草坪，然后遛狗吗？”

德国 D'horn

2011 年 3 月

结　语

原谅我，打断了您和我一起的精彩旅行。老板刚刚打来电话，我必须收拾行李，又要去中国了。然后，或许去（中国）台湾，而且我听说后面还有泰国、印度尼西亚、韩国、法国和挪威……很快也都会出现在名单里。

在出发之前，我想衷心地感谢您，感谢您的耐心！（如果您读完所有的故事，从第一个到最后一个。）

对那些因为我的故事太枯燥，看到一半就再也不想看的人，我想说：《十条诫命》有 279 个字，《美国独立宣言》有 300 字，《欧盟法规》中关于奶油糖进口的部分有 25911 个字。这表示，我的故事平均每个 1437 个字，正处于天堂和地狱之间。

我还想感谢我们全世界所有的客户，因为，没有他们投资德国的机械设计和制造，我老板的订单本、他在布茨巴赫的生产厂，还有这本书的每一页，都将空空如也。

我最深的、最诚挚的感谢也送给……

帮我写了“后记一”的台湾高雄 BASF 的项目经理鲁茨·穆勒以及他的妻子，为本书提出了关键的、重要的、有价值的意见；

为我撰写了“后记二”的 SMS 公司的销售总监贝恩德·格嫩恩博士；

SMS公司驻德黑兰的伊朗代表法德·阿米黑（Farazad Amighi），他提出中肯的意见，极大地提高了故事质量，尽管这增加了我写作的难度；

詹卡洛·普利亚（Giancarlo Pugliese）和带领他的Speakeasy Sprachzeug（www. speakeasy - sprachzeug. com）团队成员丹尼尔·斯特恩（Daniel Stein）和马丁·琼斯（Martin Jones），将我的故事从德语译成英语，译文非常专业。我感谢他们的在审校时的可靠与耐心，我曾多次要求修改内容，他们也不厌其烦。

最特别的感谢送给在家耐心地等待我一次次归来的人们。也许现在正在等待着，也许将来还要继续等待。我送他们一句慰藉的话：在你离开时，最惊奇的发现之一是，只有身在国外，你才最爱祖国家乡。

现在我要走了，收拾行李，飞去工作地点，书写新故事。直到下一次……再见！

后记一

2006 年春，在台湾高雄的工厂，我们安装了一台生产紫外线吸收剂的设备，设备的核心技术部分——热反应器是由大名鼎鼎的 SMS 公司提供的。

SMS 公司派来了他们的技术服务工程师斯蒂芬·西蒙斯(Stephan Thiemonds) 提供技术支持。斯蒂芬·西蒙斯不仅技术精湛，还涉猎广泛。他酷爱旅行，对国外、异域文化以及国外居民有着孩童般的好奇心。

项目实施过程中，我们不可避免地遇到了一些问题，大家齐心协力、加班加点，共同攻克难关。很快，我发现我们是同一类人——对未知事物有着无穷无尽的好奇心。

斯蒂芬经验丰富，除了台湾的项目经验，还积累了很多其他国家的经验。他将这些经历融入笔尖，书中语言美轮美奂，风格轻松幽默，读他的小说，似乎在读一本色彩斑斓的儿童图画书。读者会穿越时空的阻隔，追随他的脚步穿过千山万水。故事内容包罗万象，读者会了解地理、历史、哲学、社会学、艺术、文化、人际交往等各种知识。他的作品富有趣味性，为读者提供阅读的享受同时，也揭示了事物背后的本质，令人深思。他鼓励读者去质疑主流观点，挑战大脑中根深蒂固的价值观。

书中斯蒂芬的主要话题是工作。他甚至知道如何将技术类看似枯燥的话题嵌入读者的脑海。在“猜猜我是谁”的故事中，他对双关语的应用简直是炉火纯青。比如英国居民和瑞典发明的活动扳手[1]之间的词语关联。他的处理方法如此巧妙，以至于“English”的谜底在读者的头脑中深深扎根。在您浑然不觉之间，故事、语境和背景信息都被牢牢地拧进您的脑袋瓜。这种无意识记忆的好处就是具有深刻的印象。和我们在常规环境下，比如职业教室中学习的效果迥然不同，在这本书里，有用的专业技术知识会让您铭记于心。

简而言之，斯蒂芬的故事能燃起您对旅行的渴望，满足您的旅游癖，激发您的想象力。也许在某个故事中，经验丰富的旅行者和熟练的工程师甚至会看到自己的影子。这些故事很有可能引发鲜有机会去旅行的人们对陌生事物的无限渴望，促使他们以更加开放的态度迎接“陌生的事物”，为每位读者提供乐趣的同时，使读者的生命之树变得丰盈茂盛。

在此我衷心地希望，即便亲爱的斯蒂芬到了耄耋之年，仍然能够保持执着的探索精神和对新鲜事物的无限热情，同时希望他能继续激情四射，将他的亲身经历诉诸笔端，呈现给亲爱的读者。

最后，希望亲爱的读者，能如我一样，从本书收录的旅行故事中受益无穷。

鲁茨·穆勒（Lutz Voellger）
项目经理，高雄
BASF 公司台湾分公司

---

[1] 活动扳手在英语里叫作“Monkey Wrench”，而在德语里称作“English”，这是双关语的用法。

后记二

不久前，我加入德国 SMS 公司。当时，我并不认识本书的作者，直到偶尔一次与别人交谈时，才第一次听说斯蒂芬·西蒙斯这个名字的。大家这样评论他：“他在家才待了几天，就坐立不安了。他衷心地盼望再一次来到梦想之地，开始下一轮有趣的工作，他才到了那儿一次。”听到这些，我才意识到我们在德国 SMS 公司工作的特色就是跑遍全球来完成公司的有趣项目。我顿时醍醐灌顶，这正是我们工作的乐趣所在。

各大洲的潜在客户会将询价函发到公司销售部，适当研究后，销售部的工作人员会给出合理的复函，复函不仅要在技术上具有可操作性，从经济角度上看也要具有吸引力。我们要为项目选择适当的设备、设备部件、具体的型号和尺寸。这项工作要求很高。我们的设备非常广泛，从磷虾加工到乙醇分离，从聚合物热解挥发到污泥干化，无所不包。大多数项目都需要对我们的薄层干化机、短程蒸发器、膜分离设备、黏胶处理机、干化机进行中试实验。实验结果是选择这些核心部件配套设备和装置的基础。我们会凭借专业经验和技术诀窍把设备设计得恰到好处，在工厂生产后，最后再和其他制造商制造的配套设备和相关部件一起，运送到客户的项目现场，即项目建设和设备调试的地点。

安装和调试设备期间，离不开本书作者的技术支持。我们永远也不知道项目现场有什么问题亟待解决。有时候设备启动会非常顺利，有时候冷却水泵转不起来了，一切都是未知，现场的状况，决定着客户的喜怒哀乐。就像我们在本书中所能感受到的那样，从荒芜的沙漠到繁华的亚洲都市，再到海上的磷虾渔船，所有地方和发生的状况，都需要手拿扳手的工业旅行者，用他们的创造力和专业知识，保证设备正常地运转。

贝恩德·格嫩恩（Bernd Genenger）博士
德国 SMS 公司销售总监